# 南海（みなみ）ちゃんの新しいお仕事
## 階段落ち人生

新井素子

ハルキ文庫



角川春樹事務所

# Contents

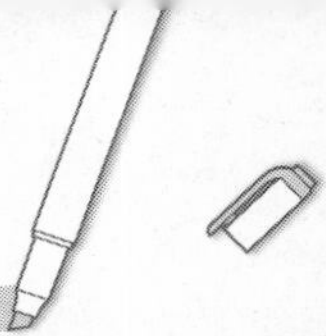

Illustration by hiko
Designed by hiroshi kagaya

# 一章　階段落ち人生

「ねえ、涼！　ちょっと待ってっ！　待ってってば……ふにゃあ！」

がくっ。んでもって、ずるっ。そしてずだだだだ……。

「あいっ、痛てー、痛いー、痛いー、痛い！」

逃げていく涼を追いかけて。あたしは……ああ、やると思ったんだよ、歩道橋なんて場所を、逃げる男おいかけて、よりにもよってお出かけ勝負服、普段なら絶対履かないハイヒールのあたしが駆け下りたら絶対やると思ってたんだよ、で、案の定、やった。あたしは、歩道橋の階段を、転がり落ちていた。

判っていたのに。あたしは、もの凄く粗忽な人間で、こける、転ぶ、躓く、ぶつかる、階段から落ちるが日常茶飯事なんだから……こんなあたしが、よりにもよって歩道橋なんて場所から駆け下りようとしたら、そりゃ、こうなるよなあ。

ああ、でも、涼、冷たいっ。自分を追いかけてきた女の子が、歩道橋から転げ落ちたっていうのに、ちらっと一回振りかえっただけで、これ幸いととんずらしやがっている。

これは、ちょっと酷くない？　だってあたし、階段から転げ落ちてるんだよ？　まあ……あたしの普段が普段だし、あたし、盛大に、「痛いー、痛てー、痛てー」って喚いていたから、ま、いつものことであたしは無事だろうと思ったんだろうけどさ。

その間にも、ずきんずきんずきん、左足が、ただごとではない痛みをあたしに訴えていた。

そこで、あたし、そっと、もの凄い痛みを訴えている左足を、自分で撫ぜる。

いや、撫ぜたって、それでどうなるもんじゃないのは、判っている。でも、こんだけ痛いんだもん、「痛いの痛いのとんでけー」っていう、子供の頃からやっているおまじないを、やって悪いことはないだろう。

そんで、ゆっくり、痛みを訴え続けている足を撫ぜつつ、そちらへ視線を送り……その瞬間、あたしは、硬直してしまった。

……え。え？　あの？

変、だ。

あたしの左足は、あきらかにその時、変だったのだ。

だって、えっと……膝小僧が、ここに、あるよね。で、その下の脛が……弁慶の泣きどころなんかがある部分が……どう考えても、あり得ない方向に曲がっている。仮にあたしが不世出のバレリーナだとして、とんでもなく体が柔らかいと仮定しても、それでもあり得ない方向に、曲がっていないか、あたしの足？　いや、その前に。膝で、人間の足は曲がるだろう。けれど、弁慶の泣きどころ部分で脛が曲がるって、それは、人体の構造から言って、あり、なの？　ない、に、一票。

と、いうことは。

あたしの足の骨、折れている。それも、脛が、あり得ない方向に曲がっているんだ、なんかとっても悲惨な感じで、折れていないか、あたしの骨？

そう思った瞬間、あたしは一回、目を瞑(つぶ)る。

いや、目を瞑ったからって、怪我(けが)が〝なし〟になる訳じゃないんだけれど、どうかなしになってくれーって気分で、目を瞑りながら、ひたすら唱え続けていた。「痛いの痛いのとんでけー」

十秒、いや三十秒、目を瞑っていたら、いきなり声をかけられて、あたし、目を開く。

「大丈夫ですかっ！　頭、打っていませんか？」

どうやら、あたしが歩道橋から落下した時、あたしの背後にいたひとが、駆けつけてくれたみたい。

「頭は……大丈夫……だと、思います……」

いや、あたし、階段から落ちるの日常茶飯事ですから。階段、落ち慣れていますから、その辺の守りは鉄壁ですって、まさか、言う訳にもいかず。

「今119番しましたから。もうすぐ、救急車が来ますからね。安心してください」

「……あ……はあ……」

って、普段のあたしにしてみれば、たかが歩道橋のてっぺんから落ちたくらいで、救急車だなんて呼んで欲しくはないのだ。そんなことしたら、あたし、月に数回救急車のお世話になってしまうってことになる。だけど、確かにさっきは、あたしの左足、折れていた筈（はず）で、救急車、呼んでもらった方がいいのかなあ。

そう思って、あたし、もう一回自分の左足に視線を送り……そして、驚いた。

あ……あれ？　ありゃ、まあ。

あたしの左足は、まっすぐ、だった。

膝小僧があって、その下に弁慶の泣きどころ。これが、素直にまっすぐ連続している。いや、これが〝普通のひとの普通の足の状態〟なんだけれど……さっきは、あきらかに、これ、まっすぐじゃなかったよね？　絶対に〝あり得ない〟方へ曲がっていたよね？

でも、今は、まっすぐ。血塗（ちまみ）れだけど、まっすぐ。

いや、そりゃ、まっすぐなのと、まっすぐでないのと、どっちがいいかって聞かれれば、絶対に〝まっすぐ〟な方がいいに決まっているんだけれどさ。しかも、痛みは、おさまっている。

ま。なんか変だけど。こんなこともあるよね。うん、過去にも、こんな変なこと、あったことがあるような気がするんだから……まあ、怪我した直後は、動転していて、いろんなことを〝変〟な風に思いこんでしまったんだよね、それだけの話なんだよね。

　そして。

　救急車によって搬送された病院で治療を受けることになった時……あたし、あからさまに、ERのひとに舌打ちされてしまった。だって……その……確かにあたしの足は結構血だらけだったんだけど……消毒するとか、絆創膏(ばんそうこう)を貼(は)るとか、それ以上の治療が必要な怪我が、まったくなかったので。

「歩道橋の最上部から落ちたのなら、救急車呼ばれたのは正しい判断だとは思いますがね、これ、救急車呼ぶような怪我じゃ、ありませんから」

　……まあ……救急救命のお仕事をやってるみなさまは、多分、非常に忙しいんだろう。そういうひと達に、絆創膏を貼るだけのような治療をさせてしまったのは……うーん、申し訳ないって言えば、本当に申し訳ない。これは自宅の救急箱で済んでしまうような怪我だ。

　そう思って、あたしがこころもち身を小さくすると。さすがに、言いすぎたのかと思ったのか、ERの方、まるであたしにお説教するように。

「あのね、あなた、ほんとに運がよかったんですよ。その状況で、これくらいしか怪我がないだなんて、殆(ほとん)どかすり傷だなんて、あり得ないと思います。まあ、かすり傷しかないのに、こんなにあちこちに血がついているっていうのは、鼻血でも出たのかな、それだけがちょっと心配でしたけど、頭部の検査では何の問題もありませんでした。……でも、いいですか、今回のあなたは、特別に運がよかったんです。本当だったら、もっとずっと酷い……下手したら、命に関わる怪我をしていたかも知れないんですからね」

いや、実際……目を瞑る前、あの時の感覚が本当ならば……多分あたしは、もっとずっと酷い怪我をしていた筈。……まあでも……怪我、してるのより、してない方が、本人的には絶対にいいので、これに文句はない。

「と、言う訳で、注意をしてくださいね」

って言っているERのひとの視線、微妙に揺らぐ。ま、そりゃそうだろう。そもそも彼、あたしにどんな注意をしたいんだか、自分でもよく判っていないんじゃないかなと思う。いや、注意したいことは、判る。「二度と歩道橋から転げ落ちないように注意しろ」ってことだろうとは思う。けれど、〝歩道橋から転げ落ちようと思って転げ落ちるひと〟は、まず絶対にいないし、こんな注意されなくても、ほぼすべての人間は、歩道橋から転げ落ちないように、普通注意しているよなあ。

で、まあ、あたし、不得要領な感じで、微妙ににっこりし、そして、頷いて。

会計で、ちょっとひっかかった。

あたしは、当然この日、病院に行く予定はなかったので、保険証を持っていなかったのだ。そんでまあ、会計で予定外の料金を請求されてしまい、わたわたしていたら（保険証を持っていないと、保険が利かない料金を請求される。ま、これはのち、保険証のコピーを病院に提出すれば精算できるんだそうなんだが、いきなり高額の医療費を請求されると、わたわたするよ。あと、それこそ消毒と絆創膏貼るくらいの治療で、何だってこんなに費用が？って思ってしまったのも、事実。いや、この医療費はしょうがない、あたしの頭の検査にかかったものだったのだ。脳内出血おこしていないか、頭蓋骨は大丈夫なのか、その検査の費用がね、保険が利かないと結構かかるみたいなんだわ）、いきなり脇からお札が出てきて、驚いた。しかも、会計の人がそれをすんなり受け入れてしまって……あたしにしてみれば、も、あせる。あせるなんてもんじゃないっ。

　あたしの脇からお札を出してきたひと。そのひとを誰何しようと思ったんだが、その前に、粛々と会計が済んでしまい、あたしは、病院の宛て名がはいった封筒を貰ってしまい（のち、ここに健康保険証のコピーを領収書と同封して送ると、差額の医療費が返ってくるらしい）、ここで揉めると、より面倒になりそうな気がしたので……しょうがない、あたし、黙ってお札を差し出したひとと、そのあと、ゆっくり、対峙することとなる。（このお札のせいで、あたしは、このひとから逃げられなくなった、と、言っても間違いではない。多分、それを目論んで、このひとはお札を出したんじゃないかと思う。）

そのひと。

四十代ぐらいの、男のひとだった。とりたてて特徴といえるものが何もない、ま、どこにでもいるような、ごく普通のひと。そのひとに先導されるような形で、あたし、病院の中の、食堂へと行く。あたしが歩道橋から転げ落ちたのがお昼前だったから、今は大体午後三時くらい。食堂の入り口には、『昼定食は二時で終了させていただきます。夜定食は五時半からです』なんてプレートがかかっていたから、多分、今は、この食堂にとって、一番暇な時間帯なんだろうな。

がらんとした食堂テーブルに陣取って、二人でコーヒーを目の前にして。

とりあえず、あたし、第一声。

「あ、あの、あなたは誰なんですか?」

うわあ、もっの凄く、〝今更〟な台詞だ。

「板橋徹也と申しますが……名前を言っても、あなたは、御存知ないでしょう? 大体、私の方もあなたのお名前を、存じあげませんし。ただ、こう言えば判るかな、あなたの為に救急車を呼んだ人間です」

あ!

あの時、声を掛けてくれたひとっ！

あたしに、「大丈夫ですか」って聞いてくれたひと。

それが判った瞬間、あたしは、とにかく、この人に感謝。そして、同時に、会計で感じた疑問が解消されるのが判った。会計のひとが、このひとからお金を受け取っちゃったのは、病院側にしてみれば、当然なのかもしれない。だって救急車を呼んでくれたひとがここにいるってことは、この板橋氏、おそらくは救急車に同乗してあたしと一緒に病院まで来てくれた訳で、あたしの治療と検査が終わるまでER前で待っていてくれたんだろうし……なら、病院のひとは、このひとをあたしの知人だと思ったに違いない。

「あの、救急車を呼んでくださって、どうもありがとうございました。いえ、それより前に、倒れているあたしのことを気にしてくださって、どうもありがとうございました。しかも、なんか、お金、借りてしまうことになったみたいで……あの、あたし、家に帰ったら、すぐにあなたに送金します。今、ちょっと持ち合わせがないもので、それで、すみません、あなたにお金を立て替えていただいている格好になっているんですが、それ、すぐに何とかしますから。本当に、申し訳ありませんでした、っていうか、ありがとうございました」

あたしがこう言うと。何故(なぜ)か、板橋氏はくすっと笑ったのだ。

「本当に？」

「……って……仰(おつしや)います……と？」

「あの、私が、救急車を呼んだのは、むしろ迷惑な行為だったんではないかって、今では私、思っているんですが」

「いえっ！」

ここはもう、全力で否定。

「そんなこと、ありませんっ！」

確かにあたしの怪我は、まったくたいしたことがなくって、ＥＲのひとにさえ、「この程度の怪我で救急車を呼ぶなよ」って思われていたような怪我だったんだけれど……それは、まあ、その、〝結果論〟だよね？　なら、あの時救急車を呼んでくれた板橋氏の行為は、どう考えてもとてもありがたいものだったのだ。

「……本当に？」

板橋氏、もう一回、同じ台詞を繰り返す。それも……なんだか、とっても含んでいるものがあるような感じで。

その視線に、何か違和感を覚えて、あたしが彼のことをじっとみると……板橋氏、ふいに、スマホをテーブルの上に載せたのだ。そして、それを操作して。

「これ、判りますか？」

板橋氏のスマホに写っていたのは、いかにも硬そうなコンクリート製の階段が三段くらいと、アスファルトの地面。えと……この階段は、あれかなあ、歩道橋の、一番下？　んでもって、そこには、赤い水たまりがあった。直径二十センチくらいの、赤い水たまり。

いや、この赤い水たまり、ひょっとして……血、か？

うわあ、もしこれが血だとしたら、なんか、新鮮な血だまりだわ。あきらかに乾いていない、指で触れたらぴちょんって跳ねてしまいそうな感じがある。

「これ、ね、救急車が来て、あなたを収容している間に、撮ってみました。あなたが倒れていた歩道橋の下にあった、血だまりです」

で……しょう、ねえ。この状況で、他の赤い水たまりを見せられる理由がない。かといって、血だまりを見せられる理由も、あたしには判らないんだが。

そこで、あたしが、なんとも不得要領な顔をしていると。板橋氏、ちょっと苛立った感じで。

「で、教えて欲しいんです。あなたは……何、ですか？」

「って？　あ、申し遅れました、あたしは、高井南海っていいまして、えっと、R大学の四年生で」

「そういうことを聞いているんじゃないってことは、お判りでしょう？」

え。全然、お判りじゃない。だもんであたし、本当に、目をぱちくり。

「あなたは、一体何なのかってことを、僕は聞いているんです」

「だから、高井南海と言いまして」

「じゃなくてっ！　あなたは、吸血鬼なのか人狼なのか超能力者なのか、そーゆーことを、私は、聞いているんですっ！」

まじまじと。あたしは、板橋氏を見てしまった。凝視してしまった。でも……板橋氏、本当の本気で、この台詞を言っているみたい。

あ、駄目だこりゃ。このひとは、普通のひとじゃないわ。電波のひとだわ。絶対関わり合いにならない方がいいひとだわ。

それが判ったので、あたし、何となくお愛想笑いをしつつ……でも、板橋氏にお金を借りていることだけは確かだったので、とにかく彼の住所と送金先を確認して、あとはばっくれようって思ったんだけれど、板橋氏は、これを許してはくれなかった。気がつくと、あたしは彼に、手首を握りしめられていて……。

「もう一回、見てください。これがあなたが救急車に収容されたあとの、歩道橋の状況です」

「ああ、はい、そうでしょうね」

んで、それが、何か？

「見てください、どう見ても血だまりです。それ、ひとにばれていいんですか？」

って？　板橋氏、何を言っているのだ。

「こんな血だまりができるような怪我をしたひとが、救急車に乗せられて、実際にERについたら、怪我など殆どなかった。こーゆーの、通用するって、思っています？」

いや、確かにそれはとっても〝変〟な話であるとは思っていたんだけれど。でも事実がそうだったんだし。こりゃもう、何と返事をしていいのやら。

「私は、見てました。歩道橋から落ちた直後のあなたは、もっとずっと酷い怪我をしていた筈。その怪我が発生する状況を、私は、いや、うしろにいたから、すべてを見ていた訳ではないな、でも、あなたが思っている以上に、見ていました。だから、判ります。あなたは、転げ落ちてから、救急車が来るまでに、自分で自分の怪我を、治してしまったんだ。こんな、血だまりができるような怪我を、ほんのかすり傷に」

あ。今ではもう、なんかの間違いだって思ってしまっている、弁慶の泣きどころからあらぬ方向へ曲がっていたあたしの足。あれが事実だったんだと思えば……確かにあたしは、自分で自分の怪我を治してしまったっていう話に、なるのかな？　〝痛いの痛いのとんでけー〟っていうのは、あたしが思っているのよりはるかに強力な呪文(じゅもん)なのかなあ。

「だから、私は、聞いています。あなたは、何ですか？」

……いや。

何度聞かれたって、あたしにしてみれば、同じ答を返すしかない。あたしは高井南海です。ごく普通の大学生です。けど、板橋氏は、こんなあたしの台詞を容認してくれる気がまったくないみたいで……。

「あなたは、吸血鬼なのか、超能力者なのか、人狼なのか」

……大変、申し訳ないんだけれど。

あたしは、普通の、人間なんだけどなあ。あきらかに、板橋氏が、なんか誤解しているだけなんだけどなあ。

けど、板橋氏が、こんな誤解をしてしまったのは……えーと、客観的に言って、しょうがないこと、なの、かな？　そんな気もする。

んで、あたしがそう思ってしまうと。

……このあと、あたしは、一体全体どうすればいいんでしょうか？

で。

本当に長い時間がかかったのだが。

あたしは、あたしが信じていることを、訴えて訴えて思いっきり訴えて、いや、説得なんてしようもないわな、とにかく、自分が思っていることを訴えて訴え、ようやっと、あたしが、吸血鬼でも超能力者でも人狼でもないってことを（少なくとも、自分ではまったくそんなことを認識していないことを）、板橋氏に認めてもらった。

んで、こうなると。

板橋氏は、「それならあの時、伸びていった〝あれ〟は一体全体何だって言うんだ」とか、あたしには理解できないことを言い出して……そんで、それから。

もの凄く言い渋っていたんだけど、話を聞いてみると、そもそも、板橋氏が、超能力者だったみたい、なのだ。（いやあのその……〝超能力者〟っていう言葉を、現実にいるものとして扱う、それがすでに〝変〟だって、あたしは思っているんだけれどね。このあとのことを考えると、そうとしか言えない。）

彼の能力は、この世の中に存在する、〝亀裂〟というものを認識できる能力、なんだそうだ。板橋氏に言わせると、世の中の空間には結構、亀裂がはいっているらしい。そんで、彼には、それが、赤系の色の靄に見えるらしいのだ。

勿論。

世界には、あっちこっちに赤い靄がある、これは、板橋氏が勝手に言っている理屈であって、それが、〝世界の亀裂〟〝空間にはいっている亀裂〟だっていうのも、板橋氏が勝手に思っているだけのこと。

その赤い靄は、板橋氏以外にはどうやら見えず、しかも、他のどのひとも、その靄をまったく気にせず日常生活を営んでいる、この事実だけを思えば、〝靄〟なんて、板橋氏の妄想だって言っちゃっていいんじゃないかと思われる。

けれど。殆どのひとが、その靄をまったく気にせず、触っても何の問題も起こさず、まったく普通の空間として生きているのに……なのに、今までの人生で、板橋氏、この靄が起こす事件を、いくつも見てきたそうなのだ。

「かなり稀になんですけれど、あの靄がある処では、事故が起きることがあるんです。時々、あるでしょう？　まったく何もない処で何故か事故が多発するっていう事態。まあ、ひとが転んでもそれは〝事故〟ってあんまり言いませんから、主に〝交通事故多発地帯〟っていう言葉になるんですが。そういうところに、私が行ってみた処、その場所にはいつでも必ず、かなり大きな靄がありました」

つまり。板橋氏に言わせれば、それらの〝事故多発地帯〟には、必ず赤い靄があり（ということは、空間の亀裂があり）、不幸な事故を起こした車は、不幸にも何かのはずみで、空間の亀裂に何らかの影響を受ける事態に立ち至ってしまい、そして事故を起こしたのではないかってことになるらしいのだ。

「あなたが転げ落ちた歩道橋の上の部分、ちょっと前から気にしていたんですよ。あそこにはかなり濃いピンクの靄がありましたから、事故が起こらないといいなって。そして……私に言わせれば、あなたは、あの空間の亀裂に、足をとられて、それで歩道橋から転げ落ちた……そうとしか、思えないんです」

……んなこと……言われても、なあ。

「それに、はっきりいいましょう。あなたが落ちた時、あの靄、あなたの足首にひっかかって、まるでゴムみたいにぐにょって伸びたんですよ、そしてそのまま、歩道橋の下、あの血だまり部分にまで、うにうにって伸びてしまった。今までも、靄の処で事故を起こした現場、私は何回も、見たことがあります。けれど……靄が、ぐにょって伸びるのは……あんなの、初めて見ました。靄が変形するだなんて、ほんっと、初めて見ました。あきらかに、あなたは、空間の亀裂に足をひっかけて——というか、亀裂に足がひっかかったまま、亀裂伸ばして落ちていったんです。あの靄に影響をうけるひとや車は、稀にあるんですけれど、あなたは、影響をうけただけじゃなくて、あきらかに亀裂自体に物理的にひっかかって、亀裂伸ばしながら落ちていったんです。こんなの……こんなひと、初めてなんです」

……だから……そんなこと、言われても、なあ。勿論あたしには、そんな靄なんて見えないし、だからそれ、全部あなたの妄想ですって言いたいところなんだけれど……。

でも……。

この板橋氏の台詞聞いてふっと思い当たった、あたし側の事情がなあ……。

実はこの亀裂話を聞いて、あたしには思い当たることが、まったくなかった訳ではないのだ。

あたしがあの時、あの歩道橋を駆け下りようとしたのは、別れ話が拗れた恋人である涼をおいかけたせいなのね。んで、その、恋人である筈の涼が、あたしが階段を転げ落ちたのを放っといて、あたしのことを見捨てて逃げたのは……ま……その……ある意味、しょうがない。何故ならば、えっと、その、あんまり言いたくはないんだが、あたし、多分、涼にとって、〝ストーカー〟に近い存在に、最近なっているかもしれないから。（……えっと。えっとおっ。あんまり、ほんとに、全然、言いたくはないんだが、はい、確かにあたしは、涼に、「別れて欲しい」って、言われていましたよ。でも、それに納得できなかったんで、涼に、付きまとっているっちゃ、付きまとっていましたよっ。偶然を装って涼の出没先に行ったりも、しましたよっ。んで、こんなあたしの行動が嫌になったのか、「とにかく一回会って話をしたい」って涼が言ってくれ、んでもってあたしは、全面勝負服でこの会見に臨み、結果として、別れ話が確定になり、それでも追いすがったあたしを、涼が振り切って逃げた、それが、まあ、あの歩道橋の事件の、正しい表現だ。)

「でも……普通の男は……そういうことを、しますか?」

って、本当に不思議そうに、板橋氏がこう言って、あたしは、きょとん。

「はい?」

「いえ、たとえストーカーであっても、知り合いの女性が、歩道橋の最上部から真下まで、転がり落ちたんですよ? 普通の男なら……いや、普通の人間なら、ストーカーであるかどうかはまったく別の話として、そのひとのことを、心配しませんか?」

あ。ああ、いや、だから、それがあたしの思い当たった特殊事情。

「それはもう、ないです。絶対」

断言できちゃう自分が哀しい。

「別にね、涼が薄情な訳じゃない。あたしをよく知っているひとは、あたしが階段から転げ落ちようが何しようが、あたしのことを心配しないに決まってるんです。ましてあたしが、生きていて、『痛てー』とか何とか言っていたなら」

「……？」

「あの。何と言っていいんだかよく判らないんですけれど……あたしはね、もっの凄く粗忽な人間であって、転ぶ、こける、躓く、落ちる、そーゆーのが、普通なんです」

「………？　あの？」

「なんたって、一回は付き合っていたことがあったんだ、涼はそれをよく知っていますから、だからあたしが普通に『痛てー』とか言っている限り、あたしのことを心配しない、それが当たり前だと思います」

「……よく……判りません……が……」

「んとね、例えば、去年あたしは、七回か八回、階段から転がり落ちているんです」

「はい？　すみません、ちょっとよく聞こえなかったみたいなんです」

「いや、あなたは聞こえていますって。ただ、あたしの言っていることの方が、普通じゃないんです。あたしは、去年、七回、階段から落ちました。何もない処で転ぶなんて、もっと日常茶飯事で、週に三回ぐらいはやってます。自慢じゃないけれど、大体自慢にならないと思いますけど、生まれてこの方、あたし、体に青あざや黒くなっちゃったあざや擦り傷がなかった時がありません」

「あの……なんか、今、凄いことを聞いているような気がするんですが……」

「事実がそうなんだからしょうがありません。んで、こんだけ落ちて転んでいる人間なんですから、たとえ階段のてっぺんから転がり落ちようが、どんだけ転ぼうが、あたしが『痛ってー』とか言ってる限り、誰も心配なんかしてくれません」

「……あの……」

「でも、階段落ちで言えば、これでもずっと少なくなってるんです。あたしが高校の時、うちの実家は建て替えまして、あたしの部屋を二階に作ってもらったんです。そんで、高校時代、あたしは、実家の階段からほぼ毎日落ちていましたから。大体一日一回はデフォルトで落ちる。年間三百回は落ちてましたね。あんまりあたしが落ちるんで、うちの階段には手すりと滑り止めがつきまして、階段の下にはムートンが敷かれてます。大学はいって上京したんで、あの階段上り降りすることがあまりなくなったんで、おかげさまで階段から落ちる回数は、ぐっと減りました」

「ぐっ」

板橋氏、なんか、もの凄く呑み込みたくないものを、無理矢理呑み込んでいるような表情。そしてそれから。

「で……その……お怪我、は？」

「かすり傷とあざ以外は殆どないのがいつものことなので。だから、うちの親も知り合いも、まったくそれを気にしないようになっちゃったんです。うーん、一番凄い記録はあれかな。高二の時、友達がうちに遊びにきてくれて、あたしの部屋が二階だからみんなであたしの部屋に行って、あたしは紅茶だして……みんなが帰る時に、あたし、六人分のティーカップをお盆に載せて階段おりて、その状態でまた、転げ落ちたんですよねー。それこそ、階段のかなり上部から、お盆の上の六客のティーカップ、ティーソーサー、スプーンに砂糖壺、ミルクピッチャーつきで。で、あたしはまったく怪我をしなかったし、割れた食器もゼロでした」

「それは変ですっ！」

って、確かに、これは〝変〟なんだが……事実がそうなんだから、しょうがないだろうがよー。

「あたしもね、自分でもこれはどうかなあって思いましたよ。うちの親だって、あたしがあまりに粗忽すぎるって、いっつもいっつも心配してましたけれど、生まれた時から粗忽なんだから、も、しょうがないでしょう？　亡くなったおばあちゃんなんかも、ほんとにあたしのことを心配してくれていて……んでまた、この間の法事で、あたしがいつものように二回も三回もこけてあっちこっちぶつけて、そん時の親戚の反応なんか、『ああ、南海だ』で終わりですもん。『おばあちゃんもお墓の中で言ってるよー、これは南海だって』『南海だからしょうがないよね』って」

「高井さん……あなたの親戚、おかしいんじゃないですか？　いや、だって、それは、普通じゃないですよ。普通のひとは、ひとが何かにぶつかって怪我をしたら、まず、心配します」

「……あたしの場合、そんな心配をされてしまうと、日常生活が成り立ちません」

いや、これはほんとにそうなので。

「それに大体、普通のひとは、普通、そんなに階段から落ちたりしません」

だろうなあ。そうは思うんだよ。でも。

「あたしは、落ちるんです。……そう言えば。ちょっと前に、昔の映画で『蒲田行進曲』のブルーレイ、借りて見たんですよねー。あれ、あたし、本当に不思議で。階段から落ちることが問題になってる映画でしょ？　あの階段落ち……どこが問題ですか？」

「すみません、高井さんが仰っていることの意味が判りません」

「いや、人間、あの程度の階段落ち、普通にしませんか？　何であの程度の階段から落ちるのが映画になっちゃうんだか……」

「普通の人間は、ああいう階段からああいう風に落ちたら、死ぬか大怪我しますっ」

「あたしは普通にああいう階段からあの程度の落ち方をします。さすがに毎日はないですけれど、まああの……たまには。ま、あんなでっかい階段が近くにありませんから、ああ、これは、階段の巨大さの映画なのかなって思って納得はしたんですが……でも、普通、ひとは、そこに階段があったら、落ちますよね」

「落ちません！」

そう。

これがあたしにとっての〝思い当たること〟なのだ。

今まであたし、自分が転ぶのは、階段から落ちるのは、粗忽だからだって思っていたのだ。けれど……あたしにも、〝よく落ちる階段〟と〝今までの人生で一回も落ちたことのない階段〟が、ある。これ……板橋氏が言った、空間亀裂理論を導入してしまうと……なんか、素直に、納得できてしまわないか？　あたし、とにかく〝階段がある、故に落ちる〟っていう、粗忽人生を歩んでいる訳ではなく、〝空間の亀裂があるから、だから落ちる〟っていう、因果関係がある階段落ち人生を歩んできたんじゃないかっていう可能性が。

（因果関係がある階段落ち人生……ああ、言っててこんなに虚しい台詞も、またとないんじゃないかって気もするが……。）

んで。ここで、板橋氏、深い深いため息をついたのだ。そして。

「そして……そんな、ひたすらに転んで落ちる人生を送ってきた高井さんは、それでも、今まで、たいした怪我をしていないんですよね？」

「はい。骨折したことなんか、まだ一回もありません。いつだって、かすり傷です」

「でも、本当は違った。あの血だまりが、それを実証していますよね」

あう。これを言われてしまうと……。

「答は、あきらかだと思います」

ここで、板橋氏、とんでもないことを言ったのだ。

「私が、空間の亀裂を見ることができる超能力者だとすると、あなたは、その空間に物理的に作用できる超能力者なんだと思います」

「え……物理的に作用って……」

「判りやすく言えば、亀裂にひっかかる超能力者。この世界には、いたる処にとても沢山の亀裂がある。普通の人間にはそれが見えませんし、普通の人間は、その亀裂に左右されずに生活を営んでゆくことができます。ですが、あなたは、その亀裂を……見ることはできなくても、物理的に接触できる超能力者。だから、普通のひとがまったく普通に生活している処で、ひたすら、なにかっていえば、こけて、転んで、躓いて、亀裂が階段にあれば、そこから転げ落ちるんです。世界にはね、ほんっとにあっちこっちに亀裂がありますから。普通のひとは、それが見えないだけじゃなく、それを感知できませんから、こんなに山のようにある亀裂、無視して生活を営んでいますが……それに、物理的にひっかかってしまう超能力者にとっては……この世界、あっちこっちひっかかり処満載なんですよ。しかも、それが見えないとなったら……罠で構成されている世界の中で、目隠しされたまま生きてるって話になりませんか？」

こう言われてみると……これは、何だか、嬉しい。これは、さっき、あたしが自分で思ったことと、ほぼ同じ内容、あたしは単に粗忽な訳じゃないってことなんだけれど、他人様にこう言ってもらえると、ちょっと嬉しい。

でも。けど。とは言うものの。

「あの……もし、板橋さんが仰っていることが、本当だとしたら……あたしの能力って、超能力と言っていいもの、なん、ですか？」

「……と、仰います、と？」

「いや、だって〝亀裂が見えないのに、ひたすらそれにひっかかる〟能力って……ない方がずっといいっていうか、ずっと平和だっていうか……こんなもん、超能力と言っていいんだか……」

「超能力は、〝普通の人間の能力を超えた〟能力っていう意味です。素晴らしいものである必然性も、あった方がより適応できる能力だっていう意味も、ないです」

ああ。確かに。言われてみたら判る。確かにそれはそうだ。

ううん、でも、これは、ちょっと哀しい。

あたしは〝超能力者〟で、でも、その〝超能力〟って、〝普通のひとはかからない罠にひたすらかかりまくる〟っていう超能力で……どう考えても〝ない方がずっといい〟超能力だよねえ。

んで。そんなことを思って、あたしがちょっとしゅんとしてしまったら。いきなり板橋氏が、こんなことを言ったのだ。

「でも、あなたの超能力は、多分、まず滅多にないくらい、素晴らしいものではないかと……」

はい？

それは、一体、何？

「だってあなたは、修復が出来る」

えと？

板橋氏が、何を言っているんだか、この時のあたしは、判らなかった。

「確かにあなたには、あの亀裂が見えないんだろうと思います。だから、あなたは、世界に存在する亀裂にことごとく躓いてしまって、他のひとよりははるかに、何かって言えば躓いて、こけて、転んで、階段から落ちていたんでしょう。……でも、あなたには、それを補ってなお、余りある能力が、あります。そんな幼少時代を過ごしたあなたが、今まで、たいした怪我をしなかった。と、いうことは……あなたには、空間の亀裂を利用して、自分の体の損傷を修復できる、そんな技術が、あるんじゃ、ないですか？」

えとあの？　何を言っているんだろう、板橋氏。

「とてももの凄く、転ぶし、こけるし、躓くし、落ちるし、ぶつかる。そういう、あなたが、今日まで、あんまり問題になる怪我もせず、骨折なんか一回もせず、人生をまっとうしてきたのは……その、変、だと、思いませんか？」

……い……いや、そんな言われ方をすれば、確かに、〝変〟だと思いますけれど。

「あなたには、それを修復できる能力があるんだ。……多分、どうやっているのか、そもそも、そんなことをやっていること自体、あなたは把握していないと思います。でも……あの歩道橋の下で、僕が救急車を呼んでいる間、あなた、目を瞑って自分の怪我を撫ぜていませんでしたか？」

　いや、いました。確かに。「痛いの痛いのとんでけー」って、おばあちゃんに教わった呪文を唱えていました。

　で、愕然。

　そう言えば。

　以前にも酷い転び方をして、痛くて痛くてしょうがなかった時。もの凄いいきおいで階段から落ちて、体中が痛かった時。いつだって、あたしは、目を瞑って、「痛いの痛いのとんでけー」ってやってた。

　それが、あまりに習慣になっていたから、あきらかに自分の脛の骨が折れているって判った時も、あたしは、目を瞑って「痛いの痛いのとんでけー」を、やったのだ。そして、骨が折れていないって判った時、それに納得してしまったのだ。それを〝おかしい〟とはまったく思わなくなっていたのだ。

　そんで、実際に、あの呪文で（というか、目を瞑って手で傷を撫ぜる仕種と……えーっとお、よく判らないけれど、その時、あたしが異空間でやっている〝何か〟によって）、傷が治ったのなら。

　それはその……あたし、すっごい超能力者だっていう話に……なってしまいそうな気もする。

　うん、あたしに、擦り傷とかすり傷と、あざがやたらとあるのは……特にあざになるような怪我は、主に打撲が原因で、出血していないから、あたしが無意識のうちに呪文を唱えなかったせいかも知れないし、無意識のうちに随分治してしまったから、だから、本当にもの凄い怪我が、あざになる程度で済んでいたっていう話なのかも知れない。

「あと。とても、気になるのが、あなたの高校の時の思い出話、ですね。茶器と一緒に、階段を転げ落ちたっていう奴」

「あ……ああ、はい」

言われてみれば。あの時、あたしがお盆に載せていたのは、ノリタケとか何とかいう、茶器だった。友達が来るからって、あたしが見栄はって、母の秘蔵の茶器を持ち出したので、これ割っちゃうと、どんなに母に怒られるのか。確かに、そんな、恐怖を覚えた記憶がある。だから、これが全部無事で、何ひとつ欠けた処がなくて、あたしは本当に安心したんだけれど……でも、『痛いの痛いのとんでけー』でもって、壊れた茶器を修復することができるのか？　いや、それ、話が違わない？

……その、前に。

考えてみれば、これ、全部、仮定の話なんだよね。

何ひとつ、実証、できて、いないんだよね。

という訳で、翌日。あたしは、板橋氏と連れ立って歩いていた。(会ってすぐさま、お金は返した。これでまあ、あたしは板橋氏が〝電波さん〟だった場合振り切って逃げることができる。あたしにそういう余地を与える為か、板橋氏は、あたしと携帯の番号を交換しただけで、あたしの住所エトセトラを追及はしなかった。)

そんで、まず、二人で、あたしが落ちた歩道橋へとやってきた。そこで、板橋氏。

「ない。……見事に、ない、です、あの靄。あんなに濃いピンクだったのに、消えてしまったのか……。高井さんの足にひっかかって、むにーって伸びた瞬間に、なくなってしまったのかな、いや、今までの人生で、あの靄が消えてしまったの見たの、これが初めてです」

そんで。

少なくともここには〝亀裂〟である〝靄〟がないと判ったので、あたし達は、板橋氏先導で、何となく連れ立って歩く。そして、適当に歩きながら、時々板橋氏が言うのだ。

「あ、見えます、あそこに靄が」

「ここの靄、ピンクというより桃色に近い……強い、です」

板橋氏がこんなこと言う度に、あたしは、そこに行ってみた。んでもって……とても情けないことに、毎回、あたしは、その靄にひっかかって、こけそうになったのだ。

「……本当に……高井さんは、あの靄に、必ずひっかかるんですね……。そこにありますよって私が言っていても、それでも、ひっかかるんですねえ……」

「ぜんっぜん！　全然嬉しくない話ですっ！」

　幸いなことに、「ここにありますよ」って言ってもらっているから、びたんっ！って感じでこけるまではいかないんだけれど……でも、どの靄（って、あたしには見えないんだが）でも、必ずあたしは、躓いた。

　そして。なんか、満を持したって感じで、板橋氏、あたしをとある横町に連れ込んで。

「実は、ここに、私が今までの人生で見た中で、一番濃い靄があります。すでに、真紅に近い色です。……ここは、私が先に行きますから。あまりにも強い亀裂なので、まず、私がその位置を示します。それまで、高井さんは、近づかないで。危険かも知れませんから」

「って、板橋さんは大丈夫なんですか？」

「非常に不本意な言われようだろうと思うんですが、あなた以外のひとは、この靄に触っても大丈夫なんですよ」

　確かにとっても不本意だ……。

で、板橋氏が示している、靄があるって処に、おそるおそるあたしは近づき、手を伸ばして……うにゃあ？

「な、な、なんかある！　指先に、ひっかかります、ここ、何かっ」

「靄が伸びてる、うわあ、ほんっとに高井さん、亀裂に指をひっかけてそれを伸ばすことができるんですすねっ！」

い、いや、そんなこと、得々と言われてもなあ。

「で、高井さん、そのままでいてください」

んで、ごそごそごそ。板橋氏、鞄(かばん)の中から、何かを取り出す。それをあたしに渡す。

「そのまま、その、ひっかかる処にこれを持っていって……治して、いただけませんでしょうか？」

「って、はい？　普段あたしは、自分がこけた時は、『痛いの痛いのとんでけー』って撫ぜるだけなんですけど……」

「はい、それを、よろしくお願い致します」

渡されたものに目を向けると、それは、〝破けた〟っていうよりは、もうちょっと酷い破け方をした、猫のぬいぐるみの残骸(ざんがい)を集めたものだった。どういう状況で、ぬいぐるみが、こんな壊れ方をするんだろう、ちょっと疑問に思ってしまうような感じのもの。

まあ、でも、言われたように、いつものように、「痛いの痛いのとんでけー」をやって。

そうしたら。

「ありゃりゃりゃりゃりゃ」

判っていた、とは、言える。けれど、いざ、自分の手の中に、きっちりとした猫のぬいぐるみが出現したので……あたし、驚く。驚いた瞬間に、手を思いっきり亀裂から引いてしまい……。

「うわあああ、また、亀裂が、ぐにって伸びるー。高井さん、あなた、亀裂を伸ばすのやめてくださいっ」

「って、あたしはそんなこと、やってませんっ！」


　そして、気がつくと、板橋氏は、静かに泣いていた。猫のぬいぐるみを握りしめて、ただ、ただ、静かに涙だけが溢れてくる。

「……あの……？　板橋さん……大丈夫、ですか」

　しばらくの間。あたしは、泣いている板橋氏に声をかけていいんだかどうなんだか、判らずにいたんだけれど。あまりにも事態が硬直しているので、仕方なく。

　すると、板橋氏、いきなりこんなことを言い出したのだ。

「これはね、うちの娘が死んだ時に握っていたぬいぐるみです。四つでした。俺と家内が目を離した瞬間に、駅のプラットフォームから線路に落ちましてね、よりにもよって、その瞬間、電車がはいってきちまって。……娘の体は、ずたずたになったんですけれど、このぬいぐるみも、ずたずたになりましてね。娘がほんとに愛していた、何より大切にしていたぬいぐるみだったってことは判っていたんですけれどね、ですから、かけらを拾い集めはしましたけれどね……どうしても、修復する気に、なれませんでした」

　うわああ。これはもう……何とも、言葉の掛けようがない。いや、そんなぬいぐるみ、あたし、治してしまってよかったんだろうか？

「そもそも、どうやっても綺麗に直るとは思いませんでしたしね。でも……高井さんは、治せるんだ。……凄い、ですね」

あたしが、何か言おうとした瞬間、板橋氏は涙を拭いて、そして、自分が泣いただなんてことがなかったような顔になり、もの凄く現実的なことを言う。

「ところで、高井さんは判っていないだろうと思うんですが、ここの亀裂、消えました」

「え？」

「歩道橋の時も思ったんですけれど、どうも、高井さんが、物理的に思いっきり引っ張ると、亀裂は消えてしまうみたいなんですよね」

あ。あ、それはっ。

ちょっと思ってしまった。もし、あたしが物理的に思いっきり引っ張ることにより、亀裂がなくなってくれるのなら。

「それ、あたしの、理想の仕事になるかもっ。あたし、それ、やってみたいですっ」

「……って仰いますと？」

「この世の中のすべての亀裂を、とにかくあたしが引っ張って消し去る。ああ、なんかこれ、すっごく〝いい仕事〟みたいな気がする！　この世の中から、〝亀裂〟すべてが消え去ってしまったら、そりゃ、あたしにとって住みやすい世界に、なると思いませんか？」

「あ……ああ」

板橋氏、成程(なるほど)って感じで、一回頷いてくれ、そしてそれから。

「高井さん、大学四年って、仰ってましたっけか？」

「え、はい」

「さては、就職が決まっていませんね？」

え。あ。いや。そうなんだけれどね、こんな時期なのに、まだ内定ひとつもでていないんだよね。で、ついついこんなこと言ってしまったんだけれど。

すると、板橋氏、くすって笑って。

「確かに、この世の中から亀裂すべてを消すっていうの、素晴らしい仕事だと思いますよ。事故多発地帯が減る訳ですから、世の為、ひとの為になる素晴らしいお仕事です。けれど、亀裂が消えて実利があるのは、私が知っている限りでは、高井さんだけです」

はい、多分。

「と、いうことは、そういう仕事を発注してくれる企業は……」

「ない、ですね」

いや、その前に。

世の中の企業が、こんな、あたしや板橋氏が思っているような〝超能力〟を、認めることはないだろう。いや、あってしまう方が、おかしい。

そんでしょうがない、あたしもくすっと笑って。

で、なんとなくこの後、あたし達は呑みに行った。

いや、お嬢さんのことなんか、聞いてしまったし。あたしもなんだか、長年の粗忽疑惑が解消されて、呑みたい気分だったし。

んで、二人して、気持ちよく呑んで、更にその翌日。

あたし達は、何故か、一緒に新幹線に乗っていたのだ――。

乗っているのは、〝こだま〟。

行く先は、あたしの実家。静岡。

とにかくあたし達は、確認したい気持ちになっていたのだ。少なくとも、あたしは、確認したい。

あの、とにかく何が何でも落ち続けていた、階段。

あたしは、二階の自分の部屋へ行くのに、ほんとに階段から落ち続けて、落ち続けて、どうやっても落ちて、手すり握っていても落ちて、みんなから粗忽だと言われ続けていた、あの、階段。あれは、階段に（というか、ほぼそこにあるであろう亀裂に）問題があったんだよね？　あたしの粗忽じゃ、ないんだよね？

ただ。実は、この春、兄が結婚したんだよね。そして、それにあわせて、実家、部分リフォームした筈なの。（あたしの部屋はなくなるっていう話だった。）この間、あたしが帰省したのはお正月で、リフォームは春だったから、実家がどうなっているのか、実はあたし、判らないのだ。

東京駅で、あたしの実家への手土産に銘菓なんか買った処で、板橋氏。

「私のことは、そうだなあ、高井さんのバイト先の上司だってことにしませんか？　さすがにこれだけ年が離れていると、友達って言いにくいでしょう」

いや、それは、確かにそう。でも、バイト先の上司が実家へ行くって、何なんだそれ。けど……いずれにせよ、四十男があたしの実家にお邪魔するっていうの……どう言い繕っても、変、だよね。

かといって、今となっては、板橋氏を実家へ連れてゆかないって選択肢も、あたしにはないのだった。

いや、だって。両親、兄は、あの階段から落ちていないんだ、亀裂にひっかかる能力はないだろう。兄嫁も、普通のひとなら、多分大丈夫。でも、いずれ生まれてくるかも知れない、あたしの甥か姪は……あたしと血が繋がっているんだ、もしこの超能力に遺伝の側面があるのなら……危険、かも、知れない。ちっちゃな子供が、「痛いの痛いのとんでけー」ができるようになる前に、階段から落ち続けたら、死んじゃうかも知れないじゃない。板橋氏のお嬢さんが亡くなった話を聞いてしまったせいか、あたし、それが、ちょっと怖くて。んでもって、只今の実家に、亀裂があるのかどうか、それは板橋氏じゃないと判らない。

いきなり娘が四十男を連れて帰省して、しかも開口一番、とにかく家の中を見せてって言ったので、出迎えてくれた母は、なんかほんとにぎょっとしたみたいだった。（平日だったもんで、父と兄と兄嫁は只今仕事にでている。）通されたのが、新たにできた二世帯共同のリビング。前の家のちっちゃなリビングを大幅に改装し、対面型のカウンターキッチンをつけたＬＤＫになっていた。しかも。

「あ、階段の位置、動かしたんだね？」

「そうなのよ。パパもお兄ちゃんも久美子さん（兄嫁）も、なんか、リビング吹き抜けのデザインにとっても心を動かされたみたいで、ここに吹き抜け作る為に、階段があっちへいっちゃって、あんたの部屋もなくなっちゃって……」

「あ、ママ、それはいいから。お兄ちゃんが結婚してこの家に住んでくれるんだし、あたしは東京で就職するんだから、そんなの気にしなくていいから。うん、確かに、この吹き抜けは、開放感があって気持ちいいよね」

　気持ちいいより前に。以前階段があった処が、今は二階までの吹き抜けになっているので、あたし、安心。ここで、板橋氏が、手土産の銘菓を差し出したので、慌てて母は、お茶をいれにカウンターキッチンの向こうに行く。

母が声の届かない処へ行ったのを確認してから、氏、大きく息を吐く。

「いや……これは……すっごい亀裂だ。真紅なんてもんじゃない、殆どどす赤黒くなっている亀裂、です。これなら、高井さんが階段から落ちない訳がない」

「そんな……ですか」

「いや、あなた、ほんとによく命がありましたよ。そういう亀裂です。でも、大丈夫。リフォームしたおかげで、あの亀裂、今、吹き抜けの何もない三メートルくらいの処に浮いているだけですから。あそこにひっかかることは、地上三メートルを歩いていない限り、無理でしょう。……いやあ、リフォームしてよかったですよ。あの亀裂なら、高井さんでなくても、影響を受けやすいひとなら稀にひっかかってしまうことがあるかも知れない」

「……ほおお。あたし、安堵のため息。ということは、あの家に住んでいた時、あたし以外のひとが階段から落ちなかったのはむしろ運がよかったのか。あ、いや、あたしがひたすら落ち続けたので、あの階段には手すりができ、下にはムートンなんて敷かれてしまったのだ、躓くひとがいても、手すりとムートンが被害を軽減してくれていたのかな？　そう思ったら、あの階段で、あたしが落ち続けたのにも、意味があったのかな？

と、ここで。板橋氏、ちょっとひとが悪い微笑を口元に浮かべて。

「ところで高井さんは、東京で就職するんですか」

「……まだ内定もらえてないって御存知でしょ？　それ、厭味ですか？」

「いえ、勧誘です」

で、ここで、あたしは、板橋氏から初めて名刺を貰った。そこに書いてあったのは、有名な企業の名前、あたしなんかそもそも就職活動すら考えていないランクの企業の名前で、書かれていた役職は、板橋氏の年齢を考えるとほぼあり得ないようなもので……。

その時、お茶を持った母が、あたし達が座っているソファの処に帰ってきた。したら、その瞬間、板橋氏、立ち上がり。

「板橋徹也と申します」

いきなり、板橋氏、母に名刺を渡したのだ。反射的に名刺を受け取った母、そこに書かれている企業名と板橋氏の役職を見て、目を剝く。

うん、ずっと専業主婦をやっていた母でもよく知っているような、そんな企業名なんだよね、これ。

「先程、高井さんのバイト先の上司、と言ったのは、そのままではありませんでした。高井さん……そちらのお嬢さんには、類稀な才能がおありです。弊社としましては、是非、お嬢さんをリクルートしたく……私は御挨拶の為に、あつかましくも御実家にお邪魔致しました」

え、え、え、あの？

なんかもう、母がしどろもどろになっちゃって。この上、ここに、父と兄と義姉がくっついちゃったら、更にどえらいことになりそうだったので。

全身全霊をあげて、板橋氏のことを引き止めようとする母を振り切り、その日の夜には、あたし達、また、こだまに乗っていた。

そんで、席について、息を吐くとあたし。

「あの、板橋さん、何なんですかあれ！」

「いや、全部本当です。南海さん、弊社に就職なさいませんか？」

「何言ってるんですかって、えっと、そもそも……どこから突っ込めばいいのか……」

「高井さんが突っ込みたいと思っている処から突っ込んでくれていいんですが、時間短縮の為に言いますね。まず、あの名刺は本物で、私はそういう人間です」

「有名企業の常務が、平日から、何やってんですかっ！」

「いえ、もともと、血縁でついた役職ですから。曽祖父が作った会社を、祖父が継いで、父が継いでっていう具合で、ですので、私も、入社して結構すぐ、役職だけは凄いことになっちゃったんですよ。ま、本来なら、そこから始めて実力を養っていかなきゃいけなかったんですが……娘の話は本当なんです。ですから……その……この数年、私はつかいものにならなくなっていまして……妻とも、別れました。肩書だけはそのままで、仕事もせず……私は、靄を、見てまわっていたんですよ。不幸な事故の発生を防ぎたい。勿論、これは仕事としての業務とは違うんですが、私の夢です。不幸な事故は、起きないなら起きない方がずっといい」

「……あ……はあ……」

「だから、高井さんが仰った、この世からすべての亀裂を消す仕事って、心から素晴らしいものだと思いました」

おお。こんな処に賛同者がいたとは。

「でも、企業として、これは、ペイできませんよね？　そこで、もうひとつ問題になるのが、高井さんの他の能力です」

「……って？」

「うちの子のぬいぐるみを治してくれたあれは、必ず、商売になります」

「……はい？」

「あのぬいぐるみ。ペルって言います。ペルシャ猫だって、娘は主張していたんですね。私にはまったくそう思えなかったんですけど。あのぬいぐるみが治ってしまって、私としては本当に……なんていうのか……治って嬉しいような、ペルが治ったのに娘は死んでいる、それが哀しいような……口惜しいような……」

「あ、すみません、板橋さん、そのことは、も、いいです」

「いや、言わせてください。……あれはね。呪いだけれど、救い、なんです」

「……？」

「ペルは治った。娘は死んでいる。これは、殆ど、呪いです。ですが、これは、きっと〝救い〟でもあるんです。壊れてしまったものが、修復される、それによって、救われるひとは、きっと、きっと、いるんです」

……なの、かな？　なんだ、ろうか？

「高井さんを、弊社に迎え入れるに際して、新たに部署を新設する予定もあります」

あ、いや、確かに。それがないとあたし、多分、どうしていいのか判らない。

「現在では、〝ぬいぐるみ修復課〟という名前を考えております」

「……？」

「いや、勿論、〝修復課〟というのが正しいんですけれどね。今までの処、実績が、ペルを治したということだけなので」

い……いや……その名前だと、あたし、お針仕事をとてもやらなきゃいけない気分に……。

「勿論、どうやって治すのかは、企業秘密です。壊れたものを直しながら、ひとつずつ、高井さんは、世界から、亀裂を消してゆけばいいんです」

「……………」

「で、いかがでしょうか」

で、いかがでしょうか。

かくて、こうして。
あたしは、板橋氏の、この提案を受け入れた。

この、数カ月後。
高井南海、二十二歳。
無事に、とある大企業の、新設された課に、配属された訳である。

## 二章

## 南海ちゃんの新しいお仕事

この、春。

あたし、高井南海は、大学卒業後、そのまま無事に就職することができましたっ！　しかも、名前を出したら誰でも知っているような大企業に。（あたしの成績では、エントリーシート出そうだなんて思いもしなかった処だ。）それも、その会社の常務からヘッドハンティングされて。勿論、正社員だあっ！

も、嬉しくって、涙出そう。

……と……思っていたのが、春、まだき。道歩いていると、ようやっと草花が萌え出る頃。冬が終わって、あっちこっちに緑が出始め、そして。

「あ、あの白い花、あっちこっちによくあるから、だから多分みんな雑草だと思っているけど、ハナニラって名前なんだよね。ハナニラが咲く時期かあ」

って頃が過ぎ去り、入社式。

んでもって。

「お……ハルジオン。咲きだしましたかハルジオン。ヒメジョオンはまだかなあ。どっかにあるかな、ヒメジョオン」

　なんて時期に、新入社員研修を受け。

「うおお、いつの間にこんなにでかくなったんだドクダミ。この花はどこまで蔓延るんだろう」

　って頃、配属先が決まり。

「おお、来たか紫陽花。ここのは、全部ブルーなんだよね、こっちはみんなピンクかあ。でも、ここの紫陽花は色が安定していないのは何故？　ここの土のペーハー、どうなってるんだろ」

「ありゃ？　いつの間にか、ブラックベリーの花、なくなっちまいましたね、緑の実が結実してますね、そんな時期かい」

　ってな頃になったら。

……嬉しくって、涙が出そうだったあたしの就職状況……何故か、大変〝微妙〟になってしまったのだ。

　うん、ここから……話を始めるのが、いいんじゃないかと思うんだな。

　前のあたしの文章には、なんか（特に就職を控えている方が読んだら）、もの凄く疑問を覚える処があったんじゃない？

　そうなんだ、何の特技もない（自慢じゃないけど、英検何級とか特殊な自動車免許とか簿記何級とか、そんな各種の資格、あたし一つも持ってないよ）あたしが、何故か先方からヘッドハンティングされて、有名企業に採用された。

　これには、勿論、特殊な事情があるんである。

　うん。実は、あたしもずっと知らなかったんだけれど、あたしは超能力者だったのだ。

　あ、ここでお願い、みなさま、引かないように。

「え、超能力って何？　時間を巻き戻すことができるとか？　相手が考えていることが全部判るとか？　予知ができちゃうとか？　ちっ、そんな能力がありゃ、どんな企業にでも就職できて当然でしょ」って思ったあなた、それ、まったく話が違うから。（確かに。もし、そんな超能力があったら、そりゃあたし、どんな企業にも就職できそうだよねー。その前に、人生が、どえらく楽そうじゃない。でも、世の中にはそんなに甘い話はない。あたしの持っている超能力は、そんな都合がいいものではなかった。……それに。ふと思ったんだけれど……そんな超能力が、もし、あたしにあったのなら……そもそもあたし、あくせく就職活動する必要がないような気がするんだけれど。いかがなもんでしょうか。）

　あたしの持っている超能力っていうのは。

　まず、前提。

　ええと。これは事実だから、そう受け止めて聞いてね。

実は、世の中には、様々な処に、亀裂(きれつ)があるのだ。比喩(ひゆ)ではなくて、現実として。

これ、（本当の状況は違うのかも知れないけれど）、世界のあっちこっちに、普通のひとには感知できない、空間の罅(ひび)があるような状況だって思って、そんなに間違いはないと思う。で、普通のひとは、この空間の亀裂を感知できない、でも、稀(まれ)にそれにひっかかってしまうことがある。と、なると、どんなことが起きるか。亀裂にひっかかったひとは、こけそうになったり、たたらを踏んだり、してしまう。これは、これだけではたいしたことがないんだが……車運転しているひとが、この亀裂にひっかかってしまうと、稀に、交通事故が起きてしまう。ほら、時々あるじゃない、見晴らしもいいのに、段差だの高低差なんかもないのに、何故か交通事故が多発してしまう場所。そういう処には、間違いなく、亀裂があるのだ。そのせいで、車を運転しているひとも、歩いているひとも、何も悪いことしていないのに、全然不注意なんかじゃないのに、事故が起きてしまう。

もっと問題なのは、歩道橋のてっぺんだの、高い建物の屋上の柵(さく)の脇(わき)なんかに、亀裂がある場合だ。運悪くこの亀裂にひっかかってしまったひとは、そんなつもりなんかまったくなかったのに、階段真っ逆様に落ちてしまったり、高い建物の屋上の柵前でこけて下に落ちてしまったりする。

そして。あたしをヘッドハンティングしてくれた、うちの会社の常務、板橋さんというひとは、この亀裂を見ることができる、そんな超能力者だったのだ。彼には、この世界にある亀裂、赤系の色の靄(もや)のように見えるらしいのだ。

そして。

ここで、まったく違う話になるんだが。そんな世界の亀裂が〝靄〟として見える、板橋さんの一人娘が、鉄道事故で亡くなった。これには、〝亀裂〟、関係していないようだ。

(というか、板橋さんがそう言っていないから、あたしはそう思っている。)

この時。多分、人間として壊れてしまった板橋さんは、この後、仕事をするでもなく、奥様とは別れ、ひたすら世界を彷徨(さまよ)った……らしい。うん、いろんな〝亀裂〟を確かめながら。亀裂さえなければ、世の中から不慮の事故は減る筈(はず)だって思いながら。(仕事をするでもなく彷徨った……って、こんなことができたのは、板橋さん、この企業の創業者の直系の御曹司(おんぞうし)で、入社した時から幹部候補生、三十で部長になり、四十前に常務になったひとだから。実際、お嬢さんの事故が起きる前は、ばりばり有能な常務だったそう。けれど、お嬢さんの事故で壊れてしまい……事情が事情なんで、誰も強いことが言えず……今となっては、ほぼ何もしていない、肩書だけの常務である。)

そして、あっちこっち彷徨って、いろんな亀裂を見て回っていた板橋さんは、あたしに出会ったのだ。

自分でも意識していなかった、超能力者の、あたしに。

えと。

板橋さんに見いだされた、あたしの〝超能力〟は、も、絶対、ない方がいいっていう奴(やつ)。

あたしは、〝亀裂〟を認識することができない、でも、すべての〝亀裂〟に、絶対にひっかかってしまう、そんな超能力者だったのだ。

　普通のひとは、そこに亀裂があったって、ひっかかることは、まず、ない。でも、あたしは。あたしだけは、そこに亀裂があったら、絶対にひっかかってしまう。こける、躓く、つんのめる、もしそこが階段だったら階段から落ちる。そんでまあ、あたしがひっかかり、肝心の亀裂を物理的に引っ張ってしまうと、何故か、亀裂が、消える。

　ほら、もう、あたしの超能力、羨ましくも何ともなくなったでしょ？　そうなんだよ、板橋さんに会う前のあたしは、もうただ、ひたすら、「何かというとこける、階段から落ちる、いろんなものにぶつかる」、そういう人生を歩んできた訳。中学時代からのあたしの仇名、〝粗忽姫〟だよ。親、友達、親戚みんなに、「南海ちゃんはほんっとに粗忽だから」「あそこまで粗忽だともうどうしようもないねー」って言われてきた人生だった。（小学校の時は、〝粗忽〟って言葉を知っているひとがあんまりいなかったから……仇名さえつかなかった。ただ、哀れみの目で見られていただけだった。）

　まあ、でも、最初はね。あたしのことを〝超能力者〟だっていう、板橋さんのこと、あたしは信頼できなくって、彼のことを「……電波のひと？」って思って、警戒していたんだ。

　でも、まあ、いろいろあって、彼が言っている〝亀裂〟、彼に赤い靄に見えるものがあるって……やがて、あたしにも、判ってきて。

　そうしたら。彼とあたしがタッグを組むのは、ある意味、当然でしょ？

世界の亀裂を見ることができる超能力者の板橋さん。その亀裂に、絶対ひっかかってしまう超能力者のあたし。んでもって、あたしがひっかかり、その結果、その亀裂を伸ばしてしまうと、亀裂は、消える。

ほんの少しでも、世界から亀裂を消したい板橋さん。

亀裂なんてものが世界にある限り、絶対それにひっかかってこけてしまうあたし。

双方の利害は、一致している。

二人で協力して、板橋さんが見た亀裂を、あたしが物理的に引っ張る。これで亀裂がなくなってくれれば、二人共に、万事ＯＫ。

あ、いや、この前には、もう一個、説明がいるか。

世界の亀裂に、必ずひっかかって、こけたり落ちたりぶつかったりするあたし。こんなあたしが、二十すぎまで、大きな怪我(けが)もなく、健康で無事に生きていることができたのは……実は、あたしには、もう一つ、超能力があったらしい、ん、だよね。

物理的に亀裂にひっかかるだけじゃなく、物理的に亀裂を利用する超能力。

早い話、あたしは昔っから、やたらと亀裂にひっかかって、やたらとこけ、そして、やたらと階段から落ちていた。でも、あたし、今までの人生で、骨折なんてしたことがない。

……まあその……一日一回は、必ず酷(ひど)い勢いでこけたり、結構な頻度で階段から転げ落ちているのに……なのに、まったく骨折やたいした怪我をしない人間って……変、だよ、ね？

　で、板橋さんと協力するようになって判ったのだが。

　実はあたし、亀裂にひっかかって怪我をした場合、その亀裂を利用して、自分の怪我を治すことができるのだ。（亀裂の中は、多分、あたしが今いるこの世界とは違う物理法則が支配しているんじゃないかと思う。）こけたり、階段から落ちたりして、あんまり痛い時、昔、おばあちゃんに教わった、「痛いの痛いのとんでけー」って呪文を唱えさえすれば、そして、亀裂の中で、あたしが自分の怪我を撫ぜてしまえば、それであたしの怪我、何故か治ってしまうのだ。そしてまた、これが、自分でも判らない話なんだけれど、亀裂にひっかかっている間は、その空間を利用して、どうやら、自分の体以外のものも、〝治す〟ことができるらしい。（実際にあたしは、板橋さんのお嬢さんの遺品である、鉄道事故でずたずたになってしまったぬいぐるみを、〝治して〟しまった。）

　そんで。あたしは、板橋さんにヘッドハンティングされ、うちの会社に就職することができた。板橋さんは、あたしの為に〝修復課〟っていう新しい部署を作ってくれ、あたしはそこに所属する初めての人間になったのだ。

（いや。世界から亀裂を見つけ、それを撲滅するのは、板橋さんとあたしが合意した、〝世界の為になる素晴らしいお仕事〟なんだけれど……これ、営利団体である企業にしてみたら、何の意味もない部署だよね。というか、板橋さんとあたし以外は、あたし達が何やってんだか判らないと思う。だから、板橋さん、あたしのもう一つの特技、〝亀裂にひっかかっている時に、亀裂世界の中で、壊れたものを直すことができる〟を前面に押し出して、こういう部署を作ってくれた訳。〝壊れたものを直します〟っていう部署だ。……でも、落ち着いて考えてみると、うちの会社にこんな部署がある意味、よく判らないって言えば判らない……。)

でも……ただ……。


春は、よかった。

みんなが新人研修していて、あたしも新人研修していた時は。

ここであたし、ビジネスマナーとか、電話の受け方とか、いろいろ教えて貰(もら)って、すっごく勉強になった。

でも。紫陽花の葉が出だす頃になると。

新人さんのみんなは、おのおのの配属先に行き、あたしは、板橋常務が作ったばっかりの、常務直属の課っていう、うちの会社初の形態の「修復課」って処に配属になり……この業務がなあ。

そもそも。人員的に、たったの三人。

まず、上司である板橋さん。直属の部下であるあたし。課としての格好をつける為か、板橋さんの秘書をずっとやってきたっていう、永岡(ながおか)さんっていうかなり年輩の女性がひとり。（基本、彼女は、会社側が板橋さんにつけた〝お目付役〟なんじゃないかと思う……。）

んで、この三人が何やっているのかっていえば……。

最初の一ヵ月。

あたしと板橋さんは、ひたすらあっちこっちを歩きまわったのだ。

いや、これは、納得。

今まで、板橋さんがひとりで彷徨っていた時に見つけた罅、つまりは〝亀裂〟、それに片っ端からあたし達は近づいてゆき、あたしがその亀裂を破壊する。それの繰り返し。うん、これは、自分で言うのも何だけれど、〝世界の為になる、とても素晴らしいお仕事を、今、あたしはしているのだ〟って思えた。

また。あたしと板橋さんがそれをやっている間に、会社に残った永岡さんは、「みなさまの中に直したい〝壊れてしまった〟ものはありませんでしょうか？　それを募集しております」なんて告知を、会社の中で出しまくって。ただ、こんな告知を出したからって、すぐに〝壊れたもの〟がうちの課に集まる訳がなく、永岡さんは、社内メール、社員用のホームページ、社内報なんかにこの告知を書きまくり、対外的には「壊れてしまったあなたの大切な品、修復致します」ってなホームページまで新設し……って、色々、やりまくってくれていたのだ。

でも。

紫陽花が咲きだす頃になっても。

修復を求められる物品はなかなか集まらず（というか、大切にしていたティーカップが割れたからって、それを会社に持ってくるひとって、絶対いないよね。どう考えても、割れてしまったものは直る訳がないんだから、諦めるのが普通だ。――あたしは直せるんだけどね――。また、〝すでに部品がないから最早直すことができない〟とても古い時計だのオルゴールなんかは、いくつか永岡さんの処に来ているらしいんだけれど、これについては、板橋さんの方からストップが掛かっていて、あたしの処までやってきていない。これらは、〝すぐ直してしまうと、何故直せたのかがあきらかに疑問になってしまうので、とりあえずペンディング〟っていう扱いになっているらしい）、そして、それまで、あちこちを彷徨っていた板橋さんが見つけた、大概の亀裂は、すでにあたしが消滅させてしまった。

と、こうなったら。

あたし達がやれることは、ひとつ。

しらみ潰しに、次の亀裂を探すのだ。

只今、課の入り口にあるホワイトボードに、永岡さんが、詳細な地図を貼っている。とりあえず東京二十三区から始めようってことで、そこに貼られているのは、練馬区全図。地図的に見て、ここが東京二十三区の一番左端だから。そんで、そんな練馬区の更に左端、西大泉の詳細な地図が、その隣にある。これがまた、家が一軒一軒記載してある、多分、町内会で配布しているような、どえらく詳細な奴で、私道も含め、すべての道が記載されている。

で、これのコピーを手にとって、板橋さんとあたしが何をしているのかって言えば……歩いているんだなあ、これが。この道を、全部。

まず、板橋さんが、歩く。それも、かなり、ゆっくりと。あたしにはよく判らないんだけれど、亀裂って、陽の射し方によって見える感じが違うらしくて、歩いている板橋さん、あっちを向いたりこっちを見たり。まあ、きょどきょど、どう考えても挙動不審なひとにしか思えない歩き方。

でもってあたしは、その二、三メートルくらい後を、ついてゆく。板橋さんが亀裂を発見しない限り、あたしには出番はない。とはいえ、あたしは、〝そこに亀裂があった場合絶対にひっかかってしまう〟という超能力者だ、板橋さんの前をゆく訳にはいかない。

こうやって。一本一本、ひとつひとつ、すべての道を潰してゆく。一日の業務が終わると、会社へ戻って、本日潰した道をラインマーカーで塗りつぶす。これが、只今のあたしのお仕事。

と、なると。どんなことになるのか。

あたし達は、一体全体何をやっているのかって、会社そのものが、不審に思ってしまっても……しょうがないってことだよね。（その前に。一週間、まったく亀裂が見つからなかった時は、自分自身が、「あたし何やってんの……」って思ってしまったことも、否めない。）

会社全体の、あたし達に対する目が、なんか不審なものを見るような感じになってしまったんだよね。

だから……あたしの、就職は……微妙。

こんな感じになったのが、ブラックベリーの花が終わり、緑色の実が結実しだした頃。

あたしがこんなことを思ってしまったのは。

先日、同期会が、あったからだ。同じ年度にうちの会社に採用され、新人研修を一緒に受けた連中のうち、本社配属になった十二人が集まる飲み会。

で、この会で、一番注目を浴びてしまったのが、あたしだ。（というか、あたしに対する注目があんまり凄くて、他のひとの話にはまったくならなかった。）

「高井さん……あの……板橋常務なんだけれどね」

乾杯が終わって、おのおのみんなが勝手にしゃべりだしたら。あたしの隣の席にいた、相模（さがみ）さんってひとが、いきなりあたしに話を振ってきた。それも、もの凄い、誤解まみれの。

「若年性認知症になってるって……ほんと？」

え。え、え、え、あの板橋さんが、若年性認知症？　んな訳がないんだが、なら、何だってそんな誤解が発生する？

「そんなこと、絶対ないです。……何だってそんな……」

「だって、高井さんは、常務と一緒にお散歩をするのがお仕事なんでしょ？」

瞬間。みんなの目が、あたしと相模さんに注目しているのが判る。

うぐっ。いや、確かにそれは、そうなんだが。あたし達がやっている〝お仕事〟は、他人が見たら、まさにそうとしか思えないものではあるのだが。

「常務が徘徊(はいかい)しているから、そのお目付役として、高井さんがいる。……そういう話じゃ、ないの？」

……いや、やっていることは、まさにそのとおりなんだが。しかも、板橋さんの歩き方が、〝亀裂〟を見る為に、目を眇(すが)めたりあっちをみたり、直線的に歩くんじゃなく、まさに、〝徘徊している〟としか思えない、ちょっとおかしなものだったから……確かに、知らないひとが見たら、そうとしか、思えないだろう。でも、あたし達がやっていることを、〝若年性認知症〟の徘徊だって思われると……それは断固として違うんだが……だからって、それを〝どう〟説明したらいいのか、まったく判らない。

で、あたしが、二の句を継げずにいると。

「……それ……企業として、どうなの」

相模さん。あたしの代わりに、本当に怒っているみたいだった。

「新卒で正社員になって、まして本社勤務で、なのに、やってる仕事が、認知症の常務のお守り。……確かに、常務が若年性認知症になっちゃったら、企業としてそれを隠すのは、ありだとは思う。けど、それを隠す為に、新卒の社員ひとりを犠牲にするのは、あんまりだと思う。……だってこれ、あなたのキャリアにはまったくならないし、そもそも、そんなこと、家族で解決すべき問題だと思うの」

……いや……実際に、板橋さんのお散歩にあたしが付き合っているだけならば、徘徊している板橋さんをあたしがフォローしているんなら、この言葉は、全面的に正しいんだけれど。けど、事実が違うことを、あたしは知っているから。

「いくら常務が創業者一族の御曹司だからってね、こんなことを、一新人社員に業務として強制するのって、どうかと思うのよ」

うわあ。相模さん、ほんっきであたしの為に怒ってくれているんだあ。

それが判ってしまったので……このあとの〝飲み会〟は、も、ぐたぐたになった。

相模さんは、あたしの代わりに怒ってくれている訳なんだけど、肝心のあたしは、実際の事実が判っている以上、怒る訳にはいかない。かと言って、この相模さんの怒りを無視することもできない。本当のことを説明もできない。だもんで、あたしが言葉を濁せば濁す程、相模さん、感情的にエスカレートしてきちゃって。

「高井さんの立場で、常務を糾弾できないのは判る。それは、一社員として言ってはいけない言葉なんでしょう。でも、企業のあり方として、これ、変！　あまりにも変すぎっ！

こんな仕事をずっと続けていたら、高井さんのキャリアが……」

うわあああ。相模さん、ありがとう。

ありがとう、ありがとう、でも、これ、この上もない程の、有難迷惑だあっ。けど、そんなこと、言えない。

で。

だから。

もう。

ぐちゃぐちゃ。

「つー訳なんで」

飲み会の翌日。あたしは、練馬区の道を歩きながら、板橋常務に文句を言った。

「末端の社員の間では、あなた、若年性認知症だってことになってるんですよ？　それ、ほっといていいんですか？」

「いや、でも、ほっとくしかないだろ？　だって、本当のことなんか、言ったって誰も信じてくれないだろうし、そもそも言っても意味がない」

いや、そりゃ、そうなんだろうが。

たって、思ってる?」

「高井さん。……私が、自分の能力に目覚めて以降、それをまったく他人に言わないでい

え?

「それで、言ったとして……信じてくれるひとが……いた、と、思うかい?」

……こ。これは。この反応は。

ということは。言ったのか、板橋さん、亀裂のことを、他のひとに。で……。

で。あたし。ぼそっと、言う。

「信じてくれたひとは……いなかっ……た……」

「だけならまだいいんだけれどね。……私は、今、心療内科や精神科のお医者様の名刺を、七つくらい持ってるよ。……とにかくあっちこっちでやたらと貰ったもんで。いやあ、紹介されまくったよなあ、心療内科。精神科の予備診療を受けませんかって話も、もう、いくつ戴いたんだか」

「あああああ……」

そう、なるか。

ましてや。その頃の板橋さんと言えば、お嬢さんを事故で亡くして、奥さまと離婚したばっかり。で、みんな……あくまで〝好意〟として、板橋さんに、そういうドクター、紹介しまくってくれたんだろうなあ。

「病院への紹介状じゃなくて、ドクター個人の名刺だよ。これが、七枚。みなさん、あく

まで好意として、私のことを慮ってくれて、だから、紹介状じゃなくて、直接ドクターに会わせてくれて、それで、名刺」

「あああ……。みなさん……いい、ひと、なんですねえ……」

「ま、私の状態が状態だったから。けどなあ。どんなに名刺戴いたってねえ……受診しようって気には、なれないよなあ」

あ。

だからか。

板橋さんが、妙にあたしに好意的……って表現が変かな、親密になっているのは、このせいか。あたしが、板橋さんが言っていることを、完全に信じたから。（いや……自分だって超能力者なんだ、信じない訳にはいかない。）

「私は、自分のこと、心療内科も精神科も、受診しなくていいと思っている」

「はあ。あたしも、そう、思います」

「だから、この名刺は無視するしかない。……んでは、他人様のことはほっといて、とにかく仕事を続けようじゃないか」

と、いう訳で。今日もあたし達は、てくてく、てくてく、練馬の道を歩き続け……。

で。

「ストップ！　高井さん、止まって」

いきなり板橋さんが言う。同時に、右手を出して、後に続いているあたしの行動を制限しようとする。

板橋さんがこういうことをするってことは、答は、ひとつ、だ。

「あったんですか、靄」

「あったどころじゃない」

久しぶりに。板橋さんの緊張している声。ということは、板橋さんが見つけた〝靄〟は、かなり大きいか、かなり〝深い〟ものなのだ。（靄の色が濃くなれば濃くなる程、ピンクから赤くなる程、どす赤くなる程、その靄、事故を起こす確率が高くなる――と、板橋さんは言っている――。で、色の濃い靄のことを、あたし達は、〝深い〟靄って呼んでいる。）

「じゃ、すぐにあたしが破壊します」

「できない」

え？

「あの靄、高井さんが破壊できない処にあるんだ……。あ、だから、高井さん、私の脇に来ても大丈夫だよ。ごめん、あなたを止めたのは、反射だった。靄が、あの位置にあるのなら、あなたを止める必要、なかったんだ」

「え？」

なんか、意味、判らなかったけれど。とにかくあたしは、板橋さんの脇まで行ってみる。

板橋さんは、路地の真ん中で止まっていて、彼の右手には、門扉があり、アプローチが続いており、当然、その先には家があり、玄関がある。

この家が、どういう構成になっているのか判らないんだけれど、門の外から見る限りでは、玄関ドアの隣には、大きな窓がある。その窓から見える限りでは、そこにあるのは絨毯(じゅうたん)敷きのお部屋。ありゃ、あそこ、子供部屋なのかなあ、うん、日当たりは多分この家で一番いいんじゃないのかなあ、そこには、ベビーベッドみたいなものが見える。うん、ベビーベッドを、家の中で一番日当たりのいい処に置く、それは、なんか、とっても素敵なことに思えて、あたしはちょっと、にこっとする。

と。

「高井さん……には、判らないか。あそこに、どす赤黒い靄が……ある」

どす赤黒い靄……これは、あたし達にとって、ほぼ最悪の靄であり、これがあるっていうことは、ほぼ、最悪の亀裂があるってことだ。で、あたしが息を呑(の)むと、板橋さん、台詞(せりふ)を続ける。

「その……ここから見える窓の内側に」

……って？　え？

「ひとの家の窓の内側の霧まで、見えるとは、実は思っていなかったんだよなあ。けど、判っちまった。見えちまった。……ま、そんだけ凄い亀裂だってことになるんだけれど……ちょっとどうしていいんだか……いや、でも、判っちまった以上、何とかしないと……」

あの。何の話をしていますか、今？

「霧はね、私達がはいれない場所にあるんだ。あの……窓の中。あの、絨毯敷きの部屋の中。その部屋の中の……ベビーベッドの直前」

え、いや、あの、ベビーベッドの直前に？

「あるんだよ、霧が。それも、どす赤黒い奴が」

それ。

ほぼ最悪の霧ではないのか？　そんなものが、ベビーベッドの前にあるって……。

「これ、ひとん家の中の霧だから、私達が破壊することはできない。ひとん家の中に、ずんずんはいっていって、霧を破壊することは、できないんだ。でも……」

「でも」

判っている。これは、まずい。絶対に、まずい。

他の処ならともかく、ベビーベッド前にそんなもんがあって、赤ちゃんを抱えたお母さんがそこでこけてしまったのなら。

誰がこけるのより。

赤ちゃんを抱いたお母さんがこけるのは、最悪に決まっている。

だって、ベビーベッドに寝るのは、本当の赤ちゃん。小さな子供なんかより、もっとずっとまずい。二歳児や三歳児なら、お母さんがこけても、子供が自分の前で手をついて、自分の頭や体を反射的に守ることができるだろう、けど、ベビーベッドに寝るような赤ちゃんなら。

「お母さんがこけたら、抱かれた赤ちゃんも間違いなく一緒にこける。そのまま転がるってこと……ない、ですか？」

こう言ってみたものの、答はもう、判っていた。そうなるに決まっている。

「そうしたら、頭を打ってしまうか、他の処を打ってしまうか……とにかく、反射的な回避行動がまったくとれず、いろんな処をそのままぶつけてしまう可能性が高い。ベビーベッドに寝る以上、まだ首が据わっていない可能性だってある」

「そ……それ、最悪じゃないですかっ！」

「最悪なんだよ」

……ど……どうしよう……。

あたし、板橋さんと目と目を見交わす。でも、現時点では、どうしようもない。

一瞬あたし、このまま門扉を乗り越えて、あの窓の前まで行って、窓をたたき割ろうかと思ったんだけれど、視線で板橋さんが、そんなあたしのことを止める。

「高井さん、犯罪行為はしないように」

「なんてこと、言ってる場合じゃないでしょ！」

「そうなんだが、犯罪行為をする場合、せめて、意味のある犯罪行為をするように」

「……って？」

「あなたがこのままずんずん庭にはいっていっても、あの窓、あなたの手じゃ、多分割れないよ？ ちょっと横から見てごらん。かなり厚いガラスなのが判るだろ？ あのガラスは、普通に手で殴っても、割れない。それこそ、バールみたいなものでもないと。……まあ、この程度の大きな家で、庭に面している大きな窓なんだ、そのくらいのことは、普通の家でもやっているだろうね」

「ぐっ」

「その前に。この家、ちゃんと警備会社と契約している。シールがある。君が門扉乗り越えて庭にはいった瞬間に、警備会社に連絡が行くだろうし、万一、ガラスなんて割った日には、警備会社から人がとんでくる」

じゃ、駄目じゃん。じゃ、どうしたらいいの。

「このガラスを割る為には、ちょっと特殊な用意がいる。だから、それも含めて、一回、撤収、だ」

……一回撤収って……板橋さん、まさか、あなた、このガラス、割る気満々なのでは
……？

ま、でも。

板橋さんが、このガラス、割る気満々なら、いっかあ。あたしも、このガラス、割る気満々で、とにかくこのガラス割って、あたしには見えない、でも板橋さんが言っている、その靄を何とかしたい気持ちで一杯なんだから……。


撤収している最中に、一回、板橋さんは、どこかに電話を掛けていた。

そして、会社に帰ったら。

うちの課の入り口付近にある、ホワイトボードには、何故か、まったく新しい紙が貼りつけてあったのだ。

「常務から御連絡があった、問題の家なんですが、岡田(おかだ)さんという方の家です」

え。

何でだ。

ホワイトボードの上には、「岡田邸」って紙が貼ってあって、そこには、あの家の間取り図が書いてあったのだ。

「岡田家の常住人口は、只今四人。岡田輝安(てるやす)、岡田佐和子(さわこ)、その長男の岡田輝紀(てるき)、その妻の岡田可憐(かれん)。只今、岡田可憐は出産の為に産婦人科に入院中です。近日中に、岡田家には五人目の家族ができると思われます」

あの、何だってこんなことが判るの？

何だって、岡田さん家の情報がここにあるの？

……あの、電話か。

板橋さんが、どっかに掛けていた電話か。

あれで永岡さんが調べてくれたのなら……なら、こういうことって、ありなのかも知れないけれど……そしたら、永岡さんって、確かに板橋さんのお守りをしているひとかも知れないけれど、その意味が、まったく、違うじゃない。

永岡さん、認知症だと思われている板橋さんのお守りをしているんじゃない、板橋さんの為にいろんなこと調べている、特殊なひと？　えーと、あの、スパイとか、諜報部員とか、まさに、そういうことをしている、そーゆーひと？　しかも、この短時間でこういう結論を出せるんだ、永岡さんって、ほんっとおに有能な、そーゆーひと？

あたしが混乱している間にも、話は、さくさくと、進んでしまう。

「岡田可憐が出産の為に入院中なら、ほら、高井さん、ちょっとは落ち着いていいよ。あのベビーベッドに赤ちゃんが来るまで、まだゆとりがあるみたいだから」

板橋さんがこう言ったので、あたしは少し、息を治める。息を治めて、で、あの。

「つまり。あのお部屋のベビーベッドは、まだ、当分、使われることがない、と」

「みたいだよねえ。肝心のお母さんが、まだ出産前で、入院しているんだから」

なら……ほおおっ。

「と、こうなると」

あたしがやっと息を治める間にも、永岡さんと板橋さんは、会話を続けていたのだった。

「問題は、あの家に侵入する手段、ですよね」

これは、永岡さん。でも。

〝家に侵入〟。あの、有名企業の常務付きの秘書さんが、絶対に言ってはいけない台詞ですよね、これ。

「窓を割る訳にはいかない。門扉を乗り越えるのも、問題外」

これは、板橋さん。〝窓を割る〟。〝門扉を乗り越える〟。あの、有名企業の常務さんが、絶対に言ってはいけない台詞ですよね、これ。というか、端的に、〝犯罪〟です、これ。

「けれど」

ここで、板橋さんと永岡さん、二人の台詞が、被(かぶ)った。

「絶対に、可憐さんが、あの家に帰ってはいけない。いや、帰ったっていいけど、あのベビーベッドに赤ちゃんを載せちゃいけない」

成程(なるほど)。あ、そっか。永岡さんも、板橋さんの特殊能力、判っているんだ。だから、こんな反応になる。

ま、それは、いいんだが……いや、よく、ないっ！

よく、ないっ！　絶対、よく、ないっ！

まずいっ！

だって、この言葉から導き出される結論っていったら、多分、ひとつで……。

そして勿論、板橋さんと永岡さんは、その〝結論〟を導き出してしまったのだ。

あたしが……とにかく、あの家のひとと接触する、そして、合法的にあの家の中に招待される、そういうことに何とかしろっていう、あたし的に言えば、〝できる訳がない〟筈の、結論を。


と、いう訳で。

しょうがなく。

翌日、あたしは、練馬の岡田宅の門扉に続く路地の入り口に、いた。

しょうがないから、いた。

永岡さんと板橋さんに繋(つな)がっている、イヤホンを装着した状態で。他人からは見えないだろうけれど、眼鏡にカメラとマイクだって搭載してある。あたしが独り言のようなものを言ったら、それ、この二人に聞こえるように。

まあ。確かに。

永岡さんが調べてくれた処、岡田家とうちの会社って、まったく接点がない訳では、なかったみたい。

えーと、うちの系列の会社に何とか商事っていうのがあって、そこの大きな取引先が云々って会社で、そこと業務提携をしているかんぬんって会社の、下請けやってる会社の、統括本部長をやっているのが、岡田さん。

……けど、そんなこと言ったら、大抵のひとはうちの会社と関係があるってことになっちゃうよね。間にひとを何人もはさめば、すべてのひとはお知り合いになってしまう、その程度の関係のひとだ、岡田さん。と、いうことは、正しい日本語では、これ、〝無関係〟。んで。

ここの路地にある門扉、その先には岡田宅があり、あたしはそこに行かなきゃいけないんだが、んなこと、できる訳がなくて……。

で、まあ、どうしようもなくて、その辺を、うろうろと。

そうしたら、あたしの脇を通って、岡田宅へ向かう道を、ずんずんまっすぐ進んでいってしまう女性が、いた。

「あ、あれ、可憐さんの妹さんだ。菅原可愛さん」

板橋さんがこう言って、あたしは、のけぞりそうになる。うわっ。姉が、〝可憐〟で、妹が〝可愛〟かい。すごいセンスの親だな。けど、そんなこと言っている場合ではなかったので。

「あのひと、間違いなく、可憐さんの家に行くと思う。だから、高井さんも、すぐに追いかけて」

いや、追いかけたって、何ができるっていうのよ？　とはいうものの、ここで可愛さんを見送ってもしょうがないので、あたし、可愛さんの二メートルくらいあとを、つけてゆく。と、可愛さん、岡田家の前につき、インターホンを押し……。

もっの凄い圧力を感じた。あたしのうしろにいる、板橋さんからの無言の圧力。「なんとかしろ、ほら、なんとかしろ、相手は門の前でとまっているんだぞ、なんとかしろ」っていう奴。

その、圧力に押され、あたしは、二、三歩進んでしまい、そもそも、可愛さんの二、三メートル後を歩いていたのだ、二、三歩進んでしまえば、それはもう、あとちょっとで可愛さんに手が届くような処で……そして、そんなあたしの背後にかかる圧力。

ここで。

多分、圧力がほんとに酷かったからだよ、あたしは……あたしは、ついつい、こけてしまったのだ。

いや！

いや、こりゃ、ないでしょ？　あり得ないでしょ？　確かにあたしは、何もない処でこけるのが今までの人生で〝いつものこと〟だった。だから〝粗忽姫〟って呼ばれていた。

けど、それは、あくまで、あの〝亀裂〟というか〝罅〟のせいなのであって、ここに〝亀裂〟がないことは、板橋さんが確認済みな訳であって……ということは、あたしがここでこけるだなんて、それ、あり得ないことの筈なんであって……なのに。

なのに、見事に、こけてしまったのである。

それも。

ああ、もう、ごめんなさい、これ、わざとじゃないからね。絶対にわざとじゃないんだけれど……こけたあたしは、何とかふんばろうと、何かにすがろうと、こけた瞬間、手を伸ばして……伸ばしたあたしの手は、あたしの直前にいた、可愛さんの背中にかかってしまったのだ。

ああ、ごめんなさい、ごめんなさい、ほんっとにそんな気はなかったのよ。でも、気がついたらあたし……可愛さんを巻き込んで、岡田家の前で、盛大に転んでしまっていたのだ。

そして。

これは絶対に気のせいだ、気のせいに決まっているって信じたいんだけれど……この時、板橋さんが、ぼそっと呟いたのが、なんか、聞こえたような気が……するんだよなあ。この時、板橋さん、絶対に言ったような気がするんだよなあ。

「おお。さすが、粗忽姫。肝心な処で、見事に粗忽だ」

……もし、これが、あたしの気のせいでなかったのなら……本当に板橋さんがこんな台詞を言ったのなら……絶対に、板橋さん、殴ってやる。転びながら、あたしはこんなことを決意していた。

ずさあっ。

なんか、そんな音がするような感じで、あたしは転んだ。

その勢いのまま、直前にいた可愛さんの背中に手をかけて、それで、可愛さんも、転んだ。ただ、こちらは、あくまで〝いきなり背中を押された〟だけだったので、転ぶっていっても被害が少ない転び方。膝を折って、膝をついて、それから両手を前について、それでもって転んだ衝撃を吸収するっていう転び方。うん、常日頃、ひたすら転び続けているあたしだから判る、この可愛さんの転び方って、多分、彼女に被害、そんなにないよ。

ま、でも。

自分の身を守る為に、両手をついてしまったから。その時、可愛さんが持っていた荷物は、そのまま放り出されてしまったのだが。（……ううむ。ひとが転ぶのを見ると、判ることはあるなあ。あたしが転んだ時、被害が甚大になってしまうのは、今、可愛さんがやったような判断が、転んでゆくあたしにはできかねるから、だ。大体の場合、転ぶ時あたしは、荷物ごと纏めて、荷物を手から放すなんて選択肢なしで転んでしまうから、だから、大事になるんだよなあ。)

「だ、大丈夫、ですか？」

　でもって。

　あたしのせいで転んだんだけれど、被害の程度は、可愛さんの方がずっと軽かった筈。だから、まず、可愛さんが、あたしにこう声をかけてくれる。うん、あたしの方は、可愛さんに手をかけたものの、実はそれで殺された勢いってあんまりなくて……ほぼ、スライディングするような感じで、ずさあって転んでしまったんだもんね。

　だわっはっ。スカートがめくり上がって、膝が凄いことになってるわ。膝の上から弁慶(べんけい)の泣きどころに至るあたりまでが、地面に擦(こす)れて……うううううん。これは、下手な打撲より酷い。なんか、その辺が全体的におろし金で擦ったような有り様になってる。早い話が、擦り傷満載、処によっては小石なんかが食い込んでいたりする。

けど。転び慣れているあたしにとって、これは日常茶飯事で、だから、こういう場合の判断は、も、慣れたもの。

「いえ！　ごめんなさい」

　まず、こっちに非があるんだ、地べたに這(は)ったまま、こっちから、謝る。うん、どう考えたって、悪いのはあたしだ。

「あたしが、転んじゃったせいで、あなたのこと、押しました！　あなたが転んじゃったのは、あたしのせいです、ごめんなさい」

あたし。だてに、二十年以上も、やたら階段から落ちたりその辺で転んだりしている人生、歩んでいる訳じゃないもん。この手の迷惑、ひとにかけるの、これが初めてって訳じゃないし、十回目程度のことでも、おそろしいことに百回目くらいのことでも、ないんだもん。だから、判ってる。絶対的にあたしが悪いこういう時には、まず、何はともあれ、謝らないと。

「いや、そんなこと言ってる場合じゃないから」

こう言いながら、可愛さん、あたしに手を貸してくれて、あたしのことを起き上がらせようとしてくれる。そうなんだよなあ、あたしが〝人間性善説〟を絶対的に信じているのは、このせいなんだよなあ。こっちがちゃんと最初に謝りさえすれば（いや、たとえ謝らなかったとしても）、大抵の人間は、〝自分を転ばせてしまった〟あたしのことを、助けようとしてくれるんだよ。

そして。あたしのことを助け起こしてくれた可愛さん、あたしが立ち上がると息を飲んで。

「足っ！　あなたの、足！　なんか、砂利が傷口に食い込んでるっ！」

いやあ、ここ、アスファルト舗装されていないからなあ。こんな処で、〝ずさあっ〟って擬音になる程、転んで滑ったんだもんなあ、そりゃ、あたしの足、大根すりおろし状態になっている筈。小石だの何だのが、傷口の中に挟まっていても、そりゃ、普通だわな。けど……んー、今までの経験で判っている、あたしにしてみれば、転んでこういう状態になるのは〝普通〟なんだけれど、〝普通〟のひとは、それこそ〝普通〟は、あんまり転ばないから……だから、この状態って、なんだか〝普通〟に思えなくなる、みたい、なんだよね。

「洗わないと！　まず、消毒！　傷口に小石が食い込んでいるって、それ、どんなに酷い状況なの？」

「あ、いや、大丈夫ですから。これ、かすり傷ですから」

いや、これは本当。そもそも、〝擦り傷〟っていうのは、絶対に〝かすり傷〟だと思うのよ。

「いやだって、小石があなたの体の中に食い込んでいるう」

いや、確かにそうなんでしょうけれど。でも……ほんっと、それ、たいしたことじゃ、ないんですけど。けど、〝転び慣れているあたし〟と違って、こんな怪我を初めて見てしまっただろう可愛さんにしてみれば、これは〝大事〟に見えるのかなあ。

で。

次の瞬間、可愛さんは、岡田さん家のインターホンを押したのだ。押し続けたのだ。

ピンポン……ピンポーン、ピンポーン……。

何回も、何回も。

ひたすら。

そんでもって、岡田家からは、慌ててこのインターホンに対するひとが出てきて、そしたら、可愛さん。

「岡田さん！　あのね、助けて！　助けてくださいっ！　大怪我しちゃったひとがいるんですっ！　何とかしてくださいっ！」

いや、あたし。大怪我なんてしていないし。そもそも、〝怪我〟って言う程の怪我をしていないし。

けれど。

この話の流れで、あたしは、いきなり、岡田邸に賓客として迎えいれられてしまったのだ。

岡田家の。

門扉を潜る。玄関にはいる。

そんな、〝どう考えても無理だろう〟っていう難問を……えーっとお……あたしは……くぐり抜けてしまった、のだ。

そういう訳で、今、あたしがいるのは、岡田家の玄関をはいってすぐ、正面にあるお部屋。うん、ここはきっと、客間なんだろうな、ゆったりとしたソファと、多分羊であろうラグが床に敷いてある。で、あたしは、そんなソファに座らされていて、あたしの目の前には、あたしが転ばしちゃった可愛さんが跪いていて、ひたすら、あたしの足を消毒してくれている。岡田夫人からもらったコットンを手にして。

　いやあ……あの……何と言いますか、その………〝申し訳なさ〟、ここに極まれり。そうとしか、言いようがないのよ、あたしにしてみれば。

「……あの……ほんとに……たいしたことないんで……あの……」

「うわっ！　あなた、見た？　今、コットンで拭いたら、あなたの傷口から、ぽろって砂利が落ちたわよっ！　うわあああ、砂利が、食い込んでいたんだあっ。大丈夫？　大丈夫？　大丈夫？」

　いや、可愛さん、繰り返さなくっていいです。

「大丈夫です」

　ほんとに、そうなのよ。砂利が食い込むだなんて、転んで擦り傷作ったらありがちなことだし。過去、あたしが何十回、こんなことになったのか、食い込むどころじゃない、転び方がほんとに酷かった場合、〝めり込んで〟しまった砂利を、切開して除去した怪我だって、あったんだよ。『粗忽姫』として、ほぼ毎日転んでいたんだもん、んなこと、日常茶飯事だったんだよ……んでもまあ……そんなこと、言う訳にもいかず。

　と、脇に立っていた岡田夫人が。

「119番とか……しなくていいの？」

「いいえええええっ！」

瞬間、あたしは、叫んでしまった。

「んなこと、絶対に、やらないでくださいっ！　あの、世の中には必要がないのに救急車呼ぶひとがいるって、昨今、結構問題になってますよね？　かすり傷で１１９番とか、しちゃったら、絶対に、それになりますっ！　あの、ごめんなさい、あたし、この家にお邪魔したのがそもそもの間違いであって、えっと……」

可愛さん。あたしをこの家に連れ込んだひとの名前、あたしは知っているんだけれど……今、ここで、その名前を呼ぶのは、まずいよなあ。だから、可愛さんの名前を呼ばないよう、気をつけて。

「あの……ここで消毒をして貰えたのは、とてもありがたいことなんですけれど……その……あなた」

可愛さんって言えないのは、かなり、辛いよな。

「あなたの反応は、過剰ですって。これは、本当に、かすり傷なんです」

「だってっ！　石がっ！　砂利がっ！　足に食い込んでいるんだってばっ！」

「だからあのっ！　転んだ場合、そういうことになるのは、普通なんですってばっ！」

「これ、絶対、普通じゃないってばっ！」

「普通なんですってばっ！」

……もはや。何を言いあっているんだろうあたし達。そんな感じになってしまった。

で。あたし達、しばらくこんなことを言い合い……そして、やがて。

も、しょうがないから、どちらからともなく、くすって笑ってしまった。んで、笑いあうと、なんだか緊張が解けていって……。

気がつくと、あたしは名乗っていたし、可愛さんも名乗ってくれて、これでやっと、あたし、可愛さんの名前を呼べることになった。

「でも、凄いお宅ですよねー」

怪我の手当てが終わり。(って、そもそも〝手当て〟が必要な怪我じゃなかったと、あたしは思っているんだけれどね。)いただいたお茶なんか呑みながら、あたし。

「東京二十三区で、この広さのお家って、ちょっと、凄い」

「やー、私の家じゃないから。これ、お姉ちゃんの家だから。表札、岡田さんになってたでしょ?」

「え、そうなんですか」

知っているけど知らんぷり。あたしにしてみれば、こう言うしかない。

「私、菅原可愛だって名乗ったじゃない。これ、お姉ちゃんの家なのね。つーか、お姉ちゃんの嫁ぎ先。岡田家が、凄いんだ」

「いや、凄くなんてありませんって」

これは、あたし達にお茶を出してくれた、岡田家の奥様の台詞。

「江戸の頃からずっとここにあるから、ちょっと、今の基準から言えば、大きいだけ、なんですよ」

……それが凄いんだよ。

今。こんなことを思いながらも、あたしは、悩んでいた。

今、あたし達がいる部屋の、すぐそこ。

家の間取りが判っているから言える、今、お茶を飲んでいる部屋のドアを出て、右に折れる、そしたらそこにはドアがある。そこを開ければ……そこを、開けさえすれば、あの、南に面した、子供の為の部屋に至ることは判っている。そして、そこには、板橋さん言う処の、すっごい靄があることも、判っている。あたしがやりたいのは、その部屋にはいって、そこにある靄を手でぶっちぎることだけ。あたしが物理的にその靄に手を触れ、それを伸ばしてしまえば、靄は、消える。言い換えれば、亀裂は、消える。亀裂さえ消えてくれれば、今、目の前にいる可愛さんのお姉さんが子供を連れて退院して来たって、何の問題もないっていう話になる。

けど。

位置的に言えば、今、あたしがいる部屋の、すぐそこの部屋。

でも……そこへ行く為の理由が……どう考えても、まったく、ないんだよなあ。

……まあ。

無理矢理行く、という手は、ない訳ではない。普通に家の中に招待してもらって、お茶なんかで供応してもらったあたしが……いきなり、何故か、他の部屋に行ってしまう。

……これ……無茶苦茶不自然なんだけれど、〝できない〟訳では、ない。やっちゃった瞬間、あたしは〝不審人物〟だってこの岡田家のひとや可愛さんに認識されちゃうんだろうけれど、どうせ、このひと達とは二度と会うことがないんだ、不審人物認定覚悟で、それ、やっちゃって悪いことはない。

ただ。この場合。

その部屋に、最悪の靄があることは判っている、けど、その靄が、どこにあるのかが、あたしには判らない。いや、ベビーベッド前って、大体の位置は聞いているんだけれど、位置の詳細が判らない。その前に、あたしには、靄が見えない。

ということは、特攻したあたしが、その辺の空間をおもいっきりかき回したとしても……その、靄が、破壊できたのかどうかが、判らない。んでもって、靄を破壊できなかったのなら、その特攻には、意味がない。しかも、この特攻を一回やってしまえば、もう二度と、それに類する手段をとれる可能性がなくなる。

考えろ。

思った。

考えろ、あたし。

ここまで入り込めたのが僥倖なんだ、二度とこの家のこんな処まではいり込めるかどうかは判らない。というか、そういう可能性、ないに等しい。

なら、今、この僥倖をあてにして、後先がない〝特攻〟をしてしまうのがいいのか？

それとも、もうちょっと自重して、他の手段を考えた方がいいのか？

と。

そんなことを考えていたあたしにとって、非常に驚きなことが起こった。

ノックの音がして。ふいに、誰かが――多分、家政婦のひとか何かだ――部屋にはいってきて、あたしと一緒にお茶を飲んでいた岡田さんの奥様の袖を引く。んでもって、袖を引かれた岡田さんの奥様が、すみっこの方へ行って、何だかんだ家政婦さんとしゃべったと思ったら、ふいに。

「すみません、あの、ね、いや……あの……」

……って、何だ？

「いえ、あの……」

言葉を区切ったあと。

そのやりとりが非常に不本意であったのか、奥様、憤懣（ふんまん）やる方がないって感じで、こんなことを言う。

「とある、企業の、偉い方が、うちに来たいって言っている……らしい、ん、です」

……え？

「一応、あっちは日本有数の企業ですからね、うちの有数の取引先の関係者の方でもありますんで、とはいっても、どういう関係者なんだかいま一つよく判らないんですけれどね、でも、こっちは文句なんか言えない立場で」

で。あげられた名前は、うちの会社だ。

「何だかほんとによく判らないんですけれど。その会社の常務が、なんだか、うちの近所に来ていて、うちに表敬訪問したいって言っているらしいんですよ。何なんでしょうね、これ。どう考えても普通の話じゃないと思うんですけれどね、これ」

……あああ、すみません、ごめんなさい、それは間違いなく、〝靄〟のせいですー。

んでもって、言ってきたひとは、間違いなく、板橋常務だ。

「で……すみません、ここ、応接間なので」

ああ。なんか、判った。今から、スペシャルな来客があるから、応接間を空けろって岡田さんの奥様は言いたい訳だ。で、あたしもそれを了解した。だから、あたし、「そもそも、殆（ほとん）ど怪我らしい怪我をしていないにもかかわらず、こんなに丁寧に介抱していただいて、ほんとにどうもありがとうございました」ってなことを言って、ここから辞去しようとする。というか、辞去、するのが、普通だ。

けれど。

岡田さんの奥様が言っているように、この話は、訳判らない。うちの会社がでかいから、何となく通ってしまっただけで、どう考えても、この話、変。

で、ここまで特殊な手を遣って、板橋さんがやってこようとしているんだ、まさかあたし、このまま素直にこの家から辞去する訳にはいかない。

だから、あたし。

応接間を出る瞬間に。

「あ……いたたたたたっ」

いきなり、すっごく、わざとらしい台詞を言ってみる。同時に、膝を折る。しゃがみこんでしまう。

と、こうなると。

そもそもここには、余計なひとがいる。菅原可愛さん。

もともと岡田さんの家のひとではなく、岡田さんの家の事情をあんまり斟酌しないであろう、嫁の妹っていう立場の、可愛さん。その上、あたしをこの家の中に引き込んだのも、可愛さん。

だから、やっぱり、可愛さんが。

「あ、大丈夫？　やっぱり足が痛いとか」

だから、あたし。

「いえ、大丈夫です。問題ない、と、思います」

って言いながら、同時にもの凄く顔をゆがめて。『大丈夫です』って、口先だけの話だよって、表情が言ってる感じにして。

「大丈夫じゃ、ないじゃん」

可愛さんがこう言ってくれることは織り込み済。

「ちょっと。ちょっとあなた、もう少し休んだ方がいい。この応接間は、岡田さん家が使うみたいだから、とにかく、空いてる部屋で、休んだ方がいいと思う」

で。

こう言われて、あたしが視線を飛ばした先は、勿論、問題の靄がある部屋。

あたしに無意識で促されたって知らない可愛さん、あたしの手をひいて、あたしの目の前で、問題の部屋のドアを開けて。

「足の痛みがとれるまで、ちょっとこの辺に座っとく？　あ、ここはね、お姉ちゃんが出産終えて帰ってきたら、子供部屋になる予定の処なの。だから、今はまだ誰も使っていない部屋。つーことは、長居してても大丈夫だよ」

「あ……すみません、ありがとうございます」

こんなことを言いながら、足引きずっている演技をしつつ、あたしはその部屋にはいって……部屋に入った処で、「ふぇえ」って感じで、座り込む。

「ごめんなさい、思っていたより、足、痛かったみたいで……」

「あ、やっぱ。救急車、呼ぶ？」

「いりませんいりませんいりません」

さすがにそれだけはまずい。だから、これだけは、全力で否定。でも、今、あたしは辛いんだよ感だけは、できるだけ出すようにして。

「じゃあ、その辺に……って、なんだよこの部屋、ベビーベッドしかないじゃん。座る処がないよね、じゃ、他の、あ、二階に行けばお姉ちゃんの部屋がある筈だから、そっちに行く？」

「いえいえいえ」

やっとこの部屋にはいれたのだ、そんなことしている場合じゃない。

「この足だと、階段を登るのはちょっと……」

「やっぱり救急車」

「は、いらないです、絶対」

どうしよう。可愛さんって、ほんとにいいひとだ。ほんとにあたしのことを慮ってくれている。

そして今。ベビーベッドが、あたしの目の前にあるのだ。んでもって、このベビーベッドの前に、とんでもない〝靄〟があるって、板橋さんは言っていた。けど……その、〝前〟

って、どっちだ？　まあ、板橋さんは、窓の外からこのベビーベッドを見た訳で、ということは、〝前〟っていうのは、ベビーベッドの窓側のことだと思うんだけれど、そう決めつけるのもまずいかな。

と、言うことは。

あたしは、このベビーベッドの周りを全部まわって、三百六十度、この辺で手足を振り回して、ある筈の靄をぶっちぎればいいんだな。

どうやってそんなことをやろう……って、思っていたら。

ふいに、聞き慣れた声が聞こえてきた。

あ、板橋さんの声だ。

「すみません、急にお宅にお邪魔してしまいまして」

今、板橋さんが玄関にいる。

瞬時、あたし、なんかブースターがかかったような気持ちになる。

「××商業の統括本部長の岡田さんのことは、私も、うちの取引先として、よく知ってはいたんですよ。でも、まさか、その岡田さんの家が、私の散歩コースの中にあるだなんて知らなくて。知ってしまった以上、岡田さんに表敬訪問をしたいなって、私としては思った訳でして」

わはははは。すっごい、無理なことを言っている、板橋さん。間違いない、これが会社のひとに知られたら、板橋さんの認知症疑惑、もう鉄板になるだろう。だって、岡田さんの会社って、うちの取引先じゃないんだもん。間にいくつもの会社、はさんでいるんだもん。まっとうな人間は、絶対こんなことしない。

で、それが判ったので、あたしも、すっごい無理なことを言ってみる。

「ごめんなさい、ちょっと休んだら、もう……足、治ったと思うんですよ」

んで、あたしがこんなことを言ったら。当然、可愛さんが。

「ほんとに？　無理しない方がいい……っていうか、無理、しないで」

なんて言ってくれて。でも、あたしは。勝手に。

「いやあ、もう、今なら、ラジオ体操第一ができるような気分になってます」

「……って？　……え」

いや。

可愛さんが悩む気持ちは、よく判る。この局面で、この段階で、〝ラジオ体操第一〟はないだろう。けど、あたしはそのまま。

「タンタラタンタンタン、タンタラタンタンタンタン……」

なんて口ずさむと、同時に、両手を振り回してしまう。そして、歩きだす。

両手を振り回して。ベビーベッドの周囲を歩きだして。

「タタタタ、タタタタ、タタタタ、タン」

ここから、本当にあたしは、ラジオ体操第一をやったのだ。

両手を伸ばして、前にかがんで、両手を上にあげて……これを、ベビーベッドの周りで、一周、やる。可愛さんは、もう、あきれたのか何なのか、口あけてこれを見ているしかない。

んでもって。

ベビーベッドの前、窓側へちょっと進んだ処で、あたし、何かにつっかかって転んだのだ。

可愛さんが慌ててあたしに手を伸ばしてくれたんだけれど、いや、もう、そんなことどうでもいい。

ミッション・コンプリート。

あたしがつっかかって転んだ以上、ここには靄があったんだ。そして、あたしが転んだってことは、この靄、破壊できた筈。

うん、だから。

この段階で、この〝靄〟は、消えたのだ。

「高井さん……」

翌日。二人でこっそり、路地から岡田家をのぞいてみて、あの靄が消えているのを確認した後。あたしは、板橋常務から、怒られた。

「あなた何やってんだよっ！」

いやあ、これを言われたら、実は、あたしの方が、怒る気満々。

「それ、話が違うっ！」

いや、本当にそう思っている訳で。だから、言い募る。

「あんたこそ、何やってんですよっ！」

「……んて……あの……？」

「今回の場合、無茶やったのはあんたでしょうがよっ！　何なんですか、〝通りすがりの取引先の会社の常務が、いきなりお宅を表敬訪問したい〟って！　これで、あなたの〝認知症〟疑惑、ほぼ、百パーセント、確定ですよ？　んなこと言ってる人間、〝認知症〟としか思えないでしょうがよっ！」

あたしがこう断言すると。板橋さん、なんかちょっと困った顔になり……そして。

「いや、だって、あの場合、ああするしか……あなたを勝手に、〝粗忽姫〟としてあの場所へ押し出してしまったんだ、こちらとしては……」

「その〝粗忽姫〟問題が、そもそも、あたしにしてみれば怒り満載なんですけど……けど……」

なんて、あたしが言いかけたら。

「いや、〝粗忽姫〟問題は、確かにこっちが悪かったのかも知れない。けど、それを言うならあなたのそのあとの対応だって、いかがなものかと……」

「……って？」

「いや、あの場面で、ラジオ体操第一はないかと……」

「じゃ、他にどうすればいいと?」

……。

…………。

……………。


結局。

あたしも、板橋さんも、まあ、お互いに言いたいことはあったと思うんだけれど、二人揃(そろ)って、その台詞を呑み込んだ。


そして。

向日葵(ひまわり)が咲く頃。


この先、この仕事を続けると……なんかとんでもない手法をとるのが常態になりそうな、このまんま行くと板橋さんの評判が落下の一途を辿(たど)るんじゃないか、あたしだって今後とんでもないことをしなきゃいけないんじゃないか……そんな。

そんな、すっさまじく情けない合意が……なんとなく、あたし達、できたような気がする……。

三章

# 第三号案件　カップの修復

今年の夏は、暑かった。

いや、これ……なんか最近、毎年言っているような気がするんだけれど。

でも、実際、今年も、去年も、一昨年も……ここの処ずーっと、夏って、やたらと暑くなかった？ それも、あたしの体感がそう言っているっていうんじゃなくて、気象庁のお墨付きで。毎年毎年、最高気温が何年かぶりの奴になったり、熱帯夜の数がどんどん増えたり、熱中症警報が出まくったり。

あたしが子供の頃には、そもそも、熱中症警報なんてなかったような気がするし、「夜、寝る時にエアコンをかける時は、タイマー設定をしましょう。一晩中エアコンをつけているのは体に悪いです」なんて言われてたような気がするんだけれど、最近のTVは、「一晩中エアコンをかける時には風が直接体にあたらないようにしましょう。それから、扇風機も併用して、部屋の床の方に溜まった冷たい空気を循環させて……」みたいな、なんか一晩中エアコンかけるの前提としたような話をしている。（……まあ……それとも、これは、今あたしがいるのが東京だからかな？ 子供の頃は静岡だったし。とはいうものの、東京だけが、異常に暑いって話……じゃ、ないよね、やっぱり。日本全国、満遍なく暑くなっていると思う。)

それでも。

ようやっと、気持ち、「今は夏じゃない、秋になったんだ」って思えるようになった頃(いや、暦の上ではとっくに秋だ。でも、最近はねー、暦上の〝秋〟は、〝残暑〟っていう別の季節になっていると思う。今の日本には四季がなくて、〝長い冬〟〝ちょこっと春めき〟〝梅雨〟〝夏〟〝残暑〟〝ほんのちょっとの秋〟〝すぐに冬、長い冬〟っていう、まったく違うシーズンがあるような気がするんだよね)、あたし、いきなり板橋さんに言われた。

「おっ、高井さん、女に戻ったな」

「って、なんなんですかそれ。セクハラですかそれ」

「いや、そうじゃなくて。今まで、道を歩く時、高井さん、首にタオル巻いていたじゃない、あれって、農作業や工事現場の人間ならともかく、丸の内にオフィスがある、妙齢の女性がすることじゃない。今日は首にタオル巻いてないから、ああ、高井さん、女に戻ったなって……。って、これも、セクハラ……に、なるの、かな?」

「なります。セクハラです」

言われたあたしがセクハラだって思えば、何だってセクハラなんだよ。……まあ……その……確かにビジネススーツ着て(それでも上着はなし)、でも足もとはスニーカーで、その上首にタオル巻いて歩いてる女性って、どっか変だとはあたしだって思うけど。

けど。そうせずにはいられない。

だって、確かに、オフィスは丸の内にあるんだけれど、あたしの仕事って、今までの処、毎日毎日、朝から夕方まで、ひたすら練馬区内の道を、てくてくてくてく歩くっていうものなんだもの。（しかも。晴れて天気のいい日に限り。雨が降っていると、〝靄〟がみつけにくいので、ほんとに炎天下ばっかり歩いている。）毎日本社に出勤する関係上、会社に着くまではスーツ着てパンプス履いているんだけれど、業務が練馬区内を歩き回ることだ、業務開始時から足もとはスニーカーになっちゃうし、上着はすぐに脱いじゃうし、何日か猛暑日が続いたら、いつの間にか着替えのジーンズ常備になったし、この夏、ひたすら練馬区を歩くのなら、首のタオルは必須（ひっす）だよ。

「それに、あたし、むしろ板橋さんの方が信じられません。この業務で、何故（なぜ）、毎日ネクタイ？」

そうなんだ。あたしの直属の上司、板橋さんの業務も、毎日練馬区内の道を練り歩くことで（というか、あたしは板橋さんと一緒に練馬区内を練り歩いている）……この状況なのに、板橋さん、スーツ着ているだけじゃなく（勿論（もちろん）夏物なんだけれど、上着も着ているのよ）、ネクタイまで締めているんだよね。手拭（てぬぐ）いやタオルを首に巻いたりもしないし。溢（あふ）れ出る汗は、全部ハンカチで拭（ふ）いているし。（間違いなく、一日三枚は使っていると思われる。）足もとはきっちり、有名メーカーの革靴だし。

「いや、そりゃ、仕事だから。これでも一応、わが社の常務ではある訳だし……どこかで取引先のひとや何かに会った時、まさかノーネクタイでジャージみたいな格好をしている訳にはいかないじゃないか」

うーん、確かに。板橋さんは、ある意味有名人だ。（財界の大立者の一人だってことになっている。っていうか、実際に、〝そう〟だったんだ。）だから、油断した格好をしている訳にはいかない、そんな格好、他人様に見せる訳にはいかない、そういう事情は判るんだけれど。でも……この状況で、革靴ネクタイは、凄いよね。まして、今、板橋さんが他人様からどう思われているのかっていうことを考えると……。

これを見る度、思う。

確かに板橋さんは、うちの会社の常務だ。

それだけの覚悟と認識が、きっちりある。凄いと思う。そこは、そこだけは、尊敬できる。というか、尊敬せずにはいられない。

だからさあ、常日頃の言動を……頼むから、それに準じたものに、してはいただけないものだろうか。

えっと。この辺でちょっと、事情説明。

あたしの名前は、高井南海っていう。今年の三月、大学を卒業して、四月からうちの会社にはいった。うちの会社っていうのがね、まあ、他にあんまり自慢できることがないから自慢しちゃお、名前を出せば誰でも知っているような、日本有数の大企業なのだ。んで、あたしは、そこの正社員。しかも丸の内にある本社に勤務している人間。

おおおっ。

これだけ聞けば、あたしって何か、とっても有能そうでしょ？　このご時世で、誰でも名前を知っているような企業の本社採用正社員って、あたしはどんなに有能なのかっ！

ここで胸はりたい処なんだけれど、実は、胸、はれない。

何故かと言えば、あたしは、実力でこの会社にはいった訳ではないのだから。〝縁故〟とも違う、特殊事情で採用された人間だから。

んで、あたしを採用してくれたのが、先刻からでてきている、この会社の常務の板橋さん。しかも、あたし、気がつくと、いつの間にか、直属の上司である板橋さんと、ほぼタメ口で話している。（いや、あたしが板橋さん怒鳴りつけちゃうことも、結構あったりする……。）

ここから推測できる事実は、まず、〝情実〟、だよね。

あたしが板橋さんの隠し子とか愛人とか何かで、で、それを利用して、就職できた。そういう事情だったらねー、話はとっても簡単なんだけれど。

実情は、まったく、そういうものではない。

も、すっさまじく簡単に言ってしまうと、板橋さんは、超能力者だったのだ。

実は、この世界には、あちこちに亀裂が走っている。これは、何ていうのか、空間の罅みたいなもので、大体の場合、あってもそんなに問題はないんだけれど、稀に、この罅にひっかかってしまうひとがいる。ひっかかってしまったひとは、それに蹴躓いたり何だりし、結果として、事故を起こしてしまう可能性がある。板橋さんは、その〝亀裂〟を見ることができる超能力者。

んで、そんな板橋さんに採用されたあたしも、実は超能力者だったのだ。その……確実に亀裂にひっかかってしまうという哀しい超能力者。

だから。板橋さんに見いだされる前のあたしって、なんかとっても酷い人生を送っていた。

もう、何かっていうとこける。ぶつかる。つんのめる。階段から落ちる。それがあんまり酷いんで、粗忽姫っていうのが、あたしの仇名だった。

ただ。こんなあたしにも、取り柄というものはある。

そこに〝亀裂〟がある限り、絶対にひっかかって、こけたりつんのめったり階段から落ちてしまうあたしなんだけれど、同時に。亀裂にひっかかって、それを物理的に伸ばしてしまえば（あ、この場合の〝物理的〟って、多分、正しい意味での物理とは違う。えーっと……あたしと、板橋さんが思っている、〝物理〟ね）、あたしは、その亀裂を、消すことができるのだ。

のだ。

そこで。まあ、なんか、色々あって、あたしと板橋さんは、タッグを組むことになった

世界の亀裂を発見することが可能な板橋さん。

その亀裂に絶対にひっかかって、ひっかかった挙げ句、その亀裂を消すことができるあたし。

この世界から〝亀裂〟をなくしたいって思っている板橋さんと、この世界に〝亀裂〟がある限り毎日ひたすら不慮の事故に怯(おび)えなきゃいけないあたしの利害は、この段階で一致した。だから、あたし達は、今、ひたすら、板橋さんが発見した亀裂をあたしが消去するっていう事業に、取り組んでいる。

大企業の常務である板橋さんは、こんなあたしの為(ため)に新たな部署を作ってくれ、あたしはそれが故に我が社に採用され、今ではひたすら亀裂を消している毎日。

でも。

亀裂っていうのは、そうそうあるものではない。(そうそうあったら、あたしがたまったもんじゃない。)

夏の初めまでに、それまでに板橋さんが発見していた亀裂を、あたし達は全部、消してしまった。

そして、その後は。

新たな亀裂を発見すべく、板橋さんとあたしは、まず、東京二十三区、その一番端にあ

る練馬区を、ひたすら歩き回ることになったんだけれど……。

　これがもう、大問題。

　亀裂を発見すべく歩いている板橋さんって、ほんとに変な歩き方、してるんだよ。……その……どう見ても、歩いているより、彷徨(ほうこう)してるって感じで。認知症の徘徊(はいかい)だって言われたら、あたしだって、「うん」って言ってしまう。そういう歩き方。

で、気がつくと、いつの間にか、うちの社内では、「若年性認知症になった常務のお守りを、新入社員のあたしがしている」っていう話になってしまって。

　勿論、これは、違う。

　でも、どこが、どのように、〝違う〟のか、これを明確に説明することはできない。

　しかも。

　ちょっと前にあったケースで、板橋さんは、あからさまに逸脱をした。どっからどう見ても、〝変〟なことをしてしまった。しかも、それが、あたしを助ける為だったから……。

　この瞬間から。

　なんかちょっと変な話なんだけれど、あたしは、板橋さんとタメ口をきくような間柄になってしまった。

　と、言うか。

　ほんと言ってあたしは、激怒したのだ。

　この逸脱した行動のせいで、おそらくは板橋さんの〝認知症疑惑〟は、確定してしまう。

瞬間、怒り、マックス。

だって、板橋さんは認知症じゃ、ない。それは、一緒に歩いているあたしが、他の誰よりもよく判っていることだ。

なのに、板橋さんは、「まさに認知症でしょうね」としか思えない言動をとった。それも、あたしの為に、だ。

こんなこと！　こんなこと、許しておいていい訳がない、でも、他にどうしていいのか判らない。

だからまあ……あたしとしては、恐縮して縮こまるっていう選択肢もあったんだけれど、その前に、〝あたしの為にこんなことをしてしまった〟板橋さんが、許せなくなってしまって。

途端、タメ口になってしまった。もともと、遠慮して話してはいなかったんだけれど、この瞬間から、もう、板橋さんに対する遠慮なんて、ナッシング。だって、あたしが遠慮すると、この莫迦男は何するんだか判らないんだもん。（莫迦男って言ってる段階で、すでにこれは、上司に対する扱いじゃないよな。）

上司に対する遠慮がなくなった処で、練馬を練り歩く時に、首にタオルを巻くようになっちゃったし、会社まで履いてきたパンプスは、会社でスニーカーに履き替えることにした。上着もどっかいっちゃった。

んで。

そんなこんなで、ようやっと、秋。


「ま、高井さんも無事に女性に戻ったことだし」

「ぐるるるるー」

「あ、いや、それは言いなおす。高井さんも無事に首からタオルを外してくれたことだし、夏も終わった訳だし。そしてその上、練馬区も終わった」

　そうなのだ。ずっと、ずーっとやっていた、練馬区の道筋をすべて辿るっていう作業、昨日でようやく終わったのだ。うちの課にあるホワイトボード、そこに貼ってあるとても詳細な練馬区全図、その、私道だの農道だの細かい道を、やっと、あたし達は、踏破したんだ。

「ここで、次のステージに進みたいと思う」

「ということは、板橋区？」

　それとも杉並区の方へ行くのかな？

「いや、板橋に行くっていう手法はある。というか、普通はそうだろう。でも、その前に、いくつか確認しておきたいことがある」

「……って？」

「僕達が潰した〝靄〟。あれは全部、潰れたのか？　というか、時間がたっても潰れているままなのか？　復活しているものは、ないのか？」

え。

あたしがぶっ千切った（筈の）靄。

それが復活している可能性って……ある、の？　いや、あるのかも知れない。交通事故多発地帯ってものがあるんだもん、どうしたって事故が多発してしまう、そんな処の〝靄〟は……潰しても潰しても復活してしまう可能性、否定できない。

「それを確認しなきゃいけないと思う。というか、それを確認しなきゃ、次のステージには進めない」

ま、そりゃそうだ。今まで、〝靄〟を潰してまわるひとはいなかったんだ、潰した後時間が経過した〝靄〟がどうなるか、判っているひとがいる訳がない。

「それにまた。ようやっと、うちの課に、〝直して欲しいもの〟が集まってきたんだよ。これもまた、ちょっと考えないと」

あ、おおお。

うちの課には、板橋さんとあたし以外に、もう一人人員がいる。ずっと前から板橋さんの秘書をやっていた、永岡さんっていう年配の女性。最初のうちあたし、永岡さんのこと、会社が板橋さんにつけたお目付役みたいなひとかなって思っていたんだけれど、どうもそれって違うみたいで。永岡さんは、ほんとに板橋さん直属の、なんか、どえらい有能な……〝御庭番〟みたいなひと、だったのだ。（いや、御庭番がいる企業って、何よ？って言われたら、あたし、返答のしようがないんだけれど。でも、まさに時代劇で見る御庭番みたいに、何でもできそうなひとなんだな、永岡さん。）

その永岡さんが、うちの課ができた時からずっと、「直して欲しい壊れてしまったものはありませんか？」ってな広報を、うちの会社のホームページや社内報に掲載していて、それが、ある程度、たまった、と。

こんな広告を出したのには勿論理由がある。とにかく、三百六十五日、二十四時間、ひたすら靄があればそれにひっかかってこけまくるあたしが、今までの人生で、まったく大怪我をしたことがないっていう事実が、その事情を裏打ちしている。

うん。あたし。

歩道橋のてっぺんから転がり落ちようが、全力で溝に突っ込もうが、びたん！って感じで顔からアスファルトに叩きつけられる感じになろうが、大怪我をしたことがないのだ。いや、擦り傷、あざ、切り傷なんかは当たり前にできるんだけれど、骨折だの、それ以上の怪我、したことがないの。板橋さんと知り合った時を除けば、救急車なんて呼んだことないし、こけたあたしの脇にちょっと驚くような血溜まりができていても、そこにいるあたしの怪我は、たいしたことがない。

実は、これも、あたしの超能力のひとつらしくて……靄があったら絶対にひっかかってしまうあたし、靄の中で、昔おばあちゃんに教わった、「痛いの痛いのとんでけー」って呪文を唱えると……傷を、治すことが、できるみたいなの。（……「痛いの痛いのとんでけー」って、呪文、なのか？　普通のひとは、普通、怪我したら、これ、やっていないか？）

しかも。そこから敷衍して、なんでだか、靄の中で、あたしがこの呪文（だから、「痛いの痛いのとんでけー」は、呪文じゃないと思うんだが）を唱えると……どうも、あたし以外のものも、〝治って〟しまう、みたい、なんだよねえ。

板橋さんは、これに注目した。

というか、〝亀裂〟をなくすって、どう考えても普通の企業がやるお仕事ではない訳で……ここに注目するしか、うちの〝課〟を設立する大義名分がなかった。

だから、うちの課は、〝修復課〟っていう名前になった。壊れてしまった、普通では直しようがないものを、修復する〝課〟ですっていうことに。

故に。

この〝課〟の設立からずっと、永岡さんは、「壊れてしまった直したいものはありませんか？」ってな募集をかけていた訳だし、最初のうちはまったく集まらなかったそれ、今、やっと、集まってきたのか。

そう思うと。

どんなものが集まってきているのか判らないけれど、それを、直さなきゃいけないよね、あたし。

だって、それが、そもそものうちの〝課〟の存在意義だもん。

「それから」

おっと。板橋さん、まだ、話を続けている。

「今まで無視していた、ひとがひっかからない〝靄〟についても……」

ああ。

そういう問題もあったよね。

練馬を歩いている時、あたし達は、あくまで、「ひとがひっかかる靄」を問題にしていた訳なんだ。

今まで。

発見したけれど、消していない……というか、消しようがない靄も、あった。

たとえば。

電柱の脇、上空三、四メートルくらいのところに、ほやっと浮かんでいる靄。

マンションの屋上に登り、そこから斜め下を見た時に判る、地上十二階くらいのところに、ぼーっと浮かんでいる靄。どこの窓からも遠すぎるから、普通の人間は絶対に到達できない処にある、靄。大体、十二階にいるひとが、窓開けて、外に出てくる訳がないよね。

だから、その靄にひっかかるひとがいる訳がない、そんな〝靄〟。

こういうのは、今まで、無視していたんだ。いや、だって、この〝靄〟にひっかかるのって、普通のひとには、無理だもん。それに、〝物理的にその靄にひっかからない限り、その靄を消すことができないあたし〟、その靄を消すこと、無理だもん。(いや、そりゃ。無理すれば、そういう〝靄〟だって、消すことはできるのよ。例えば、東京電力のひとなんかが、時々、やってるじゃない。梯子車(はしごしゃ)じゃないんだけれど、上に向かってぐんぐん伸びるゴンドラみたいなものに乗っかって、地上数メートルにある電線の修理をしているっていう奴。あれ使えば、確かに地上三、四メートルにある靄、あたしは消すことができるんだ。同じく、高層マンションの窓掃除のひとが乗っているゴンドラ、ああいうのを使えば、地上十二階くらいの処にぼーっと浮かんでいる靄、これだって、消すことができるんだ。けど、どう考えたって、普通の人間がひっかかる訳がない靄を消す為に、こんなことをしようって気分にはなれなかったから、放置していたんだ。)

「今までは。ああいう靄は、犠牲者がでる可能性がほぼなかったから、ストックしていた訳だ」

え。あの? 〝放置〟じゃなくて、〝ストック〟? それ、意味が全然違うんですけれど。

「高井さんはね、靄に触れてしまえば、それを消去できる。同時に、靄の中で、いろんなものを直すことができる。……ここに、人様に被害を齎(もたら)さない靄をストックしていた意味がある」

……?

あの。意味、不明なんですけれど。

「今、直して欲しいものがある程度たまったから……こっちのステージに進んでみようかと思っている。……まあ、これはもう言い訳なんだが、うちの課って、〝修復〟課な訳なんだよね。〝靄を消す〟なんてこと、本社の誰も知らない。うちの課がやるのは、あくまでも壊れたものの修復であって。さすがに、四月に発足した課が、今に至るまで何ひとつ修復していないのはまずいんではないかと」

「はい」

確かにそれはそうだ。

「だから。今、修復して欲しいものが、ある程度たまった今。それを修復しようじゃないか」

「……って？」

「修復できる〝場〟は、ある。今までストックしてきた、普通のひとが絶対にひっかからない靄だ」

……あの……地上三、四メートルにある靄とか、十何階もの処にぼやっとある靄とか、そーゆーもんのこと？

「あの靄の中で、高井さんが『痛いの痛いのとんでけー』をやってくれたら、大体のものは、直る……筈、だ」

……成程。

と、いう訳で、今。

あたし達は、只今……その……高層マンションの窓掃除の為の、ゴンドラにいる。地上十二階。風がびゅんびゅん吹いている。いや、地上にいる時は、まさかこんなに風が強いとは思っていなかったんだけれど……ここまでの高さに上がってしまうと、何なの、この風、何なの、この寒さ。

このゴンドラには、あたしと板橋さんの他に、清掃会社のひとが同乗していた。

板橋さんがどんな理屈をつけて、あたし達をこのゴンドラに乗せてくれるよう交渉したのかは判らない。ただ、清掃会社のひとは、あたしと板橋さんだけがこのゴンドラに乗ることを許可してはくれなかった。保安上、絶対に、清掃会社のひとが同乗していなければ、ゴンドラに乗ることは許可できないって言い張ったのだ。……ま、当たり前だよね。

ああ、神様、暑くなくなったって感謝したのはつい先程のことだったんだけれど……えーん、神様、今は、あたし、寒いですう。

そして。

何が何だか判らないけれど、とにかく清掃用のゴンドラに乗りたいっていうあたし達に同乗してくれた、清掃会社のひと、最初っからずっと、何かおかしなものを見る目つきで、あたし達のことを見ている。

そんな、清掃会社のひとの前に立ちはだかり、自分の体でそのひとの視線を遮って、板橋さんがあたしに渡してくれたのは、曲がった金属と、割れてしまったレンズのようなものと、とっても小さな螺子、だった。

ここに来る前に、話は聞いている。

これは、壊れてしまった眼鏡の部品なのだ。それも、とっても小さな螺子も含め、ほぼ、大体の部品が揃っている。（割れてしまったレンズは、全部回収できたかどうかは謎なんだけれど。）

勿論。これだけの部品が揃っていれば、これ、眼鏡屋さんにもってゆけば、眼鏡としての復元は可能だろう。ただ……曲がってしまった金属が。これは、眼鏡のつる部分だろうと思うんだが、どうにも物理的には復元不可能らしくて。

この〝つる〟を、眼鏡であるように直そうとした場合、かなりの確率で、つる、折れてしまうらしい。というか、この〝つる〟を、もとの眼鏡のように直すのは、金属加工的な問題で、無理、らしい。

勿論。つる部分を新しくするのなら、この眼鏡の復元は簡単だ。（いや、レンズが割れているんだな、なら、〝復元は簡単だ〟とは言いにくいか。）

ということは、この眼鏡を復元するより、新しく同じ眼鏡を作った方がずっと簡単だし、はるかに安上がりなんだけれど……この眼鏡を〝直して欲しい〟って言ったひとは、同じ性能の眼鏡が欲しかった訳じゃない。

〝この〟眼鏡を、直して欲しいんだ。

個々の事情は知らない。

聞いていない。

でも、聞かなくても判る。

あたしが板橋さんと知り合った時に直した、板橋さんのお嬢さんのぬいぐるみと、同じことだ。

〝あの〟、ぬいぐるみが。

〝この〟、眼鏡が。

つるを新たにした眼鏡じゃない、壊れてしまった眼鏡、そのものが。いや、その前に、〝つる〟、そのものが。

それが、依頼者には、必要なんだろうと思う。というか、依頼者が欲しかったのは、そういうものなんだろうと思う。


と、言う訳で。

ゴンドラの上、板橋さんの背中に隠れて、あたしはこっそり、〝靄〟の中に手を突っ込んで（その手の中には、勿論眼鏡の部品がある）、うんと小声で唱えてみる。

「痛いの痛いのとんでけー」

　その瞬間、眼鏡は、直った。

　同時に、靄も、消えたと思う。

もの凄く不得要領な顔した清掃会社のひとと別れて。（そりゃ、そうだろう。何が何でも清掃用のゴンドラに乗って、このマンションの十二階へ行って欲しいって、板橋さんは主張した訳だ。伝をたどって手をまわしたり、色々やって。そこまでして、十二階あたりにゴンドラを持ってきて、そんで、やったことは、あたしが何か、ごにょごにょ言っただけ。これで、「はい、ありがとうございました、用事は済みました」って言って、ゴンドラおりちゃったら、あたし達が一体全体何をしたかったのか、清掃会社のひとにはまったく判らないよねえ。あたし達、すんごい怪しいひと、だよねえ。……ああ、これが、板橋さんの認知症疑惑を補強する材料にならなきゃいいんだけれど。）

　あたしの手の中の眼鏡を見て、板橋さん。

「いや……直るって判っていたんだけれど……ほんとに直ったな、この眼鏡」

「直りました……ねえ」

　あたし。今まで、自分の体を「痛いの痛いのとんでけー」で治すのはよくやっていたんだけれど、自分の体じゃないものを直すのは、板橋さんのお嬢さんのぬいぐるみを含めて、これが二回目。だから、直ってしまったことに、自分でもちょっと驚いている。

「物理法則、完全に無視してるなあ」

「……って、どんな法則無視してます？」

「いや、眼鏡のレンズなんだけど……あんだけ粉々になったんだ、いくらかき集めても、絶対足りない処があった筈だと思うんだよ。それこそ、粉みたいになっちまったレンズの破片とか。そういうのが、ないにもかかわらず、直っちまったよなあ、この眼鏡。完全に、眼鏡として、全部がそろっている。レンズに欠けている処なんてない」

「……まあ、板橋さんのお嬢さんのぬいぐるみを直した時だって、〝そう〟だったじゃないですか。あからさまに、破片が足りないのに、直っちゃった」

「だよなー。その、〝足りない〟部分、どっから持ってきているんだろ。というか、何が、〝その足りない部分〟を補完しているんだろ。……これ、どう考えても、物理法則、無視しているよなあ」

「それ言っちゃったら、あたしの怪我が治る時点で、物理法則、無視しまくりです」

「……確かに」


と、こんな感じで。

あたし達が臨んだ、修復課としての、第一号案件は終わった。

と、いう訳で、第二号案件。とても大切にしていたカップを割ってしまい、その破片の大半はちゃんと保存してある、でも、接着剤でくっつけることができない割れ方をしてしまったカップの補修。(破片がもの凄く細かく割れてしまったせいで、大部分を接着剤でくっつけたとしても、残り部分の修復が無理だったのね。)

話自体は、あたしにしてみればとても簡単。なんたって、破片の大半がここにあるんだ、あとは適当な〝靄〟があればＯＫ。

この時は、電力会社にお願いして、地上三メートルちょっとの処に浮いている〝靄〟まで重機に乗せて貰(もら)った。

これもまた、作業としては、楽勝。

んでもって。

この時、あたし達にこのカップの修復を願い出たひとが、あたしにしてみれば、〝とても余計なことをやりやがった〟んだよっ！

このひと。ブログか何かに、本当にあたし達の事業に感動したってコメントを、載せやがったのっ。(いや、普通だったらこれは、ありがたいことなんだけれどね。間違っても、〝載せやがった〟だなんて言ってはいけないよね。)

『〝神〟というのは、いるのかも知れない。そんなことを思った。……(中略)……あり得ることだとは思えなかった。本当に自分のカップは、壊れたのだ。目の前で、割れたのだ。あの時のことは、今でも夢にみる。私の手から、カップが離れて……そしておちてゆき……それがまるでストップモーションのように見えて……そして。そして、カップは、床に激突し、割れたのだ。どんなにそれがあって欲しくないことであっても、それでも、割れたのだ。……(中略)……〝修復課〟なんて、名前だけだと思っていた。だが、彼らは、本当に私のカップを修復してくれたのだ。……(中略)……ここに、どんな〝謎〟が、〝秘密〟が、あるのかは判らない。実際に、彼らは、この件に関する私の質問にはまったく答えてくれなかった。だが、私のカップは、本当に修復されたのだ。ここに私は、神の存在を感じてしまう。……(中略)……私のカップは、ちょっと特殊な品だ。同じものは、この世の中に二つとない。知人の手作りの作品なのだ。だから、〝修復課〟が、同じ商品を買って、それをもってきて〝直した〟と主張していること、これだけはあり得ない。ここには何の〝誤魔化し〟もない。……(後略)……。』

……いや……まあ……あの、ね。

確かに。

〝誤魔化し〟てはいませんからね、あたし達。本当に修復しましたからね、少なくともあたしは。

んで、この後も。

なんだかんだ、このひとのブログは続いたんだが、そんなもん、あたし、読む気はなかったし、実際に読まなかったんだけれど……なんか、この時、心のどこかに、刺（とげ）が、ちくっと。

うん、ちくっと思ったんだ、あたし。

これは……間違いなく、世間一般にはばれてはいけない事実だったんじゃないかと……。

まして。〝神〟なんて言葉が出てくるのは……なんか、いろんな意味で、まずいんじゃないかと……。


こんなことをやっているのと同時に。

あたし達は、以前始末した〝靄〟も、確認していた。

で、これがまあ、今の処、百パーセント、ＯＫ。

実際に中にはいってみることはできなかったけれど、岡田さん家の〝靄〟も、道路から再度確認してみた。

あたしには、〝靄〟が見えないんだけれど、あたしと一緒に岡田邸前に行った板橋常務が、「うん、ＯＫ。あの〝靄〟、見えないよ」って言ってくれた時、あたしがどんなに嬉しかったか。

少なくとも、あたしが消した〝靄〟は、只今現在、消えたままでいてくれるらしい。これで、可愛さんも可憐さんも可憐さんのお子さんも、ここで不用意に転ぶことはない。

と、そんなことをやりながら、さて、第三号案件に着手しましょうかねって頃、修復課に、ふいにお客さまが来たのだ。

定時に出社したあたし、課のドアを潜る直前、手前の廊下で永岡さんが手招きしていることに気がついた。

え？

永岡さんって、うちの課のデスクの前にいつだっていて、いつだってどっしりそこに座っているひとだったから……そんなひとが、何故か廊下にいて、ドアを開けようとしたあたしに対して手を振っているっていうのがとても不思議で。何かなって永岡さんの方を見たあたしに、永岡さん、右手を自分の口の前にもってきて、人指し指たてて、「しっ……」って声にならないような声をだしたのだ。

これって……「黙れ」っていう、合図？　それが判ったんで、あたしは永岡さんの意を汲んで、そのまま黙り、うちの課の扉を開けず、永岡さんが指し示す方へと行ってみる。

と、永岡さん。

「あの、お客さまがいらしております」

とてもひそめた、よく聴こえないくらいの声でこう言う。

「……あ……はい……」

永岡さんは、そのまま、あたしを、廊下の先にある、只今誰も使っていない応接室までひっぱってゆき、そこにはいり、ドアを閉めると、いきなり普通の音量の声になり。

「あのお客さま、うちの業務開始時間の二時間以上前からいらしてたんですよね」

えっと、それは……うち、九時から業務開始だから、七時くらいから？

「受け付けから苦情が来ています。いや、その前に、このお客様、常務か高井さんに会いたいらしいんですよね。その為、ずっと、受け付け前で待っていた。いえ、待っていたっていうのは、わたくしなりに気を遣った表現であって……あのお客さま、常務か高井さんを張り込んでいた感じです。受け付けから文句が来ましたので、うちの課の部屋にはいっていただきましたが」

「……へ？」

「お客さま、おそらくは、常務と高井さんがやった〝修復第一号〟か〝修復第二号〟について、何かご意見があるのではないのかと推察します。そして、それに関して言いたいことがあるので、常務か高井さんを待っているのでは、と」

「……って……それってどんな意味が……」

「あからさまに申しますと、常務と高井さんのことを怪しいと思っておられるのではないかと。お二人がやられた〝修復〟に、納得ができていないのではないかと」

「いや、だって、あたし、直しましたよ？　ちゃんと直したじゃない」

「だから、それが不審だと思われているのではないかと。……あの……常務と高井さんがなさったことは、普通にいってあり得ないことだと、お客さまは確信していらっしゃると思います。というか、普通の方は、普通、あれは、あり得ないことだと思うと思われます」

ああ、はい。なんか、表現が微妙に重複している感じはするけれど、永岡さんが言いたいことは判った。

「で……あたしに、どう、しろ、と、永岡さんは仰(おつしや)るんで？」

「存じあげません。それは常務と高井さんの問題であって、わたくしが容喙(ようかい)することではございません」

そ、それはそうなんだけれどさー、いや、けど、御庭番ってこういうもんか？　あくまで判断をするのは板橋さんであって、御庭番はそういうの、ただ、報告するだけのひとなんだよね。

「ですので、高井さんが、お客さまと会う前に、これだけは高井さんに伝えたいと思いました。そういうつもりで、そういう認識を持った上で、あのお客さまにお目にかかるよう、御注意申し上げます」

「あ……ああ、はい、ありがとうございます。……って！」

そうだ、ちょっと待てっ！

「あの、板橋さんは？」

そろそろ板橋さんだって出勤してくる時間帯だ。板橋さんには、何の注意もしなくていいのか？

「常務は、百戦錬磨でございますから」

ああ、そうですか。

なら、あたしも、百戦錬磨の板橋さんを、待とうかなあ。

で、待っていたら。やがて板橋さんがやってきた。勿論、永岡さんは、板橋さんに、文句を言いに来たひとがいるってこと、注進したんだけれど、板橋さん、ふんふんって感じでそれ聞いて、そのまま、うちの課の部屋に入ってしまった。

え。

入ってしまうのか。中には、あたし達がやったことに違和感を持っている（というか、あからさまにあたし達のことを疑っている）ひとが、いるっていうのに。

でも……二分たっても五分たっても十分たっても、中からは誰も飛び出してこないし、誰も文句を言っている感じがしない。

ここで、しょうがないあたし、一回ごくんって唾（つば）を呑み込んで、自分の部署のドアをあけてみることにする。

ドアを開けると。

そこには、当たり前だけれど、二人のひとがいた。

ひとりは板橋さん。もうひとりは、まだ若い、二十代半ばくらいのひと。

「ああ、来た来た」

こんなことを言ったのが、板橋さん。

「このひとが、あなたが先刻から言っていた、〝うちのもう一人の社員〟ですよ。私と一緒に、カップを修復したひと」

カップを修復したひと……っていうことは、今、ここにいる〝二十代半ば〟のひとは、〝壊れてしまったカップ〟の関係者なんだな。

と、あたしが理解した瞬間、このひと、もの凄い勢いで、あたしに肉薄してきた。

「教えてくださいっ！　あれには、どんな不正が？」

……って……あの……何の、話だ？

「どういう不正があれば、あんなことが可能なんですっ！」

……あの……やめて欲しい、この〝決めつけ〟。自分に理解できないことがあったら、それは絶対に不正があったって、なんだってこのひと、決めつける訳。不正がまったくないってこと、なんだってこのひと、考えない訳。

と。板橋さんがゆっくりと。

「まったく不正がなかったにもかかわらず、こういう結果になったってことは……お考えに、ならない？」

「んなこと、ある訳ないでしょ？　そんなことを許しちゃったら、物理法則、あっちこっちで破綻しまくりになっちまいますよっ」

あ。これを言われると痛い。確かに、あたし達の〝修復〟を認めてしまうと、そりゃ、あっちこっちで物理法則、破綻しまくるんだよなあ。

「でも、あなたは、そんな〝不正〟なんて発見できなかったんでしょう？」

「そうなんです。それが嫌なんです俺。それが我慢できないんですよ俺。ここにあきらかに〝変〟なことがあるっていうのに、その〝変〟を発見できないことを旗印にして、そしてそれを押し通すって……それで何かするって、それは……それは、卑怯ってもんでしょーがっ！」

ここであたし……あの……なんか、この言われ方があんまり嫌だったから、ちょっと言ってみる。

「……あの……普通、ですね、不正が発見できなかったのなら、そりゃ、不正がなかったってことだと思いませんか？　普通そう思うもんじゃないかと」

「思える訳ないでしょうがっ！　世の中には物理法則ってもんがあるんであって、それは絶対に無視できない筈っ！　それ無視している段階で」

あたしに喰ってかかってくる、このひとに、板橋さん、にっこり笑いかけて。

「山下さんが会いたいと仰っていた、うちの課の人間には、これで山下さん、無事に会うことができましたよね？　そして、彼女の意見も聞いた。なら、あなたの要求は、すべて満たした筈です」

へ？　うちの課の人間って、あたしのこと？

「あなたの御要求はすべて満たした筈ですので、お引き取りいただけませんか？」

こう言って、にっこり。こういうことをされると、男のひと、次の句を継げなくなってしまう。

「うちの社として、できるだけの説明は致しました。あなたが〝どうしても〟って仰るので、私以外の社のものにも面会をさせました。そのものの意見も、私の判断がない状況で、お伝え致しました。これで、あなたの要求は、すべて私共、満たしましたね。これ以上の御要求がないのなら……」

成程。常務は百戦錬磨か。

「山下さん。お引き取りください」

にっこり。にっこり。にっこり。

なんか、その微笑を見ているうちに、あたし、何も言えなくなり……同時に、この男のひとも何も言えなくなったようで……しょうがない、しぶしぶと、その男のひとは、うちの部屋から去ってくれたのだった……。


「で、結局、あのひとは何だったんです？」

その男。山下さんっていうのかな、そのひとがいなくなった処で、永岡さんがうちの部屋に帰ってきて、いつもの態勢に戻り、永岡さんがいれてくれたコーヒーなんか飲みながら、あたしは板橋さんに聞いてみる。

「んー……第二号案件の……関係者、かな？」

「って？」

「どうもねえ、あのカップが直ってしまったことが許せないひと、みたいだよね」

「……はい？」

……はい？　よく判らない。第二号案件の関係者だってことは、まあ理解できる。けど……〝あのカップが直ってしまったことが許せないひと〟っていうのは、一体全体なんなんだ。

「今回初めて判ったんだけれど。〝壊れてしまったものを直したい〟っていうひとがいる場合、それも、とても強くそう思ってしまうひとがいる場合、場合によっては、〝それが直ってしまうことが許せない〟ひとも、いる、みたい、なんだよねえ。少なくとも、今の山下さんっていうひとは、そうだった」

……意味不明。

つーか、あのね。

どう考えても直すことができない、それでも〝壊れて〟しまったものを直したいっていうひとがいることは判る、そこまでは判る、だから、うちの〝課〟があるんだ。けれど……それを許せないひとって……そっちは一体、何なんだ。

「モノって、なんか、不思議だよね。モノは単なる物体なのに、物体に過ぎないのに、それに関(かか)わる人間によって、そのモノに付属される〝意味〟っていうものがある」

うん。本当によく判らない話なんだけれど……そういうことは、確かにある、らしい。

「あのカップはね、山下さんの妹さんが、恋人にあげたカップらしいんだよ。それも、手作り」

　あ、はあ、成程。なら、確かに、世界に二つはないカップだわな。

「山下さんの妹さんは、趣味で陶芸をやっており、あのカップは、妹さんの手びねり。ほんとに世界で唯一のカップ。類似している品だって、ある訳がない。……で、それが修復されたことが、山下さんには絶対に許せなかったみたいで……」

「……？　あの？　〝世界で唯一のものが修復されたことに納得ができない〟なら判りますけど……〝許せない〟っていうのは……？」

「凄く、めんどくさい話だ」


　その、〝凄くめんどくさい話〟。


　山下さんの妹さんは、第二号案件の依頼者（あたしは名前を聞いていないし、この後も聞く気はないんで、仮に〝田中さん〟ってしようか）の恋人だった。

　それも、とても仲のよい恋人同士だったらしくて、仮名田中さんは、山下さんの妹さんから、自作のカップを貰った。この頃から、いずれ仮名田中さんは、山下さんの妹さんと結婚するって話がでてきていて、二人はそういうおつきあいをしてきたのだ。

だが。ここで、仮名田中さん、とてもまずいことをしてしまう。有体に言ってしまえば、浮気だ。ええっと、男が仮名田中さんだから、女の方は仮名鈴木(すずき)さんにしようか、そんな女のひとと、軽い浮気をしてしまった。そして、それが、山下さんの妹さんに、ばれる。

修羅場である。

仮名田中さんにしてみれば、これはほんとに軽い〝浮気〟だったので、慌てて仮名鈴木さんと別れようとする。

だが。仮名鈴木さんにしてみれば、これは、きっと、〝浮気〟ではなかったのだ。仮名鈴木さんは、本気で仮名田中さんのことが好きであり……仮名田中さんと別れることに、素直に諾(うべな)ってくれなかったのだ。

「確かに、言われてみれば、問題山積み……ですよね」

うん。あたしとしては、そう言うしかない。

「そもそも、〝軽い浮気〟っていうのが、なんなんだかなー」

ねえ。そう思うよね。浮気に、軽いも重いもないでしょうがよ。

浮気って、それをやったらその瞬間、本気でつきあっている男女にとっては、駄目でしょう。それで二人の仲は、おしまいになってしまう筈。それが〝浮気〟じゃないの？

「……まあ……そういう、女性陣の意見も、あるだろう。けど、まあ、男にしてみれば、ほんとに軽い、ただ単なる浮気だっていう……」

「それ、相手の女性の気持ち、ほんのちょっとでも考えてます？　あの、片方じゃなくて、二人共、ですよ？　その時に付き合っていた、二人共。山下さんの妹さんのことも、ですけど、同じくらい、浮気相手である仮名鈴木さんのことも。それ考えてもまだ、〝軽い浮気〟とか、〝単なる浮気〟とか、言えます？」

「あ、いや、そう言われると、考えていない……ような気がする。確かに、仮名田中さんは、仮名鈴木さんのことをまったく考えてもいないし、そもそも恋人の気持ちも考えていない。……んで…………まずいのか、これは、まずいのか」

「まずいに決まってます」

　でしょうがよ。

「ああ……そう……だろうと思うけれど……だからって、今の言葉は、これは、セクハラじゃ、ないよ、ね？」

　板橋さん。何怯えているんだ。いや、勿論、仮名田中さんが浮気したのを、〝単なる浮気〟って板橋さんが言っても、それはセクハラじゃありません。これは、〝莫迦な男の〟〝軽率な御意見〟です。けど……板橋さんをして、こんなことを言わせてしまうくらい、あたし、今まで板橋さんのこと、圧迫していたんだろうか？

「じゃあ、ごめん、それはおいといて。とにかく、仮名田中さんは、仮名鈴木さんと別れようとした。仮名田中さんが本気で好きなのは、恋人である山下さんの妹さんだからね」

「そもそもそれがもの凄い勝手なことに思えるんですけれど、まあ、とにかく、浮気をやめてくれたのはよかったと思います」

「ところが、仮名鈴木さんは、それを許してくれなかった」

「……当然でしょう」

あたしがこう言うと。板橋さん、〝えっ〟て顔になって。

「当然なのか、それ」

今度はあたしの方が驚いてしまう。何故、これが当然だと思えないのだ。

するると、板橋さん。

「だって、仮名鈴木さんは、仮名田中さんに恋人がいることを知っていたんだよ？　なら、自分が浮気相手だって知っていた筈で」

「んな訳がないでしょうがっ！　その場合仮名鈴木さんは、自分が仮名田中さんの彼女から、男を奪い取ったって思ってる筈です。そんな男から、今更、『自分には山下さんって恋人がいる、あなたとは浮気だった、別れてくれ』って言われたって、すんなり納得できる訳がないです」

「そ……そういう話になってしまうのか……」

「なってしまいます」

……つーか、何であたしが、自分の直属の上司とこんな会話しなきゃいけないんだよー。

これはあの、男が莫迦だって言う以外、表現のしようがないような気が……。

　ここで。

　こほんって咳払い(せきばら)ひとつ。

　今まであたし達の会話を聞いていたそぶりひとつみせなかった永岡さんが。

「常務。話をもう少し単純化した方がいいと思います」

　って言ってくれて。

「問題を単純にします。とにかく、仮名田中さんは浮気をした。今日ここにいらした山下さんという方は、仮名田中さんの恋人の家族の方。そして、事実だけを言いますと、この段階で、仮名田中さんの彼女の方が、不慮の事故で亡くなってしまったんです」

　永岡さんが、問題を単純にしてくれた。……でも……でも、なんでそれ、永岡さんが知っているの？　それこそ、〝御庭番〟だから、か？　それに、事故って……まさか、〝霧〟が？

「高井さんの為に念を押しておきますが、この事故と霧は関係がありません。単純な交通事故です。居眠り運転をしていた車が、山下さんの妹さんを撥(は)ねてしまったというだけで」

　永岡さんの前には、開いたパソコンがある。ほんっとおにこのひと、有能なんだろうなあ。この短時間で、いろんなこと検索したんだろうか。

「事件性はまったくなく、また、過去、不特定多数の事故がおきるような特別な場所ではないという確認も只今とりました。警察は、そういう判断です。また、事故を起こした人間も、それを認めておりまして、いろいろなことを勘案するに、これは、単なる、事故です」

はあ。

するとまた、板橋さんが言葉を続けて。

「で、まあ、仮名田中さんが、今、ここに来た山下さんから、事故の連絡を受ける前に。山下さんの妹さんが作ったカップが、食器棚の中においてあったにもかかわらず、何故か落ちて端が欠けたんだそうだ」

「……って？　あの……？　……はい？　……どうして？」

「理由は、よく、判らない。棚の中でそのカップを置いていた場所の安定が悪かったのかも知れないし、あまりにも端に置いてあったからかも知れない。前の道を大きな車が通って家が軽く揺れたのかも知れない。他に理由があるのかも知れない。まあ、〝偶然〟というのが一番正しい答なんだろうとは思う。けれど、仮名田中さんにしてみれば、思うことはまったく違うだろ？　仮名田中さんにしてみれば、地震も何もないのに食器棚の中に置いておいたカップが、何故か落下して欠けた、これは自分が浮気したせいかって思ってカップを手にとって悩んでいたら、今度はいきなり恋人が交通事故にあったって連絡がある、驚いて、とにかく連絡があった病院へ行こうとして、その時に、ついうっかり、手がすべってしまい、そのカップは床に落ちて、今度こそ本当に割れてしまった。今度こそ、粉々になってしまい、もう、直しようがなくなった」

……ふむ。

「で、まあ、病院へ行ってみたら、恋人はすでに亡くなっていた。……ここで、仮名田中さんは、思ったらしいんだよ。……カップが欠けたのは、自分のせいだって。自分の浮気が、カップを欠けさせたんだって」

……まあ……その……因果関係はまったく認められないにもかかわらず……仮名田中さんが思ったことは、なんか、判らないでもない。自分がその立場だったら、そう思ってしまうかも知れない。

「この後、仮名田中さんがどう考えたのかは知らないけれど、恋人さんが亡くなったことまで、結局、仮名田中さんは自分のせいだって思い詰めたみたいなんだ」

「……え……」

「自分の浮気のせいで、カップが欠けた。これは、ただこれだけの現象だったのに、その後、恋人の事故を聞いて、自分がそのカップを取り落としてしまった、結果、カップは粉々になってしまった、恋人が死んだのは、自分がカップを粉々にしてしまったせいだって」

「う、う、うーん……」

間違いなくそれは違うよね。あまりにも非科学的だよね。そう思うんだけれど、そう思ってしまった仮名田中さんの気持ちは……なんか、判らないでもない。

ああ、だから。だから、か。

その事件があったのがいつだかは判らないけれど、仮名田中さんは、ずっと、そのカップを持っていたのだ。棄てることもできず、直すこともできず、そのまま、ずっと。んで……あたし達がやった「直します」キャンペーンに、まずあり得ないと思いながらも、応募してきた訳だ。んでもって……実際に、カップ、直ってしまったって順序になるのか。

そんで……直ってしまったら、もう、これを黙っていることができかねる。信じられないからこそ、信じるつもりになれないからこそ、でも、実際に直ってしまったんだから信じるしかなくて、ブログや何やで、これについて触れずにはいられなかったんだろう。

「で、これが、山下さんには許せないことだったみたいで」

あ、えと？　山下さんって誰？　って、一瞬あたし、莫迦なことを思ってしまい、次の瞬間、気がつく。ああ、仮名田中さんの彼女さんの家族か。というか、さっきまでここにいた、うちの課に文句をつけてきたひとだよね。

「あのカップが、人知を越えた経緯で直ってしまうって、山下さんにしてみたら、許しがたいことだったんだろうね。……そもそも、人知を越えた状況で割れてしまったカップだ、これが、人知を越えた状況で直ってしまったら、そりゃ、亡くなった山下さんの妹さんが、仮名田中さんのことを許したんだってことになっちまいそうで」

……ああ……そりゃ……そういうことになるのか。

だから、山下さん、うちの会社の始業前から、会社の前で張り込んでいたのか。

そういう事実だけは認められない、心からそう思って、だから、うちの会社の前で張り込んでいたのか。

とはいうものの。

けど。

あたし達に文句を付けられても困る。

山下さん、まるであたし達のことを詐欺師みたいに言っていた。山下さんは、そう思いたいんだろう。それは判る。それは判るんだが……でも、それは、〝言われたってとっても困る〟ことなんであって……。

「……まあ……基本的に、無視するしか、ないだろうね」

板橋さんはこう言う。これは、正しいと、あたしも思う。永岡さんも、こくこくこくって頷(うなず)いている。

とは、言うものの……。

あたし。

こっそり、永岡さんのパソコンを覗(のぞ)いてみた。そこで、山下さんの連絡先をゲット。勝手に山下さんに連絡をとって……そして、今、なのである。

今日は休日。うちの社に近いファミレスで、待ち合わせをして、ドリンクバーをお願いして。

「あの、わざわざ来ていただきまして、ありがとうございました」

あたしがこう言うと、山下さんの方がむしろ恐縮した感じになって。

「いえ。落ち着いて考えてみたら……っていうか、常識的に考えると、そもそも私がそちらの会社へ行ったこと自体がおかしかった訳で……。こちらこそ、あの節はすみませんでした」

ああ。落ち着いたら、山下さんって、常識的なひとなのね。これはちょっと、よかったなあ。

「考えてみたら、俺が怒ることではないんです。ただ……あいつのブログを読んで、あのカップが直ったってことを知って……それで、あいつが、何か、『天国のあのひとに許されたような気がする』って書いてるの読んだら……瞬間、頭に血が昇ってしまって」

……仮名田中さん、そんなこと書いてたのかよー。

「もともと、妹の事故とあいつには何の関係もないんです。まあ、あいつが妹にやったことは許せる話じゃないんですけれど、それと事故には何の関係もない訳だし。まして、カップはもっと関係がないんです。そんなこと、判っているんですけれど……」

そうだ。そう言えば、事故があった時、妹さんのカップが割れたって、何だって山下さん、知っているんだろう。

「……まあ……あいつだって、そんなに悪い奴じゃないってことは、俺だって知っているんです。もともと、妹にあいつを紹介したのは俺だったんだから。……あいつがね、妹が息を引き取った病院へやってきて、いきなり土下座して、カップ云々の話をした時もね、浮気は許せんが、何言ってんだろこいつって思いましたからね。浮気と交通事故とカップは、全部、まったく関係がない話ですからね。……まあ、以前から、やたらといろんなこと、思い込む奴でしたけど」

……仮名田中さん。なんか、ほんとにいろんな処で余計なことを言うひとみたいだな……。

「という訳で、この件では、俺は二度とあなたの会社にはお邪魔しません。あの節は、本当にすみませんでした」

ここで、山下さん、深々と頭を下げてくれる。そんなことされると、今度はあたしの方があせってしまい。

「あ、いえ、こちらが詐欺師のようなものではないって、山下さんが判ってくださるのなら、それでいいんですけれど。あたしにしてみれば、あたし達が詐欺を働いている訳ではない、怪しいことは何もしていない、それさえ判ってくだされればいいんです。……というか、今回のことは、山下さんに謝っていただくようなことではありません。……と、あたしは、思います」

あたしがこう言うと。

何故か。

この瞬間。

山下さんの目、きらんって光ったような気がした。

それは……なんか……とっても嫌な光り方。

そして、山下さんは、ゆっくりと言ったのだ。

「ええっと……高井さん、と、仰いましたか？　あなた方は、詐欺師ではない。それ、俺は了解致しました」

うん。それ、了解してくれたら、あたしはもう何の文句もこのひとにはないんだけれど、それ以上、何？

「でも、それ、了解されない方がいいのでは？」

「……って？」

反射で反問すると、山下さん。

「あなた方にしてみれば、むしろ、詐欺師と思われていた方が無難ではないのかと」

「い、いやっ！　あたしも板橋さんも、何も詐欺っぽいことしてませんからっ！　絶対にしてませんからっ！　だから、詐欺師と思われるの、絶対嫌ですっ！」

すると、山下さん、ゆっくり首を傾げて。

「詐欺師ではないとすると、あなた方は超能力者だって話になってしまうのではないかと思いますが？　絶対に直せないカップを物理法則無視して直してしまった、その瞬間、あなた達には特殊な能力があるという話になるのではないかと」

ぎくっ。

それはまさにそのとおりだ。というか、その前に、あたし達は超能力者だ。

「カップが欠けた瞬間、神の意志を感じてしまうあいつもどうかと思いますが、そんなあいつのカップを直してしまったあなた方も、もうちょっと〝神〟について考えた方がいいと思いますよ？　いや、〝神〟はどうでもいいんですけれど、そういうことを思ってしまう人間については」

……こ。

これは。

どうしたらいいんだろう。

あたしがそんなことを考えているうちに、山下さんは、勝手に伝票を持って、この場から去ってしまった。

そしてあたしは、どんどん氷が解けてゆくアイスコーヒーを見ながら、ファミレスに取り残されてしまったのだ……。

# 四章

# 板橋さんの覚悟

「よおし、今度は板橋区か」
板橋常務、こう言うと「ぱん」って自分で自分の頰を叩いた。うん、なんか、“活”をいれている感じだよね。

そんで、こんな板橋常務の言葉を皮切りにして。

山下さんが我が社に来たのが金曜日、そして、土日を挟んだ月曜日、あたし達は、板橋区を歩きだした。(結局、練馬区の隣に行くことにしたんだ。)
只今、うちの課のホワイトボードに貼られているのは、今度は板橋区の無茶苦茶詳細な地図。で、それのコピーを見て歩きながら、あたしは、おそるおそる……板橋常務に声をかける。
「……あの……あの、ですね、あの、山下さんって方……」

実は。

山下さんがうちに来たのが金曜日で、そのあと、あたしは勝手に彼に連絡をとってしまい、彼と会ってしまい……それ、板橋さんに内緒にしていたから、それが気になっていたのね。うん、別れ際の彼の目、それがもの凄く、気になっていたのね。だから。

「……あのひと。ほっといて……いい、ん、ですか？」

いや。確かに会ってみたら、山下さんは普通のひとだった。うちの会社に張り込んでいたこと、反省しているような風情があった。でも……確かに言葉では納得しているようだった、けど、まったくあたし達がカップを直したことを納得していない——いや、むしろ、あたし達がカップを直してしまったことに対して、〝超能力〟の可能性を考えている、そんな感じがあったので。

いや。百歩譲って、〝超能力〟の可能性を考えている処までは、いい。（だって実際にそうなんだから。）けど……あの、最後に光った目はね。あの時の表情だけは、なんか、あたし、ひっかかる。ひっかかりまくっている。んで、ここの処だけは、板橋さんと情報共有したい。

けど、とはいうものの。あたしが勝手に山下さんに会ったことを板橋さんには言いたくない。いや、言ったたって多分板橋さんはそれを笑って流してくれるような気はするんだが……だからこそ、余計、なんだかそんなこと、言いたくない。んで、そんなこんなで、もの凄く、奥歯にものが挟まったような言い方になる。

けれど、板橋さんはほんとにするんと。

「いやあ、ほっとく以外、ないでしょう」

こう言われるとなあ、こう言われてしまうとなあ、あたしとしては、そこに突っ込む訳にもいかない。まさか、「あの、あたしが勝手に山下さんに会っちゃいまして、その時の山下さんの棄て台詞が、変でしたよ」なんて、言う訳にはいかない。

だから、あたしの言葉は、ほんとに隔靴掻痒って感じになる。

「だって、あのひと、なんか、変でしたよ？　なんか、すっごい、こだわっていることがあるような……」

あたしが、具体的なことは何一つ言えずに、けど、できるだけの思いを込めて、こう言い募ってみたら。

「そりゃ、こだわっているでしょう」

って！

板橋さんが、まったく普通のことのように、まるで当然のことのように、こう言っちゃったんで、あたし、硬直する。

「え？　え！　あの、山下さんって、やっぱり〝何か〟にこだわって」

「いるに決まっているでしょう、どう考えても。……ああ、高井さん、〝何か〟なんて言わなくていいよ、私達がカップを直してしまったことにこだわっている」

それが判っていて、何だってこんなに平然としているんだ、板橋さん。

「けど、それは、今、私達が考えてもしょうがないことだから」

……そりゃ、確かにそうなんでしょうけどねえ。だからって……この反応は、どう、なの？

「これは、この課をたちあげた時から判っていたことだったんですよ。〝普通には直し得ないものを直してしまう〟。そんなことをやったら、ひっかかってしまうひとは必ずいるし、ひっかかってしまうひとは、いつか必ずそれを問題にする。まあ、最初のうち私は、〝どうしても直して欲しいモノがあるひとがひっかかる〟だけだって思っていたんだけれど……まさか、〝そのモノを直して欲しくないひと〟までがひっかかるっていうのは、ちょっと想定外だったんだけれど。けど、ひっかかるひとは、絶対に、いる。それは、想定内です」

ごくん。一回、唾を呑み込む。いや、だって。

「それ……ほっといて、いいん、です、か？」

あたしとしては本当にこう言いたい。これがまさに問題だと思う。けど、板橋さん、ほんとに平然と。

「だって、しょうがないでしょう？　私達がやっているのは、普通のひとが知らない〝靄〟の破壊だ。それに付随して、普通なら絶対に直らないものを直してしまう。……そもそも、やってることが、物理法則無視しているんだ、これにひっかかってしまうひとは、絶対に、いる。……まあ……だから……〝修復に絶対に必要な部品を作っている企業は、今は倒産してしまってない、その部品は只今入手不可能である〟とか、そういう奴は、あらかじめ弾いていたんだけれど」

「いや、だからっ！　だから、その、〝ひっかかってしまう〟ひとのこと、無視して、いいんですか？」

「じゃあ、高井さんとしては、無視しないで、どうするの」

う、う、うーん。

確かにこう言われてしまったら……あたしにできることはない。ないとしか言えない。けど……。

「そもそも、うちの課に〝壊れてしまったもの〟を持ってくるひとは、みんな、ある意味ちょっと〝おかしな〟ひとだ。そうじゃなきゃ、そもそもこんな怪しげな処に、修復なんて頼んでくる筈がない」

……いや……あの……板橋さん、それは確かにそのとおりなんだけれど……けど、自分で自分の課のことを、〝こんな怪しげな処〟って、言わないで欲しい。その、怪しげな処に属している自分のことが、何か哀しくなってしまう。

「だから、それについては、考えてもしょうがない。そして、考えてもしょうがないことは、考えない」

……この発言……整合性、とれているような気は、する。気はするんだが、でも……でも、それでいいのか？　と、こんなあたしの表情が判ってしまったのか、板橋さん、今度はちょっと、噛んで含めるような感じになって。

「確かに、山下さんのように、私達のやっていることに疑問を覚えるひとは、いるでしょう。というか、私達の事業が進んでゆけば、そういうひとは、この先、どんどん出てくると思います。けれど、それは、とりあえず無視するしか、ないでしょう」

　いやだって。

「そういう勢力が、無視できない状況になる未来は、確かに想定できます。だが、今我々がやるべきことは、未来のクレームについて悩むことではない。クレームは、来てしまってから対処するしかない。勿論、〝未来のクレーム〟が予想できるのなら、それが発生しないよう、予防することは大切だ。企業としては、〝できるだけクレームが起こらない方向に話を持ってゆく〟、それが正解ではあります。だが、今我々がやっていることは……情けないことに、どうがんばっても〝未来のクレーム〟に対処できない。……だってまあ……やっていることが、そもそも、変なんだからね」

……です、よ、ねえ……。

「だから、今は、そういうことを考えない。というか、そもそもこの事業が安定しなければ、常習的にクレームが来る未来なんか想定できない。ということは、いずれクレームが来るだろう未来を想定する為には、まず、この事業を軌道にのせなければいけない。つまり、まず、今はさくさく事業を進めるしかないってことだろ？　この事業が安定しなければ、そもそも、クレームが来る未来、それ自体があり得ないんだから。今、想定されるクレームを気にして萎縮してしまったら、そもそも、その未来自体があり得ないって話になる」

……ああ……そういう言い方をするんなら……それは、確かに、そうなんだよね。

「ということは。未来のクレームに関しては、来てしまってから考えるしかない。そういうことだ」

　きっぱり。板橋さんはこう言い切って……うーん、この辺の割り切り方とか、反応の仕方とかは、〝さすが百戦錬磨の常務〟、なのか？　確かに、こう言われてしまうと、あたしには反論の仕方がなくて。今更、山下さんのことを話題にするのも憚られ……結果としてあたし。これはもう、黙るしか、ない。

んで。あたしが黙ってしまうと、板橋さんは、これで話は終わりだっていう感じで、一回、うんって頷く。

　そしてそれから。

「おおおっ！」

　いきなり叫んでしまったのだ。

「……ここ。右手の方を見て……って、高井さんには見てって言っても判らないのか」

この瞬間。多分、靄を発見したんだろう、板橋さんの姿勢、もの凄く怪しいものになる。

「右に。あるな、靄が」

こう言いながら。板橋さん、一メートルくらい進んで、顎を突き出し、そしてその上、おそろしいまでの前傾姿勢になる。この姿勢は、もの凄く、怪しい。

　だって、立っている男が、いきなり顎を突き出した前傾姿勢になって、右手を伸ばし、普通のひとには何もないと思われている処を、引っかき回しているんだよ。何もない処で

（いや、〝靄〟はあるんだが、それ、普通のひとには見えないから、普通のひとからしたら、これ、〝何もない処をやたらと右手で引っかき回している〟っていう話になる筈）こんなことやってる男、これが、怪しくなくて何なんだ。

でも。あたしは、これ、何だかよく判っている訳で。

「ありましたか、靄」

「ありましたよ靄。……けど、ああ、これ、意外と小さいな。高井さんなら簡単に粉砕できると思う」

「判りました。では、粉砕しますんで、あたしがちゃんとその靄を破壊しているかどうか、板橋さん、確認してくださいね」

で。

板橋さんが、数メートル下がり、かわりにあたしが数メートル進み、板橋さんがしゃがみこんだあたりであたしがしゃがみ込み、そしてあたしがその〝靄〟を粉砕し、板橋さんがそれを確認してくれた処で。

いつもだったらハイタッチする処なんだけれど、そんなことをせずにあたし。

この瞬間、気がついたことがあったので、ハイタッチのかわりにこんなことを言ってみる。

「あの……ね？」

ちょっと言いよどみながらも。

「あの……板橋さんの歩き方は……もうちょっと、何とかできるものではないかと、あたしは今……思っちゃったんですけれど」

はい、そうなんですよ、今、思っちゃったんですよ。

「靄を発見するまでは……もっと普通に歩いていても、いいんじゃないんですか？　あと、何より。靄を発見した後こそ、もっと普通に歩いてもいいんでは？」

「え？　普通に歩いていなかった？」

……判っていなかったのか。自覚、なかったんかいっ。

「板橋さん……あからさまに、前傾姿勢で歩いてますよ？　顔ばっかり前に突き出して、そして顔に釣られるようにして、体がついていっている。靄発見したら、それがもっと酷(ひど)くなる。今度は〝靄〟を確認する為なのか、目の位置を〝靄〟に対して水平にしたいからなのか、顎、突き出しちゃって、それをぐるぐる動かして、それに体全体が釣られている。そんな感じになってます」

「……え……そう、なの？」

そうなんです。ほんとにこれはそうなんで……いや、前方に危険なものがあるって知っている人間は、多分、そんな歩き方になる。空中に浮いている危険なものを感知したら、今度はそれを水平に見ようとしてこんな歩き方になる、それはそうなんだろうと思うんだけれど、今の日本の市街地には、危険なものなんてない筈で、だから、こういう歩き方をしている人間ってあんまりいない。故に、これは絶対に変に思えてしまう。

「その歩き方を変えるだけで、認知症疑惑、かなりなくなるんじゃないかと……」

そうなんだよなー。瞬時、あたしはそんなことを思いかけ……でも、思う。

あ。

あ。板橋さんの今の格好見て、あたし、自分が何を思い出したのか、やっと判った。

認知症じゃ、ないや。

うちの、母方のおじいちゃんが、パーキンソン病だった。

これは、認知症とは違うんだけれど、脳の病気であることは同じで。で、高校の時、ちょっとおじいちゃんの介護をした経験から言うと。

パーキンソン病のひとって、こういう歩き方をしていた。うん、今の板橋さんの歩き方は、亡くなる前のうちのおじいちゃんに近い。これは、かなりひとから変に見える歩き方なので……この歩き方を変えるだけで、板橋さんの認知症疑惑は、絶対に軽くなるんじゃないかな。

この時、何故(なぜ)だかあたしは、そう思ってしまった。

で、あたしが、いきおいこんで、でも、とぎれとぎれに、今自分が考えたことを言ってみたら。

板橋さん、ふっと笑って。

「それ、さあ。どっかおかしいって、高井さんは思わないの?」

……って?

「いや、この辺、よく判らないんだけれど、パーキンソン病と認知症って、どっちも脳の病気である処は一緒なんだけれど、現実的には、まったく違う病気なんじゃないの?」

いや、確かに。それはそうなんだ。ただ……何故だかこの時、あたしの心の中では、これはイコールに近くなっていて……。

何て説明したらいいのかな、普通のひとは、認知症を、脳の病気だとは思っていない。〝老化〟の一種だって思っているんだよ。

それに対して、パーキンソン病は、あきらかに〝脳の病気〟であって、老化ではまったくないんだが……この二つの病気、〝かかるひと〟と、〝道中、辿(たど)る経過、そして、行き着く処〟が、結構似ているんで……なので……いつの間にか、気がつくと、あたし、パーキンソン病も、老化の一種だって、なんとなく、思っていた。違うんだけれど、思っていた。

うん。おじいちゃんがこの病気になったから、あたしはそう思ってしまったんだ。だって、おじいちゃんは、あたしにしてみれば、生まれた時から〝おじいちゃん〟だったから。

おじいちゃんである以上、おじいちゃんは、あたしにとって間違いなく〝老人〟だったから。

今、この会話で、そんなことが判ってしまった。

そして、それを言うのなら。

認知症だって、老人のみがかかる病気ではない。若年性認知症っていう奴は、ある。実際に、今、板橋さんがそれを、疑われている。そんなこと判っている筈なのに、何故か、これは老人がかかる病気だ、ないしは、老人が陥る状態だって、あたしは、いつの間にか、思っていた。

パーキンソン病に至っては、別に老人病って訳ではまったくない。

うん。どっちも。ただ、〝老人の患者が多い〟っていうだけの、それだけの話、なんだよね。けど……なんでだか、お年寄りの病気だって、心のどっかで、あたしは、思っていたんだ。

それに。

認知症とパーキンソン病の、〝道中〟と〝行き着く処が結構似ている〟っていうのは、嘘だ。そんなことは、あり得ない。

けど……高校生だったあたしにしてみれば。

これはもう、どんどん体が不自由になって、今までできたことができなくなって……そして、死ぬんだよ。最終的には。そういう理解をしていた。

いや、今なら判る。この認識は、間違いだ。パーキンソン病は、致死性のものではない。ただ。あたしにしてみれば。パーキンソン病だったのは、あたしのおじいちゃんだ。あの時、すでに、九十に近い年だった。

こんな年で闘病しているひとに、〝時間〟という要因がつけば。それは、まあ、その……。

最終到達点がここだと思えば、確かに、認知症もパーキンソン病も、最終的には、死ぬ。そこの処は、一緒。

いや、その前に。

昨日できたことが今日できなくなる、今日できたことが、明日にはできなくなるかも知れない。

これは、どっちの病気でも共通の問題で……ここの処が共通だと、なんか、ちょっと、この二つって、同じような、同じ反応をしていいような病気なのかなって気分がしてきて……。

けど。

よく考えてみたら、これは変な話なんだ。

これは、対象になっている病人に老人が多いせいなんだろうと思うんだけれど。

まだ十代だったあたしにしてみれば、そして、二十代になった今のあたしにしてみても。

病気っていうのは、治ったら、あとは回復するもんだ。そんな認識がある。けど、老人が病気になったら……おそらくは、そうはならないと思う。

いや、勿論、どんな病気だって、治ったら回復するんだけれど。

でも、病気になった時が、七十や八十や九十だったら。たとえ病気がただの長引く風邪(かぜ)であったとしても。

これは、治ったからってすぐに、前の生活に戻れる訳では……ない、ことの方が、多いような……気がする。

病気のせいで、ずっと寝たきりになっていたのなら、病気が治る、治らないを別にしても、寝たきりになっていた時間のせいで、このひとは、病気から回復したあとも、前の生活には戻れないかも知れない。そういう可能性がある。

だから。

思ってしまったんだ、あたしは。

認知症とパーキンソン病。どっちも、行き着く処は一緒。

今日できたことが、明日にはできなくなり、明日できることが、明後日(あさって)にはできなくなる可能性がある。

そして、行き着く処は、まったく一緒。

ただ。考えてみたら、これは、変。

だって、すべての人間にとって、(いや、これは、人間じゃなくても。うん、すべての生物は、生物である以上)最終到達点は一緒だ。

すべての生き物は、死ぬ。最終的には、絶対に死ぬ。

不老不死の生き物なんていないから、これは絶対的な真実。癌だろうがエボラウイルス感染症だろうが単なる風邪だろうが、どんな病気になろうとも、生き物は、最終的には、絶対に死ぬ。そして、死に至るまでの道中では、どんな病気になろうとも、昨日できたことが今日はできなくなる、今日できたことが明日はできなくなるかも知れない、そんな経過を辿っている筈。だから、ことさらにこの二つの病気を取り上げるのはとっても変なんだけれど……。

なんて。

こんなことをあたしが思っていたら、まるでこんなあたしの思考を読んだかのように、板橋さん、言葉を続けるのだ。

「僕のね。認知症疑惑なんて、ある意味どうでもいい」

「い、いえ、いや、板橋さん、そんなことを思わないで。これはどうでもいいことじゃないんで……」

「どうでもいいんだよ、本当に。だって、すべての生き物は絶対に死ぬんだから。……それを、踏まえていれば、その過程がどんなものであっても、それ、本質的な意味で、どうでもいいんじゃないか」

い、いや、板橋さん、それ、達観のしすぎだってあたしは思う。その前に板橋さん、あなた、今、あたしの考え、読みましたか？　まさにそんな反応だよね、これ。

それに今、あたし達は板橋区の道を歩いていて、おっそろしく現実的な現実に対処しているんだもん、だから余計、そんな非・現実的なこと、言わないで。

と、そんなあたしの思いを汲んでくれたのかくれなかったのか、いきなり板橋さんは、思いっきり現実的ではないことを言う。

「……ちょっと聞いた話だと、世の中には、クマムシとかいう生物がいるんだって？　これは、なんか、どんなことやっても死なない生き物らしいんだけれど」

どんなことやっても死なない生き物。そんな生き物、いる訳ない。いや、それより前に、〝クマムシ〟って何だ、クマムシって。それは、熊なのか、虫なのか？　頼むから哺乳類と昆虫を同列に並べるなよ。

「クマムシの写真を見て驚いた。口の部分なんかもう、生物特有の柔らかい感じがまったくしなくて、ロボットのような作り物にしか見えなかった。あれは、機械だよね。機械としか思えないよね。……あ、そんなこと言ったら、スズメバチなんかも、拡大した写真で見たら、作り物にしか思えないよね。あれ、本当に昆虫なんだろうかねえ」

……。

あのお、板橋さん、大丈夫ですか？　あなた、何言ってるんだか、自分で判ってますか？　熊と虫を混同する問題以前に、生物の写真が、生物に見えなかったって、そりゃ、何なんですか。どうやりゃ生物の写真がロボットに見えます？

「あと、不老不死の生き物っていうのも、いるらしいんだよね。名前は忘れちゃったんだけれど、くらげで」

………。

えっと。

くらげって、どんな生き物だったっけか？　海にいて、お盆すぎると大発生して、そして、刺すんだよね。けど、魚じゃないと思うし、かといって両生類や爬虫類でもないと思うし、貝とも違うような気がする。この辺からして、もうよく判らない。

それに、この話って、どこに繋がっているの？

いや、それより前に。そもそも〝どんなことやっても死なない生き物〟だとか、〝不老不死の生き物〟なんて、いる訳がないでしょう。どうしちゃったの、板橋さん。大丈夫なの、板橋さん。あなた、いきなりファンタジーの世界に逃避してませんか？

と。あたしのこんな表情を読んだのか、板橋さん。

「ごめん、高井さん、いきなり妙なこと言っちゃったよね。……ただね、僕は知っているんだ」

って、何を。

「すべての生き物は死ぬ。すべてのひとは、最終的には、必ず、死ぬんだ。……たとえ、死ぬことが想像できないような若さであっても、死ぬ時には、死ぬ」

ここで。ふと、あたしの心の中を、幼くして亡くなってしまった板橋さんのお嬢さんのことがよぎる。

「それを知っていたらね。それが本当に判ってしまったら。……うん、頭で判るんじゃなくて、知識として知っているんじゃなくて、実感として、それが本当に判ってしまったら……。そうしたら。他人が自分のことをどう思っているかなんて、ほんとにどうでもいいって気に、なるんじゃないの？　……ま、実際、僕の認知症疑惑なんて、所詮(しょせん)、その程度のものなんだから」

だから板橋さん、それは達観のしすぎってもんでしょう！……って、言いたいんだけれど、言えなかった。

「結局、ひとがどう思ったって、死んでいない以上、ひとはね、自分にできることをやるしかないと思うんだよね。他人がそれをどう思ったとしても。だって、他にできることなんてひとつもないんだから」

……まあ……この板橋さんの言い分は、とても正しい。

「僕は、この世界から一つでも多くの〝靄〟を取り除きたい。ひとに何と思われようとも」

ここで、板橋さん、にこっ。

「認知症だって思われようとも、その他のことも……それは、ほんとにどうでもいいことなんだ」

この時の笑顔が、ほんとにふっきれたものであったから……だからあたし、瞬時、「なんかやっぱし、あたしなんかにはよく判らないレベルで、板橋さんって百戦錬磨なのかな」って思ってしまった。あとで、このことについて、御庭番である永岡さんとお話をしてみようかなって思った。

……というか……何かちょっと違うんだけれど……違うんだけれど、それは違うって心から思うんだけれど……でも……それでも、しょうがなく……。

板橋さんのこと。

かっこいいって……思ってしまった。

かっこいい……かも、知れない、板橋さん。

けど。

その時、ふと。

あたしの心の中に、山下さんとの面会の後のように……微妙な〝刺(とげ)〟がひっかかったのも、確か。

確かにかっこいいかも知れない、板橋さん。いや、かっこいいんだよ。もの凄く、覚悟があるんだろうと思う、板橋さん。その〝覚悟〟は、すっげえ、かっこいい。
そこまでは、認める。認めるしかないでしょう。
でも、この覚悟って……。

ありすぎないか？

けど、そんなあたしの思いを振り切るように。

「と、いう訳で、板橋区の探索を続けようじゃないか。……いや、板橋区って、なんか僕の名字とバッティングしているんだよね、なんでちょっと言いにくいから……早くこの区を済ませたい……」
板橋さんが、こんなことを言って、あたしは、気持ちを、切り換えた。

さて、ここで補足。これは、この日、板橋区をずっと歩いたあと、うちに帰ってから、色々調べて判ったこと。

板橋さんが言った〝クマムシ〟って、哺乳類の熊でもなく、昆虫である虫でもなかった。クマムシっていう生物。(えーと……緩歩動物門って処に属する生物、らしい、ですね。んでもって、この門に属する生物は、クマムシしかいないって……じゃ、結局、この生物は何なんだよっ! 門とか分類したって、こいつしかいないんなら、結局どんな生き物なんだかまったく判らないじゃないかっ!)

……んで……えーと……これは、何かって言えば、〝全長が0・1ミリから1ミリ程度の、四対の足をもつ生き物〟なんだそう。(サイズおいとけば、これは、〝動物〟か? 足があるのなら、これは確かに動物っぽい。しかも熊に似ているらしい。)

でも。このサイズは。

うん。……あたしの気持ちで言ったら、これは、〝微生物〟ではないのか? ミジンコとか、そういう範疇(はんちゅう)。

そんで、確かに、クマムシって、変な生き物ではあるみたい。

まず、なんたって、どこにでもいる。海にも山にも北極にも南極にも、それこそ、道路の上のコケなんかにもいる(んだそうだ。あたしはクマムシなんて見たことがないから判らないんだけれど――というか、このサイズでは、普通に生活している人間が、普通に、クマムシを発見することは無理じゃないかと思われる。だって、見えないんだもん、サイズ的に――。)

で。これが、死なない。本当に死なない。

いや。普通のクマムシは普通に何かあったら死ぬんだけれど……。

基本、クマムシって水の中にいる生き物らしいんだけれど、乾いてしまっても大丈夫。というか、乾いてしまった方が強い。周囲が乾燥して水が無くなると、クマムシは仮死状態になって、再びあたりに水が来る時まで、耐え忍んでしまうらしいのだ。んでもって、この時のクマムシが、かなり無敵。

　えーと、何と、マイナス273度の低温、あるいは百度の高温にも耐えられる。このあたりで、「これはもう生物ではないのでは？」って気分に、あたしとしてはなっちゃったのだが……クマムシの凄さはここで終わらない。紫外線にも圧力にも耐える。アルコールにも耐性がある。（……これ……生物としてのクマムシの耐性が凄いって視点じゃなくて、除菌や殺菌をしたい主婦の気持ちになった時、凄さが判ると思う。あなたがさあ、まな板を消毒したいと思った時。そんな時、熱湯かけても駄目、煮沸しても駄目、アルコール消毒しても駄目、こんな生き物が家の中にいたら、これはすっごい嫌だよね。こんな奴がいやがったら、まな板の消毒、ほぼ、不可能だよね？　ましてや、紫外線にも耐えられるのなら、これはもう、殺菌として、ほぼ手段がないような気持ちにならない？）

まして。本当に凄いのが、放射線への耐性だ。ヒトの致死量の、千倍の放射線浴びても、大丈夫なんだよクマムシ。

成程（なるほど）。確かにこれは、〝不死の生き物〟だっていう気持ちに、なるよね。

確かにこれは、〝どんなことやっても死なない〟生き物だっていう気持ちに、なってくる。

　あたしが、除菌とかしたい主婦のひとだったら、も、絶対許せない生き物だ、クマムシって。いや、クマムシは菌じゃないんだろうけれど。


　また。クラゲの方も、本当だった。

　ベニクラゲっていう奴がいるらしくて……えーっと、普通のクラゲはね、寿命になったり死にそうになると、海の中に溶け込んでしまうんだそう。（……いや……。検索してみたら、こういう表現にぶちあたっちゃったんだけれど、この死に方も、そもそも、生物としてどうなんだろうかって思う。〝溶け込む〟って何だよ、〝溶け込む〟って！　生きるなら生きる、死ぬなら死ぬって、はっきりしろって、あたしは普通のクラゲに対して言いたくなった。〝死んで死骸が海の中を漂う〟んなら、それはアリだろうけど、死にそうになると、〝溶け込む〟ってあなた！）

　ところが、ベニクラゲは、違う。何と、こいつら、死にそうになると、ポリプっていうクラゲの幼い頃の状態に戻ってしまって、そこからまた、何度も大人のクラゲになってしまうんだって。つまりは、同一人物ならぬ同一クラゲ物が、もう一回、生まれてすぐの姿になって、この世に還ってくるの。そして、これを、一回だけじゃなく、何度も何度も繰り返す。

　確かに、これやっているのなら。

このクラゲもまた、不死だっていうか、(若返っちゃうんだから)、不老の生き物なのかなって気が、しないでもない。

……凄い、な。
ちょっと、思った。
思わずにはいられない。

うん。
クマムシも、クラゲも、凄い。

で。
これに較べると。
……人間なんて。

こんな奴らに較べると、まったく駄目だよなあ。
そもそも、能力が、低い。
死にそうになったら、ただ、死ぬだけ。

これはもう、どっからどうみても、〝負けた〟としか言いようがないでしょう。

人間が。

万物の霊長であるって、言ったのは、誰(だれ)、なのかな。

それ、嘘だよね。

どう考えたって、人間は、クマムシやクラゲに、生き物として負けている。〝生存〟一つを問題にしたら、どう考えても、あっちの方が、凄い。

これに。

〝繁殖〟なんて視点を問題にいれてしまったら……ああ、人間より、はるかに〝凄い〟生き物、沢山いそう。というか、沢山いるに違いない。百とか千とか万の単位で子供を作る生物、沢山いるんだし。

と、こんなことをつらつらと考えていると……本当にある意味、あたし、よく判らなくなっていった……。

人間。

駄目じゃん。

で、翌週。

そしてまた、次の週。

もう一週たって、更に次の週。

あたし達は、また、板橋区にいた。

歩いていた。

んで。

歩いていたら、いきなり。いきなり、制服を着たおまわりさん二人に、声を掛けられてしまったのだ。

「あの、すみません」

歩いている板橋さんに、声をかけてきたのが、ちょっといかつい感じの男のおまわりさん。そのうしろには、少し柔らかい感じの、女性のおまわりさんが控えている。

「あなた達、何をしているんですか？」

……え。道を普通に歩いているだけで（以前のあたしの忠告を、ちょっとは気にしてくれていたのか、板橋さんは、少なくとも〝靇〟を発見するまでは、普通に近い歩き方を、只今の処、している。だから、他の通行人の方に疑惑を持たれる可能性は、低くなっていた筈だ）、何でおまわりさんに声を掛けられるの？

あたしの疑問が顔に出たのか、いかつい男のおまわりさん、それでもできるだけ柔らかそうな表情を顔に浮かべて。

「すみません、ここの処、ずっと町内を練り歩いている男女がいる、あのひと達は何をしているんだろうって通報がありましたので……何をしていらっしゃるのか、教えていただければと思いまして」

ああああ。これは、職務質問って奴かあっ。板橋さんとあたし、御町内のみなさまに不審者認定されちゃったのかあっ。

こ、これは。これは、あたしが、まずかった。

顔だけ前に行ってしまい、それに体がついてゆくような板橋さんの歩き方。

あれをほっとけば、板橋さんが歩いているの見たひと、その殆ど（ほとん）が、「ああ、このひとは、なんか病気なのかな、よく判らないけど、普通じゃないよね」って思ってくれたかも知れない。（多分、練馬区を歩いている時は、この板橋さんの歩き方故に、誰も通報しなかったんだろうと思われる。）けれど、下手（へた）にそれを直してしまったせいで、今度は不審者疑惑になってしまったんだあっ。

でも。あたしが慌てているのに対して、板橋さんは、まったくの平常心を保ったままで。（少なくとも、あたしが見ている限りはそういう反応で。）

「ただ、歩いているだけです」

あっけらかんと、こう言った。

こう言いやがったんだよおっ！

いや、確かにそれは本当だ。あたし達は、ただ、歩いているだけだ。これは事実なんだけど……事実であるから余計に、この状況で、それはないでしょうってあたしは思ったんだが……板橋さんが、「ただ、歩いているだけです」って言い切っちゃった以上、あたしもそれに追随するしかない。だから、あたしは、あたしの方を向いたおまわりさんに対して。

「えっと……あたしも……ただ……歩いているだけ、です……」

男性の方のおまわりさん、なんか、〝絶対にそれは信じられない〟って顔になった。いや、それはそうだろうと思う。あたしがこのおまわりさんの立場だったら、そりゃ、絶対にそう思う。そして、おまわりさん、言葉を続ける。

「……お二人、で？」

ああ、疑問に思うの、そこ、ですか。でも、了解です。どう考えても、それ、変ですよね。変、です。二人でただ歩いている、これはもう、〝変〟としか言いようがないでしょう。けど、あたしにしてみれば、それでも、「ただ歩いているだけです」、こう言うしかないんですう。

けれど。

「はい、二人で」

あくまでもにこやかに、板橋さんはこう言う。言い切っちまうんだよっ！

「二人ですが、ただ、歩いているだけです」

この瞬間、男性のおまわりさんはちょっと顔を厳しくして、同時に、女性のおまわりさんの方もきつい表情になる。

「あの……〝ただ歩いているだけ〟というのが、お散歩という意味でしたら……お散歩は、大抵の場合、ひとりでやるものだと思うのですが……何故、お二人で？」

だよ、なあ。どう考えたって、そこの処、まず、突っ込みたいって、あたしだって思う。けど、板橋さんは、まったく動揺せずに。

「それは、趣味です」

……へ？

って、あの、趣味、なん、です、か？

あたし達は、趣味で、二人で、板橋区を散歩している、そういう話にしてしまうんですか？ 羈発見の為に歩いている、この異様な徘徊を、〝趣味〟のひとことで纏めてしまうんですか？

で、案の定。この言葉を聞いたおまわりさん二人、最初にあたし達に声をかけた時に較べると、格段に鋭い視線をあたし達の方へ寄越し。

「さっきから、お二人が歩く処を見ていました。お二人共、並んで歩く訳でもなく、会話を交わすでもなく、いや、むしろ……。男性のあなたが歩いているうしろを、女性のこちらの方がついて歩いている、そんな感じがしましたので……これは、お二人が趣味で散歩をしている状況とは、いささか思いにくいのですが……でも、これも、趣味、ですか？」

「はい、そういう歩き方をするのが、趣味なんです」

板橋さん。

まったく動揺していない。ここまで動揺していないと……このひとを追及するのは、かなり難しい……別におまわりさんの立場に加担する必要がないあたしだって、この板橋さんの反応を見れば、そんな気がする。

で。

この板橋さんの反応を確認すると、男性の方のおまわりさん、ちょっとため息をついて。

「これはあくまで任意ですが、よろしかったら、身分証明書にあたるものを提示していただけませんでしょうか」

この言葉を聞いた瞬間。あたし、思った。

まずい。

いや、これは、まずいでしょう。

ここで、板橋さんの身分がばれてしまうのは、まずい。

勿論、あたし達、なんか犯罪をやっている訳ではないし、犯罪の準備をしている訳でもない、だから、板橋さんの身分がばれてしまったって、まずいことはないって言えば、ない。

けど。板橋さんが、何が何だか判らないけれど、板橋区を歩いていて、警察に職質を受けてしまった、この事実が、会社にばれるのは、まずい。だってそれって……なんか、板橋さんの認知症疑惑を、もの凄いいきおいで裏書きしそうな気がする。んでもって、板橋さんが本当の身分を明かしてしまったら（だって今のこのひと、間違いなく日本有数の企業の常務には見えない）、絶対に、本社へ、照会がゆく。照会がいってしまえば、板橋さんが職質にあったこと、会社側にばれる。

だから、あたしはもう、必死になって。

「あくまで任意ならっ！」

この瞬間、あたしはほぼ、叫んでいた。

「身分証明書、見せる必要なんて、ないんですよね？」

いや、見せたくないから。本当に見せたくないから。でも、あたしが、必死になればなる程。

男のおまわりさん、目をきらんって光らせて。

「勿論、任意ですから、見せる見せないは、そちらの御自由です。ですが、見せられないというのなら、その理由を、是非、教えていただきたいと……」

ああああ。そうなるか。いや、そうなるに決まっているよね、けど……。

理由なんて、言えない。

身分証を見せてしまったら、そしてそれが会社にばれてしまったら、板橋さんの認知症疑惑がもっと強くなる。だから、それが判っているからこそ、絶対に言いたくないだなんて、言える訳がないだろうがよっ。

ここで。

あたしは、必死に踏ん張った。

「あの」

とりあえず、言うだけ言ってみる。

「職務質問って……えーと……その……なんか、犯罪をしそうなひとを、とりしまる為に、やってるもの……なんですよね」

だから、職務質問、あたし達がそれの対象になること、それ自体がとても失礼だ。言外にそう言いたかったんだけれど……。

「いえいえ。そういう訳ではないんですよ」

と。今度は、女性の方のおまわりさんが、柔らかにこう言う。ま、そりゃそうだよね、ここで「はい」って言っちゃうと、あたしと板橋さんが〝犯罪者予備軍〟であるって警察が思っているってことになっちゃうよね。

「ただ、あなた方がどうしてこの辺を練り歩いているのか、その理由を知りたいって思っているだけなんですよ」

うわあああ、優しい言い方。これだと、あたしの逃げ道、どんどんなくなっていってしまう。

けど、がんばるんだ、あたしは。だから。言ってみる。

「あのっ。あたし達の身体検査、やっていいです」

「……は？」

「あの、身体検査でも何でもいくらでもしてください。ナイフとか包丁とか、凶器になりそうなもの、あたしは勿論持っていませんし、いた……ええっと、この男性も、間違いなく持っておりません」

これはもう、確かだ。

「ついでに、えっと、あの、アルコールの検査をしていただいても構いません。あたしは、そしてこの男性も、アルコールを摂取しておりません。ですので、飲酒運転とか、そういうことも、そもそもまったくやっておりません」

「……というか……その前に、あなた達は、車を運転している訳ではないんでして……飲酒して、その後で町の中を歩いていたとしても、それは別に、何の犯罪も、構成しませんよ？　そりゃ、泥酔されていたら、ちょっと困りますけれど」

あ……ああ、そうだった。

あと、思いつくことって言えば……。

「勿論、空き巣の下見をしている訳でもありません！　なんか、怪しいかも知れませんけど、あたし達、空き巣の下見をしている訳じゃ、ありませんっ！」

……言えば言う程怪しくなってしまうよなあ……。

「はい、それも、判っておりますよ。確かに、意味もなく町内を歩き回るって、〝空き巣の下見〟っていう可能性もありますが……あなた達のように、あからさまに怪しく町内を歩き回っていたら、それはもう、空き巣の下見とは思えません」

……ああ……あたし達って、この段階で、すでに、〝あからさまに怪しく町内を歩き回って〟いるんかよ。そう認定されちまってるんかよっ。

「それに、大体、それを二人でやる必要性ってないでしょうし……こんなに目立つ空き巣の下見があるのなら、それはむしろ防犯の注意喚起ができますんでありがたいっていうか……」

……だよ、なあ。

とすると、あと、思いつくのは。

「えと、あと……あたしは、別にロリコンでも何でもありません！」

……も、あたし、自分で自分に呆れる。あたしは、一体何を言っているんだか。けど、職質される犯罪って言えば、あとはもう、性犯罪くらいしか思いつかなくって……。で、女のあたしが犯すことができる性犯罪って言えば、ちいさな子供を襲うくらいしか思いつけなくって。

「女の子に魅力を感じたことなんてありませんし、いや、そりゃ、ちっさな女の子は可愛いなーって思うこともない訳じゃないんですけど、それはあくまで、ちっさな子が可愛いなってだけの話であって、その子を性的にどうしようだなんて思ったことは一回もなくて、というか、ちっさな女の子を、いや、男の子であっても、子供をそういう目で見る男は、いや、男に限らないのか、とにかく、ちっさな子供をそういうような目で見る人間は、呪い殺しても許されるよなって思っておりまして、だからその……えーと……少なくとも、あたしは、性犯罪者を呪い殺す気持ちはあっても、性犯罪者になるつもりはありません。でも、あたしには、今の処、呪いができるスキルがありませんで、だから呪っておりませんし、大体、呪いって犯罪じゃないんじゃないかと……」

……これはもう。

一体、何を言いたいんだあたし。

あと、職質されるって、どんな可能性を考えればいいんだ。そして、どうやったら、それを完全に潰すことができるんだ。

で。

あたしが。

そんなこんなでもの凄くてんぱっていたら。

いきなり板橋さんは、とっても優しい表情になって。柔らかく、あたしの方を見る。そして。

「あ、いや、ごめん」

板橋さん、くすくすって笑ってしまったりする。

「高井さんがねー、ほんとに切羽詰まっていることはよく判るよ。それは、ありがたいと思う」

ここで、板橋さん、再びあたしに優しい視線を送ってくる。

そしてそれから。


「まず、私の身分証明、ですね。私は板橋といいまして、身分証明書、提示いたします。健康保険証が、これ、ですね」

こう言って板橋さん、健康保険証を提示する。そしてそれから。

「こっちが、社員証です」

……え。見せちゃったのか、板橋さん、自分の社員証を。しかもその上。

「このひとは、高井さんといいまして、私の部下です」

あたしのことまで、言ってしまうんかい。

そしてそれから。

「私は、板橋区のすべての道を歩きたいと思っております。これは、さっきも言いましたが、趣味です」

……趣味、で、押し通してしまうのか。

「高井さんは、私の直属の部下でして、私が何をやっているのかよく判らず……というか、普通のひとは、板橋区のすべての道を歩きたおしたいって言っても、これは、よく、判らないですよね」

おまわりさん達。当たり前だけれど、ほんとに判らないって顔になり……そして、その後は、そのまま、無言。

板橋さんは、台詞を続ける。

「高井さんには本当に迷惑をかけているんですよね。今だって、私は何も言っていないのに、彼女はできるだけ私のことをかばってくれようとしていました」

いや、確かにそれはそうなんだけれど。でも、全然、役にたっていなかったんだけれど。むしろ、より怪しくなっちゃったんだけれど。

そしてそれから、板橋さん、鞄の中をごそごそと。で、取り出したのが、今、あたし達が歩いている、板橋区の詳細な地図。

そしてそれをおまわりさん達に見せつけながら。

「これ、よく見てください」

「……あ……これは」

板橋区のおまわりさんなら、当然判る。

「うちの区の……大変詳細な……詳細すぎる……地図、ですね」

おまわりさんはここで黙ったんだけれど、彼がもっといろんなことを思ったのだろうことは、判った。

だって、これは、市販されている普通の地図とは違う。基本になっているのは、町内会が地域住民に配布している町内会地図で、すべての私道まで記載されており、家の位置やその向き、サイズまで判ってしまう奴。勿論これは、区民全員に配布されている訳ではない。自分が所属している町内会だけのもの。本当に自分の処の御近所しか載っていない、そんな地図。その範囲にだけ、配られる地図。

そんで、まったく違う話として。

板橋区内の町内会は、かなりただごとではない数になる可能性がある。だって、「何とか町一丁目、第一班」がある以上、これはもう、第二班から後も、ずっとあるんだよねー。そして、それが二丁目も三丁目もあるんだから、その先の数は飛躍的に増える。しかも、板橋区には、〝何とか町〟だけではなく、〝かんとか町〟〝どうとか町〟、その他いろいろ、それこそ、すんごい沢山の町がある。凄い数の町内会があるって話になる。

問題の地図は、そんな町内会に属しているひと、そんなひと達個々が持っているものだ。

と、いうことを、考えるのなら。

そもそも、こんな地図、いくつもの町内会地図を統合したような奴が……できる方がおかしいのだ。

この、統合地図を作る為には。

板橋区に住んでいる多くのひとから、町内会に入っていて町内会地図を貰えるひとから、そのひとが持っている個々の地図を集めて、それを接ぎあわせ、コピーしなくちゃいけないと思う。常識的に考えると、これは……むずかしい。けど、むずかしいけれど、不可能では、ない。んで、実際に、それは、〝できた〟んだよね。(うちのホワイトボードには、それが貼ってある。これは、永岡さんが、特殊すぎる、とも言えるし、永岡さんが、優秀すぎる、とも、言える。あ。もっと判りやすい言い方。永岡さんが、〝御庭番〟だったから。……まあ、どんな無理な話でも、〝御庭番〟なら、できそうだもん。)

……そんで……なんでそんなもん、板橋さんったら、おまわりさんに見せちゃったんだよ!

だって、この地図は。あきらかに普通のひとが持てるものではない訳で、板橋さん、もっとずっと怪しくなってしまうではないかっ。

で、案の定、おまわりさん、言う。

「何だってこんな詳細な地図を、あなたが持っているのか教えていただけると」

「だから、趣味ですってば」

「……いや、ここまで詳細な地図は、普通の地図帳には載っておりませんし」

「だから、趣味を、莫迦にしてはいけない」

……って、あの?

あきらかにあたし達に対して疑いのまなざしを送ってくるおまわりさんに対して、まるでそれを諭しているかのように、板橋さん。

「趣味って、凄いんですよ？　……例えば、鉄道を趣味にしているひとが、時刻表や鉄道編成について、どれだけのことが判っているか、どれだけの資料を調べ、努力して入手しているか、あなたには想像がつきますか？」

「……はい？」

「趣味はね、凄いんです。下手すりゃプロよりずっと詳しくなる、それが趣味」

「……はあ……」

これはもう、おまわりさん、板橋さんに押されてしまって、こう言うしかないよね。

ただ。おそろしいことに、これは、事実なのだ。

多分、ほんとに、趣味が嵩じたひとは、プロよりはるかにその問題に対して詳しくなる可能性がある。そして、鉄道なんていう、趣味の王道を問題にされると……確かにこれは、諾うしかない。

「で、板橋区を歩くのが趣味の私は、こんな地図を作ってみました。たかが仕事として、空き巣をする為だけなら、誰がこんな地図、わざわざ作りますか」

……あきらかに、これは、なんか……論点が、変だ。

でも、言われてしまうと、妙な説得力があるのも、確かだ。

「私はね、趣味で板橋区を歩いていますから、こういう地図を作りました。自力で、自分で、調べて、いろいろやって、作りました。……だって、ねえ、こんな地図、なかなか普通、ないでしょう?」

「あ……いや……町内会に伝があれば作れるとは思いますが……いや、どこかの町内会にだけ伝があるんじゃ駄目か、すべての町内会に……ってそれはどんな人間なんだろ、いや、確かになかなか作れるものではないんじゃないかと……」

「ね、そんな特殊な地図です。繰り返しになりますが、私、板橋区のすべての道を踏破したいと思っているんです」

……まあ……これは……事実だ。

「あの、それは、何でですか?」

この、当然のおまわりさんの台詞に対して。

板橋さんが言ったのは……。

「趣味、です」

板橋さんは、さくさくと。

「この地図の他に、私はラインマーカー持ってますよね、で、歩いた処をラインマーカーで塗りつぶす訳です」

うん。これは、あたし達がやっている〝事実〟だ。

「……あの……何だってそんなことを……」

おまわりさんがこう言ってくるのに対して、板橋さん、平然と。

「だから、趣味、です」

あくまでこれで押し通してしまうんかいっ！

「あの、どうして趣味で、そんなことを……」

「だから、趣味です」

……変だ。

どう考えても、この台詞は、〝変〟だ。

けど、〝あくまで趣味〟で押し通されてしまうと、確かにこれ、異論が非常に言いにくくなる、そんな〝変〟だ。確かに世の中には、〝他のひとにはまったく判らない趣味〟を持っているひとはいる。しかも……この趣味は、多分、ひとに迷惑をかけない……と、思う。

ここで、板橋さん、胸はって。

「私は、趣味で、板橋区のすべての道を踏破したいと思っております。こんな詳細な地図を用意して、ラインマーカーまで用意して、今まで辿ったすべての道をチェックする。そんなことをやってまでして、私は、板橋区のすべての道を、踏破するつもりです」

こう言われてしまうと、おまわりさん、も、目を白黒。

「あの……踏破って言われましても……えーと、別にうちの区内には、歩くのにそんなに困難な道なんてありませんし、例えば、高い山を登るとか、そういう意味で〝踏破〟と呼ばれるような道はない訳でありまして……なのに、そんな、道を、すべて？」

「はい。板橋区のすべての道を。……ちょっと話は違いますけど、『サウンド・オブ・ミュージック』って映画があるの、ご存じですか?」

「あの中に、『クライム・エブリ・マウンテン』って曲があるの、ご存じですか?」

「……あ……ええ……はい……」

「え……」

男性警官がめんくらっていると、うしろの女性警官が、軽くその歌を唄ってくれる。

「あれと同じです。すべての……えー、板橋区には、山はありませんけれど、すべての〝山〟を登り、すべての〝小道〟を辿る。あの歌に準ずれば判りますよね、そういうことを、只今、私は、やっております」

あたし、もう、くらくらする。そして、男性警官はもっとくらくらしたみたいで……最早、すでに、何も言えない。けど、今度は、後ろに控えていた女性警官の方が、頑張って。

「えー……板橋さん、でしたか、あなたが趣味でそれをやっているんだっていうこと、それ、本職は納得しました。いや、全然納得できてはいないんですが、納得するしかないと思っております。けれど……」

はい、けれど、何?

「あなたのうしろを歩いている、この女性の方は。この方も、趣味で、それをやっているんですか?」

うおおおお。これは、あたしのことだ。

こ。ここは。

ここはあたしも、「趣味です」って言うしかないのか？　そう思ったんだけれど、板橋さんは、軽くこれをいなす。

「あ、いえ。このひとは、高井さんって言いまして、さっきも言いましたが、私の部下です。ま、彼女にしてみたら非常に不本意なんでしょうけれど、しょうがない、このひとは、私について歩いてくれているだけです。部下ですから。上司がやっていることには逆らえない、そんなこと、警察官なら判るんじゃないのですか？　どんなに不本意であっても、下の人間は、上の人間がやってることに逆らえない。警察官も、同じ不条理を抱いているんでは？」

……え……警察官って……そうなのか。

「だから、このひとは、しょうがなく、私についてきてくれているだけなんです。……見てるだけで判るでしょ？　さっきから、このひとは、具体的なことは何も言わずに、ただ、私のことをフォローし続けてくれている。そういうのは、お判りでしょうね？　これが、上司が部下にかける無言の圧力のせいであるって、お判りにならない筈がないと思います」

って、それは本当に正しかったんだけれど……いや、正しいからこそ、それ、あんたこそが言っちゃまずいんじゃないかなって気が、あたしはする。

「繰り返しますが、このひとは、私の部下ですから。私が、趣味で、板橋区を歩きまわるって言えば、しょうがない、ついてくるしかないひとなんですよ」

　ここで。女性のおまわりさん、なんか、あたしに対して、ちょっと同情的な視線を寄越(よこ)してくる。けど、あたし、それに対応することなんかまったくできずに。

すると、板橋さん、まったく勝手に。

勝手に、この話を、終息させてしまったのだ。

「私の身分証明書は確認しましたね？　社員証や健康保険証だけじゃまずければ、免許証とかパスポートとか、写真がついているものを提示してもいいですよ？」

　ここで、板橋さんが、その二つを示したのかどうか、あたしは知らない。けど、もし、板橋さんがパスポートを所持していたのなら、そっちの方が、ずっと謎(なぞ)だ。（いや、何だって。何だって、日本国内を普通に歩いている日本国籍のひとが、パスポートなんて持っているんだよ！　普通、そんなもん、持って歩いてないでしょうがよっ。そんなもん万一持って歩いているんなら、板橋さん、こんな事態を想定していたのか？）

ただ。

　とにかく。

　板橋さんがうじゃうじゃやった処で、あたし達に尋問をしていたおまわりさん二人はどっかへ行っちゃって……おまわりさんがいなくなった、この瞬間。

　あたしは、怒った。

あたしは、ほんとに、怒ったのだ。

いや、本当に怒ったんだよ、あたし。

……怒った。

「あんたっ！」

おまわりさんがどっかへ行った処で。

怒鳴りつけていた。

「あんた、今、何をやった！」

いや。

何をやったのか、判っている。

こいつはなあ、この板橋って男はなあ、「自分は趣味で板橋区を歩いているだけだ、それは確かに変かも知れないけれど、自分が変だからこの趣味は〝変〟だと納得してもらうしかない」、で、押し通しやがったんだ。

……ま……いい。

そこまでは、いい。いい、と、する。

けど、そっから後が……そっから後が……許しがたいにも、程がある。

こいつはなあ。この男はなあ。

あたしのことを、かばいやがったんだよっ！

またっ！

またもやっ！

あたしが〝変〟に思われないように。

常務であり、上司である自分が、〝変〟なことをしているから、だから、部下であるあたしが、しょうがなくそれに追随している、そんな風におまわりさんに思われる、そういう言葉を、選んで、言いやがったんだよっ！

「莫迦かあんたはっ！」

そして。

この行動から演繹(えんえき)される事実と言えば……間違いなく、板橋常務の若年性認知症の裏書きであり、そしてあたしは、〝こんな常務に振り回されている可哀想(かわいそう)な新入社員〟ってポジション確定ということになる。

こんなこと……こんなこと……ゆ、ゆ、許せない。

瞬間。

手が、出た。

気がつくと、あたしは、板橋常務のことを……えーとその……えーとあってはいけないことだったんだけれど……えーとあの……ごめんその……。

ばこ。


はい、グーで、殴ってしまいました。


ほんとに怒っていたから。

だから、振り切っちゃったよねー、手を。

手を、振り切ってしまうと、これはほんとに見事なグーが板橋常務の顎にヒットした訳であって……ああ。

ああ、綺麗に、ヒット、しちゃったよねえ、あたしの手。


「うお」

でも、板橋常務は、あたしに殴られたことなんかまったく気にしていない感じで。

「さすがに……ぶたれる、かな、とは思ってたけど……まさか、グー、とは。普通、こういう場合、平手なんじゃないかと」

「って、あんた、板橋さん、何考えてんだよ！」

ほんっと、言いたい。それを、言いたい。

「あんた、一体何を考えているんだよっ」

心から。あたしがこう言うと。板橋さん、平然と。

「いや。何も考えていないのかも知れませんねえ」

って、だって！

あんた、その答が、すでに〝変〟だってばっ！

「でも」

って、言いやがるんだよな、こいつは。

「私には、〝覚悟〟が、ありますから」

こんなことを言いやがるんだよ、こいつは。

そして。

その〝覚悟〟がどんなものなのかを……言わなかったけれどね、こいつはね、言わなかったけれどね、確かにね、でも……。

でも、判ってしまった。

畜生っ！

こいつはね、こいつはね、ほんとに……。

ほんとに、何って言っていいのか判らないんだけれど……けど、こいつはね。
もの凄く。
覚悟がある奴だ。
覚悟がある、〝莫迦〟だ。
それが。
判ってしまった、あたしには。
……いや。
実は。
ずっと前から、知っていた、あたしは。
んで。
判ってしまったら……その後はもう……しょうがない、じゃ、ない？
しょうがないんだよ、ほんとに。
この、莫迦に。

付き合うしかないんだよね、あたしは。

だって、他に、しょうがないんだもん。


この莫迦に。

こんなに莫迦なのに。

なのに、あたしは、付き合うしかないんだ。

しかも。

何ということでしょう、あたしは……この莫迦に付き合うことが、多分、そんなに嫌ではないんだ。

こんなに莫迦なのに。

ああ、それが、嫌ではないって……うおおおお、これはもう、あたしも、〝莫迦〟か？

うおおおお。あたし、何か言いたい。でも、言えない。


と。こんなあたしに対して。

板橋さん、こう言う。

「……ま……これからもいろいろあるだろうけれど、次からは、お願いだから」

はい？　お願いだから、何？

「あんまり、グーで殴らないでくれると嬉しいかなって」

次も〝ある〟つもりなんかいっ！

この瞬間。

あたしが、板橋さんのことをグーでもう一回殴ったのは、当然のことだと思って欲しい。

ばこっ。

決まった。

見事に。

「……だから、それはやめて欲しいと……」

顎、押さえている板橋さんが、何か言いかけたんだけれど……そんな話、あたしは知らない。

五章

## 第十三号案件　「え……これしかないの？」

あたしが板橋さんをグーで殴ってから、一週間。あたし達は、ずっと板橋区を歩き通していた。

いやだって、板橋さん、おまわりさんに「趣味で板橋区を踏破する！」って断言しちゃったんだし（〝歩きまわる〟んじゃなくて、〝踏破〟だよ踏破！　板橋区に、踏破って言葉に対応する、どんな道があるっていうんだ！）……それに、多分これはあたしの被害妄想ではないと思うんだけれど……どうも、時々、板橋区を歩いているあたしの視界を、あのおまわりさんが過（よぎ）るんだよねー。男性のこともあるし、女性の場合もある。時には、あたし達に職務質問をしたおまわりさんと一緒に、まったく別のおまわりさんがいることもある。んで、みんな、こっちを見ている。

いや。

板橋区を歩いているんだから、そんなあたし達の視界の中に、板橋区のおまわりさんがいて、それでおかしなことはまったくない。まったくないんだが、この、視界を過る頻度っていうものが、なんか結構あったりして……。

えーと、普通のひとが、普通に道を歩いていて、同じおまわりさんを見かける頻度って、どのくらいのものなんでしょうか？

そもそも、「ああ、今日も同じおまわりさんがいるな」って思える程、同じおまわりさんって、見かけるもんなんでしょうか？

こうなると。

……ああああああ。マークされている。そうとしか思えない。

ただ。板橋区のおまわりさんが、板橋区を巡回しているのは、まったく普通のことだ。板橋区を板橋常務が歩き回っていることを、〝趣味〟のひとことで済ませるのなら、そんなことが許されるのなら、板橋区を板橋区のおまわりさんが歩いていること、そのおまわりさん達が何故(なぜ)かあたし達の視界をやたら横切ること、これは、こっちこそ、〝おまわりさんの通常業務〟のひとことで終わりだ。

でも。これは……あきらかに、マークされているよね。うん、監視されているって言ってもいいと思う。

だから、嫌でもあたし達、とにかく板橋区を歩き回るしかなくて……あ、いや、ううん。そもそも、あたし達は板橋区を歩き回りたいんだ。すべての板橋区の道を踏破して、もしあるのなら、すべての板橋区の〝靄(もや)〟を破壊してしまいたい。だから、板橋区を歩き回ることに何の異議もないんだけどさあ……でも……ちょっと……あの。

あたし達は、〝靄〟の消滅っていう、まさに！　まさに全板橋区民の安全の為の行動をとっているっていうのに……なのに、何だって、おまわりさんの監視つきなの？　これは、ちょっと、酷くはないか？　〝正義の味方〟が、〝正義〟を行っているのに、何故か警察の監視がつく。只今、あたし達が陥っている状況って、そんなもので、これに文句、つけたっていいんじゃないか？

……って、ね。

思ってはみても。

まさか、〝文句〟なんてつける訳にはいかない。

だって、理由が判るんだもん。

おまわりさん達があたし達を見張っている、その理由は……判りすぎる程、よく、判る。

うん。

あたし達が怪しいからだ。

そしてあの……ほんとにあの……あたし達は客観的に見て怪しいんであって……ああああ、おまわりさんに文句なんか言えない。

これ。

あたし達が次の区へ行ったら、なんか、〝申し送り〟みたいなことがされて、豊島区でも杉並区でも、おまわりさんの監視がつくのかなあ。そちらの区を、何故か判らないけれど、とにかく趣味で踏破したいっていうひとがいて、そのひと達が歩き回っていますよって。

すっごい、げっそりしてしまう話ではある。

……って。

えーと。

今、あたし、全然関係がないことを……っていうか、どうでもいいことを、言ってます、よね？

はい、言わなきゃいけないことから、話、ずらしてます、よね？

……ああ。

ずらしたい。

このまま、いつまでも話をずらして、そして本筋をなかったことにしてしまいたいんだけれど……さすがに、それは、いかがなものかと。

はい。

言わなきゃいけないこと。

あたしは……板橋常務を、グーで殴りました。

それも、二回も。

思いっきり手を振り抜いてしまいました。

力、はいってました。

綺麗(きれい)にヒットしました。

ばこって、見事に、板橋常務の顎(あご)、捉(とら)えました。

はい。

それも、グーで。

……あり得ないよね。

(これはもう、自分の心の中では、ほんとに小声で言いたい。できれば、誰(だれ)も聞いていないような、そんな音量の声で。)

あり得ない。

えっとあたしは……えっとその……新入社員のあたしは、仮にも常務を(ここで、〝板橋常務〟に、〝仮にも〟って形容をつけちゃうところが、そもそも問題なのかも知れないんだが)、グーで、殴りましたよね。

そのグーは……空振りしてくれてたらまだよかったんだけれど(それでも、あたしが板橋さんを殴ろうとしたという事実は変わらない)、見事にヒット……しちゃいました。

顎にあたったもんで……下手したら、板橋さん、脳震盪くらい起こしたかも知れません、です。(幸いなことに、起こさないで済んだみたいなんだけど。)

　しかも。

　板橋さんの顎に、あたしのグーがヒットしたあと……あたし、謝りませんでした。むしろ、罵倒を続けていたと思います。

　いや、だって、これはもう絶対に。

　あたしが悪いとは思えなかったから。

　悪いのは、あの莫迦……って、ああ、えっとその、仮にも常務を、〝莫迦〟って言っちゃまずいのか、いや、その前に、この文脈で、〝仮にも常務を〟って言っちゃったところからまずいのか、すでに何がまずいのかよく判らなくなっているんだけれど……えーと、とにかく、あの、あたしが、板橋さんを、殴ってしまったことに関しては、あたしは、悪いんだけれど、絶対に悪いんだけど……。

　でも、悪く、ない。

　あたしの中にはこんな気持ちがあったんで、あたし、謝りませんでした。謝ろうって気が、そもそも、まったく、起こりませんでした。もう、これっぽっちも、ほんの微塵も、発生すらしませんでした。

けど。

　これは、あくまで、あたし個人の気持ちの問題だよね？

会社組織でいえば、一介の新入社員が、上司である常務を殴る、それも、下手すれば脳震盪を起こすくらいの強さで殴る……これが、問題にならない訳がない。

(いや。その前に。上司、部下って問題はおいといても。そもそも、組織の中で、ひとりの人間が、脳震盪を起こす程の勢いで他の誰かを殴る、これって、それだけで、問題だよね? 間違いなく、これは問題なんだよ。)

……うん。もし、これが逆だったら、板橋さんが、なんかよんどころない事情があって、あたしのことを殴ったのなら、どんな〝よんどころない事情〟であるかはおいといて、これは、もう、絶対に〝パワハラ〟になったと思う。そうじゃなきゃ、いけないよね? それがまっとうな会社だよね?

ただ、部下であるあたしが、上司である板橋さんのことを殴ったから、だから、問題にならなかったんだよね。部下からのハラスメントっていう概念が、そもそも一般的じゃないんだから。

いや、その前に、板橋さんが握りつぶしてくれたから。

この件は、まったく問題にならなかった。

〝握りつぶす〟……んー、これは、ちょっと、ニュアンスが違うかも知れない。

板橋さん、この件を、見事に無視してしまったのだ。

最初っからなかった。

そんなことは、なかった。

板橋さんは、こんな姿勢を貫いてくれて……その後も、板橋区を歩いている間も、あたしに、あたしが板橋さんを殴った件については、何も言わなかった。

何故。

何故、板橋さんは、何も言わないのか？

これにはいくつかの可能性がある。

その一。

板橋さんが、自分が殴られたことに納得している場合。

実は。

ほぼ……これが、正しいような気が、あたし、している。（いや……多分、納得してるんだろうなあ、板橋さん、と、あたしは、希望的観測として、思っている。だって、そんなことちょっと言っていたような気もするし。それに実際、あの時のこの莫迦男は、あたしに殴られるだけのことをしたんだよっ！　……あ、いや、これ、殴ってしまったあたしが思ってはいけないこと、なんだよね。だから、この台詞は、取り消し。）

そして、その二。

板橋さんが、自分が殴られたことをまったく気にしていない場合。

いや、一と二は、とても似ている。けど……どこかで、微妙に違うって言えば、それは確かに違うんだよね。

〝納得している〟のと、〝気にしていない〟の間には……それが故に起こる現象がどんなに似ていても、でも、やっぱり、微妙な違いは、ある。

その三。この男は莫迦だから、何も考えていない。

……あああああ。

自分で言っといて何なんだが…… 〝その三〟は、さすがに、酷いか。さすがに、これだけは、あり得ないか。

でも、まあ。

板橋常務が、あたしが彼を殴ってしまったこと、それ自体をなかったことにしてくれたので……えー……あたし達は、今日も、元気に、板橋区を、歩いています。

そして、それと同時に。

勿論、靄の破壊は日常業務なんだけれど、それと同時に、修復も、続けては、いた。また、〝靄〟のストックも、続けていた。

ちょっと高い処とか、電柱裏の、普通の人間が普通に歩いている時には絶対にはいらないでしょうって処にある亀裂は、それなりの数がある訳で。板橋区を歩きながら、そういう亀裂を発見したあたし達、こういう亀裂を、〝修復〟の為に残しておいた。

そして。

そして、第十三号案件の話に、なるのである。


そうだ。

第十三号案件。

第二号案件から見て、十件もあと。

あたし達は、板橋区を練り歩きながら、それでも、これだけの〝案件〟を処理してきたのだ。

うん、これだけは、自慢しちゃっていいんじゃないかなって思う。

あたし達は、「うっかり踏んでしまったので一部が粉々になってしまい、もう絶対に直せない筈だった、母の形見の大切なカメオ」だの、「目を離した隙に二歳だった子供がばらばらにしてしまいつつ舐めちゃったり何だりして（ひょっとしたら一部を食べちゃったのかも知れない)、最早原型を留めていない父が残したノート」だの、「遺品整理でみつけたんだけれど、経年劣化と保存されていた場所が水まわりの近くだったので、黴があったり一部腐っていたりして、どうやってもページがひらけなかった祖母の日記帳」だの、そういうものを、修復してきたんだよね。

これは。

誇っていいと思う。心から、思う。うん。それにまた。ちょっと判ったこともあった。

普通のやり方ではどうしても直せないものを直す、こういう案件って……やってみたら判った、圧倒的に、〝遺品〟関係が、多いんだ。(まあ、〝第二号案件〟だって、ある意味、遺品みたいなもんだよなあ……。)

そして、そういうものを、あたし達は直し続けていた。んで。そうしたら。

山下さんの件で危惧したのと違い、多くのひと達は、その〝もの〟が直ったっていう事実だけを見てくれて、〝何故それが直ったのか〟には、あんまり注意を払っていなかった。(あるいは、〝もの〟が直れば、その理由なんてどうでもいいって思ったのかも知れないし……あるいは、あるいは、もっと積極的に、〝直ったんだから、裏の事情は、むしろ詮索しない方がいい〟っていう、大人の判断をしてくれたのかも知れない。)しかも。

多くの方は、こんなあたし達の仕事を、称賛してくれた。

いや……称賛っていうか……ほんっとに、喜んでくれたんだよ。

あたし達……というか、うちの会社の修復課、この方々に、もの凄く感謝された。泣かれたことだって、何回もあった。それも、感謝で。（そしてその上、この件は、どこに広まったんだかあたしにはよく判らないんだけれど、〝絶対に直しようがない遺品〟を抱えたひと達の間で、なんか、ある程度、有名になってしまったみたい。だから、かな、カメオの修復をしたあと、うちには遺品関係の修復依頼がやたら増えてしまって……ほんと、本来の名前である、〝修復課〟になっちゃったの。）

だから。

この事実は。この事実だけは……評価されてもいいいんじゃないかと、あたしは、思うんだ。

ただ。

〝第十三号案件〟。

この〝案件〟だけは、いつもとはちょっと、条件が違ったのだ。

というのは。

「……え……」

第十三号案件を見た瞬間、あたしは、思わずこう言ってしまう。

「……あの……これを……修復？」

舞台は、板橋区の、とある電柱裏。

ここの亀裂は、電柱の裏にあり、これはまあ、まず普通の人間がはいらない処で……その上、地上二メートル三十センチくらいの処に、浮いていたんだよね。（ひとがはいれる処にあるのなら、電柱裏の亀裂も、あたし達は全部潰(つぶ)してきていた。何故って、これは、小学生なんかが遊びではいってしまうかも知れない場所だから。）

けど。

地上二メートル三十センチ。

この、舞台設定が、微妙に難しい。

今まであたし、高層マンションの十二階の窓の外とか、地上数メートルの空中とか、まあ、普通のひとが絶対に行かないであろう場所の亀裂を使って、修復をしていた訳だ。

そういう意味では、この亀裂は、かなり微妙。

何たって、高さが地上二メートルちょっと。

この高さだと、この亀裂に普通にひっかかるひとはいない。けど、背が高いひとが、うんと上に手を伸ばせば、まあ、何とかこの亀裂に触れない訳ではない。うん、身長が百七十とか八十とかあるひとなら、届くって言えば届く。そういうひとが、軽くジャンプすれば、これはもう、絶対に手が届くし、手がひっかかるかも知れない。

けど……位置が、電柱裏、なんだよね。

こんな処にはいる大人はそもそもいないと思うし、こんな処で思いっきり手を伸ばす大人はかなり考えにくいし……しかも、そこで、ジャンプする大人って何なんだ。

だから、まあ、この高さの〝靄〟、修復の為に、あたし達はストックした訳だ。ここの処、〝修復案件〟が増えていたから、「まあ、大抵のひとはまずひっかかりようがない亀裂だし、そもそも、ジャンプして手がひっかかったからって、それで転んだり事故を起こすひとなんていないだろうし」って認識で、これ、修復の為のストックにしたんだけれど。

そして、そんな微妙な高さの〝靄〟に手を伸ばそうとしたあたしに提示されたのが……今回の、修復予定物件。

これまた、カップだった。

……の……かも……知れない。

いや、そんな気が、するんだよね、あたしは。

……と。

こんな言い方になってしまうのは……すっごい単純な話として、あたしには、この瀬戸物の破片が、何だかまったく判らなかったから。

カップ。

なの、かも、知れない。

でも、違うのかも知れない。

こんな印象を持ってしまうのは何故かって言えば……そりゃその……そのあの……あんまりにも情報量が少なかったからだ！

あたしの目の前にあるのは、破片。五センチにも満たないような、陶器の破片。

いや、こりゃ、どっからどう見ても、破片としかいいようがないもんでしょうがよ。

破片。

それも、一つだけ。

あの。

あの、これを、復元しろ、と？

どう考えても、これは、〝無理〟だとしか思えない。

これの〝完成形〟がどうなるんだか、あたしにはまったく判らない。

勿論。今までだってあたしは、完成形を予想して、それで、修復をしてきた訳ではないけど。

完成形が予想できると、ある意味、気持ちが楽になるのは確か。

ああ、このラインはティーカップの唇が当たる処かな？　んで、こっちのラインは、多分、把手の部分。んでもって、こっちのラインは、ゆるやかに太くなっているティーカップの胴体部分、かな？（いや、ティーカップの真ん中を、〝胴体〟って呼んでいいのかどうか、それはちょっとよく判らないんだけれど。）

そんなことを予測しながら、あたしは、今まで、〝修復〟をやっていたんで。

そういう意味では、これはまったく〝完成形〟が判らない。あまりにも情報量が少なすぎる。……だって、本当に……破片、だけなんだもん。この破片、ティーカップのどこにあったとしても、納得できちゃうものだったんだよ。（そもそも、ティーカップですら、ないのかも知れない……。）

あたしがこんなことを思っていたら。板橋さん、こう言ったのだ。

「高井さんに完成形が想定できないと、〝痛いの痛いのとんでけー〟って、できない？」

「……いや……そういう訳じゃ、ないんですけれど」

でも、この破片は……そもそも、何だ？

んー……瀬戸物であることは、確かなんだな。だから、前の経験があったから、カップかなって思ってしまったけれど、実は、お皿かも知れない。湯飲みかも知れない。

で。あたしがすっごく困っていると、板橋さん。

「やっぱ、最終的にどんな形になるのか、想定ができていないと、やりようがない？」

いや、それは、どうか、判らないんだけれど。

〝痛いの痛いのとんでけー〟が、どんなルールで発動するんだか、それ、あたしはまったく判っていないんだけれど。

「……まあ。ここでいたずらに考えていても……判んない……ですよね。だから、まあ、しょうがない、やってみます」

で。やってみようとして。

……その前に、挫折。

っていうのは、あの。

あたしの、身長が、足らない。

あたしは、二十代の女子としては普通の身長だとおもう。でも、あたしの身長だと……背伸びして、やっと、この〝靄〟に手が届くかどうか。（いや、微妙に届かないか。）

それより前に、もっとずっと大きな問題がある。

あたしには、〝靄〟、見えないんだ。

だから、板橋さんが言っている〝靄〟の位置情報からして、この辺に〝靄〟、あるんだろうなあって思いはしても、実際にそこに〝靄〟があるのかどうかが判らない。とすると、本当にあたしの手が、〝靄〟に触れているのかどうか、これがさっぱり判らない。

「ま……ジャンプすれば届くかなって思いはしますけど……」

って、あたしが言いかけると、今度は板橋さんがそれを止めた。

「あ、高井さん、ジャンプはしないで」

「え……何で、ですか？」

「いや、ジャンプした先で、手が〝靄〟にひっかかっちゃうと……何たってあなたは、〝触った靄には絶対にひっかかってしまう超能力者〟だ、手が空中でひっかかってしまう可能性がある。んで……ジャンプした状態で、手がひっかかってしまうと……空中で……つんのめる？」

……空中でつんのめる。その状態……あたし、想像してみようとしたんだけれど……えーっと……無理。

空中でつんのめる。それ、どんな状況なんだよ？

どう考えても無理な状態だって気はするんだけれど……けど、考えてみたら、確かにあたしは、「そこにあれば絶対に〝靇〟にひっかかってしまう超能力者」だ、ジャンプしているような不安定な状況で、そういう事態に陥りたくはない。ま、ひっかかりようはないとは思うんだが、万一、ひっかかってしまった場合、どういう状況になるのかまったく想定ができないから……絶対にそういう状況は避けたいと思う。

あ、それに大体。

「考えてみたら、これ、無理ですね。前提条件がそもそも無理です。だってあたしのジャンプの滞空時間なんてほぼないようなもんですから、ジャンプしながら、『痛いの痛いのとんでけー』をやるのは、無理です。どう考えても、『いた』あたりで、あたし、着地しちゃいます」

だよね。

というか、ジャンプしている間に、「痛いの痛いのとんでけー」って言い終えることができるひとって……トランポリンか何かのオリンピック競技者くらいしか、あたし、思いつけない。（いや、そういうひとでも……余程早口でもなきゃ、これは無理なんじゃないかって気がする……。）

「……あ……ああ……確かに」

ここで、板橋さんも納得してくれて。

「けど……この高さと位置だと、高所作業用の車両をお願いするのも変だし……いや、大体そういう車両は、電柱の裏なんかにはいれないか……いや、車両自体がはいる必要はないのか、アームをそういう処にまでもってゆければ……無理か」

　それに。

　何かしょっちゅう、おまわりさんに出喰(でく)わしてしまう現在、そんな〝怪しい〟ことして大丈夫なのか？

　んで、ここであたし、気がつく。

「いや、板橋さん、なにもそんな特殊なこと、考える必要はないです」

　もっとずっと単純な解決法があるでしょう。

「あの、普通の家の中で、普通のひとが電球の交換なんかに使っている、普通の脚立(きゃたつ)。それがあればいいんじゃないんですか？」

　電柱の裏に、そういう、普通の脚立を持ってくる。んでもって、あたしがその上に乗り、板橋さんの指示に従って、〝霧〟がある処に手をつっこんで、そこで、「痛いの痛いのとんでけー」をやる。ってことで、話、オールＯＫなのでは？

「おおっ！　高井さん、賢いじゃないか！」

　……って、これは、褒められている気が全然しないんですけどね。

「じゃあそれで……」

　じゃあそれで。

　こう板橋さんが言った処で、あたしには気がついたことがあって……それ……板橋さんも同時に気がついたみたいで……あたし達は、目と目を見交わし……黙り込んでしまった……。

そうなんだよ。

問題になるのは、おまわりさんである。

なんか、あたし達の視界を、しょっちゅう過っている、板橋区のおまわりさん。

ただ、板橋区を歩いているだけだって主張しているあたし達が、今度は、普通の家の中にあるような（まさしく電球を換える時に使っているような）脚立を持って、板橋区を歩いていたら、それを見たおまわりさん、どう思うだろう？

この瞬間、怪しさ、倍増。いや、倍だなんてもんじゃないな、トリプル。いや、もっと、か……？

脚立を持って区内を歩き回る。

これはもう……何やりたいんだか全然判らない。

いや、現象から言えば、空き巣っぽいんだけれど、まさか、脚立をもって区内を練り歩いて、そして空き巣にはいるひとなんて、いないだろうと思う。あまりにもあからさまに怪しいし、しかも、家の中で普通に使っている脚立では、二階に侵入するには高さが足りない。（だって、家の中で普通に使っている脚立って、せいぜい、電球を換える為に踏み台に使うくらいの用途だから……そもそも、そんな脚立に乗ったって、天井に手が届くのがやっとじゃない？　これでは、二階の窓からの侵入に、まったく用をなさない。）

まあ、あたし達は、この電柱裏の亀裂に手が届きさえすれば、それでいいんだから、何も板橋区の中、脚立を持って歩き回る必要なんてまったくないんだし、そんなつもりもないんだけれど……ただ、この電柱裏までは。とにかく、脚立を持ってくる必要がある。んでもって、その現場をおまわりさんに見とがめられてしまったら……これはもう、あたし達が脚立を持って板橋区を練り歩いているのと、ほぼ、おまわりさんにとっては、同義だってことになるよね……。

「さすがに……」

さすがに、板橋さんも、言いよどむ。

「趣味で脚立を持って板橋区を歩いているっていうのは……」

「……どんな趣味なんですかそれ……」

「……えーと……板橋区を歩きながら、ちょっと高い視点で区内を見渡したいとか……」

……あたし、ため息。

「板橋さん、あのね、それ、今度こそ犯罪になってしまう可能性、ありますよ」

「……って、へ？　あの？　脚立から見える視界なんて、立っている時に比べて、そうたいして変わらないだろうし、何だってこれが犯罪の可能性に」

「あたしだってね、実効性があるかどうかは判りません。けど、任意の地点で、たとえば坂の上なんかで、高い視点を持っちゃうと、場所によっては〝覗き〟ができる可能性、否定できません」

「って、何を覗くんだよ？」

「窓の中。坂の上なんかで脚立があったら、〝ここは外から見えないんだ〟って思って、カーテン開けている二階のお部屋なんかが、覗ける可能性、あるんじゃないですか？」

と、板橋さん、本当に驚いた顔になって。

「あの……カーテンが開いている窓の中なんて、覗いて、何が、楽しいの？」

面と向かってこう言われてしまうと、えとあの。その。

「……偶然、着替えをしている女性がいる、とか」

このくらいしか、言いようがない。

「……だから、それを覗いて何が楽しいの。……いや、裸の女性がいる、とか、こっちを誘惑しているポーズをとった女性がいるっていうなら、まだ判るんだけれど、ただ、着替えをしているだけの女性がいたって、そりゃあなた、そのひとは日常生活をやっているだけであって……」

「そーゆーのを見て楽しむひとも、いる、みたいなんですよね」

「だから、それの何が楽しいの。どうせ覗くんなら、もっとずっとこの……いや、この話はやめよう」

おお。こう言うってことは、板橋さん、ある意味まっとうな四十男だ。

「そういうことを、世の中のすべての女性は言いたいと思ってます。けど、これを覗いて楽しむひとは絶対にいる訳でして、世間的一般的名称としまして、こういうひとのことを、まとめて〝痴漢〟と呼びます」

「……成程」

板橋さんが納得してくれて。とにかく、脚立を持って歩くのだけは却下ってことになり。でも、じゃあ、どうするのかって言えば。

「この案件は、早い処何とかしたいし……今の処、板橋区内で他にストックしてある亀裂はないし……」

と、いうことで。

「とにかく、おまわりさんに脚立を持っている処さえ見つからなきゃ、いいんだよね」

と、いう話になった。

んで、ここからが、もう、無茶苦茶。

確かにあたしも板橋さんも、脚立を持って板橋区内を歩かなかった。

そのかわり。

その日の深夜。

板橋さんが手配した運転手つきの車が、夕方撤収したあたし達が、深夜、問題の電柱の処へ集合した途端、やってきて、そこで、脚立を下ろす。あたし達は、その脚立を問題の〝靄〟の下へと設置する。あたしが、その脚立に乗る。

……何やってんだろう、あたし達。

というか、こういうシーンを見てしまうと、あたし、しみじみ納得してしまうんだよね。ああ、板橋さんって、ほんとに大企業創業者の直系の御曹司なんだ。

そもそも、タクシーでも自家用車でもない、運転手つきの車を手配できる段階で普通はないし、しかも、その運転手さんにお願いしたことっていうのが……板橋さんを車に乗せてどこかへ運ぶことではなく、あたし達が移動するっていうことでもなく…… 〝特定の地点まで脚立を持ってきて、そしてそれを持って帰る〟こと。こんなこと頼める車がある時点で、このひとは本当に御曹司なんだ。

まあ、そんな話はおいといて。

とにかく、あたしは、やってみた。

訳判らないって顔をしている運転手さんから受け取った脚立を、電柱の後ろに据えつけ、そして、それに乗って。

痛いの痛いのとんでけー。


で……驚いた。

今、あたしの手の中にあるのは……えーとその……人形？

どう考えても、人形。どこからどう見ても、人形。

陶器で出来た、女性の人形が、あたしの手の中にある。

「うおおっ！　これは人形だったんかっ！」

あたしが叫ぶのと同時に。

「うおおっ！　まったく事前情報がなかったにもかかわらず、高井さん、これを人形として復元できちまったのかっ！」

板橋さんがこう叫び、あたしはぎろっと板橋さんを睨み付ける。

で。

あたしが睨んだものだから、板橋さん、すごい勢いで萎縮して。いや、もう、縮こまっている縮こまっている、できる限り自分の体を小さくして、あたしの目から逃れようとしている気配。けど……さすがに、どう考えても、成人男性一人を見逃す程、あたしだってザルの目を持っている訳ではないから。

それに。あきらかに、彼の台詞には、問題があったから。

だから、言ってみる。

「あのね、板橋さん」

「…………はい…………」

板橋さんの台詞、もの凄く、小さな声。何か、消えようとしている感じ。その、板橋さんの気持ちはよく判ったんだけれど、だからって、あたし、板橋さんが消えることを認める訳にはいかず。

「あなた、これが、陶器人形の破片だって、判ってましたね？　んで、その情報をあたしに知らせずに、あたしにこれを復元させた。で、只今、何の情報もなく、あたしが陶器人形を復元してしまったんで、驚いている」

「…………………はい…………………」

ああ、消えそうだよねー、板橋さんの台詞。だからって、勿論あたしは、追及をやめたりしない。

「それは、何で？」

あくまで追及をする、あたし。

でも。

本当の処……あたしは、板橋さんが、何をしているのか、何をしたいのか……この段階で、結構、判ってしまったのだった。

……こいつ。

実験、しやがっているな。

あたしが、どの程度の情報を持っていたら、最初の形を復元できるのか。

そういう意味では、この〝破片〟は、ほぼ、最強。

だって、陶器人形だなんて、まったく想定外だもん。そんなものがあるだなんて、あたし、思ってもいなかったんだもん。大体、陶器の破片を渡されて、それをカップみたいな食器じゃない、人形だって思う奴が、一体、どのくらい、いるんだよっ！　だから、あたしがこの人形を〝復元〟してしまうっていうことは……カップでもお皿でもない、人形として復元してしまうってことは……あたしの復元能力には、事前の情報は必要がない、そんな事実を裏書きしている筈。

で。

あたしがぎろって睨むと。

板橋さん、慌てたように。

「いや、あの、高井さんねー、これは、凄いことなんだよ」

まるであたしが怒っているのをとりなすかのように。

板橋さんの台詞は、何か妙に嬉しそうだったんだけれど、あたしにしてみれば、これに諾う訳にはいかない。

だから、更にぎろっと、睨みつける。

けど、板橋さんは本当に嬉しそうに。

「この破片は、もともとの陶器人形の七パーセントくらいしか、なかったんだ」

嬉しそうにこう言ったんだけれどね、板橋さん、それって、これのもともとの形が陶器人形であり、しかもこの破片はその七パーセントって、あなたは最初っから判っていたってこと、だよね？　しかも、それを、故意にあたしに伏せていたっていうことだよね？

しかも、あのね。七パーセントっていう数字が、凄い。

この破片は、もともとの陶器人形のほんのちょっと、一割もありませんでしたっていう言葉なら、まだ、納得ができる。

けど、板橋さんは、言った。

〝この破片は、もともとの陶器人形の七パーセントくらいしか、なかったんだ〟

この言葉を言えるってことは……。

七パーセントなんて数字がでてきちゃうっていうことは……。

板橋さん。

あなた、あたしの能力を、測っていますね？

そもそも元の陶器人形を知っていて、今の破片も知っていて、その全体像を把握している。そうじゃなければ、七パーセントなんて数字は、絶対に出てこない。その上、その数字が判っているのに、あたしにそれをまったく言ってくれなかったってことは……あきらかに、板橋さん、あたしの能力を測っているのだ。
あたしには、どの程度の能力があるのか。
どの程度のものなら〝復元〟ができるのか。
何パーセントくらいなら、直せるのか。
そういうことを、板橋さんは、測っている。そうとしか、思えない。

……これが。

これがあたしに、不信感を抱かせなかった訳がない。

とは言うものの。

今のあたしは、板橋さんに対しては、〝借り〟しかないんだよねー。
グーで殴っちゃった件が、今でも響いている。
だから、しょうがない、そのまま板橋区巡礼を続けて。
ほぼ二週間。

あたし達は、十二の亀裂を発見して、十一の亀裂を破壊、ひとつの亀裂を、修復用にとっておいた。

そして。

そして、第十四号案件。

「……あのね……」

これを見た瞬間、あたしは、ため息を零(こぼ)すしかない。

はああ……ふうう。

そして。言ってみる。

「あのね、板橋さん。あなた、あたしに頼みたいことがあるんなら、言いなさいよ。こういう思わせぶりなことなんか、もうやめて」

「……って、え……何も思わせぶりなことなんか言ってないと……というか、まだ何も言ってないと……」

「いや、確かにあなたは何も言ってません。けど、あなたの行動自体が、無茶苦茶、思わせぶり、なんですよ」

そうとしか思えない。

だって、今、あたしの手の中にあるのは、いくつもの陶器の破片であって、おそろしいことに、これは、第十三号案件の奴より総量的に小さかった。どう見ても同じモノの破片としか思えない奴が七つ、でも、七つある破片、そのすべてを合わせても、それでも、全体の量は、第十三号案件の奴より少量。

「あのね。これは、どんな〝モノ〟の、何パーセントなんですか？　七パーセントより小さいんですよね、一パーセント、くらい？　ってことは、基になっている陶器は、結構大きな奴ですよね」

「え」

ここで、板橋さんは、息を呑んだ。ほんとに驚いている感じ。あんた、あたしのことを莫迦にするのも、いい加減にしろよ。

「どうしてそれが高井さんに判っちゃったの……」

判らいでかっ！

「どうしてそれがあたしに判らないって思っているんです」

むしろ、そっちの方が、ずっと疑問だ。

「……いや……だって……何も言っていないし……」

「言われないと判らない。推測することをしない。あんた、それでよく、この会社の常務なんかになれましたよね。あんたががばりばり働いていた頃、あんたの同僚やあんたのライバルは、みんな、言われなかったら何も判らない、推測もできないひと達ばっかりだったんですか？」

「いや、そんなこと、ある訳ないだろう。もしライバルがそんな奴らばっかりだったら、仕事上こんなに楽なことがある訳ないし……って……て……ああ」

ここでようやく。これでようやく。

板橋さん、あたしが言いたいことを判ってくれたようだった。

「そうか。そうだな。……今までの僕の反応を見ていたら……それは、判って当然、なのか」

「なんですよ」

というか。

あんた、今まで、どんだけあたしのことを莫迦にしていたんだよ。

どうしたら、あたしが〝それに気がつかない〟って思えていたんだよ。

すると、板橋さん、ふうって息を継いで、そしてそれから。

「確か、最初に会った時、高井さんは、自分を振った男をつけ回していたんだったたっけか」

……いや、その過去、忘れてくれると嬉しいです、あたし。というか……是非！　是非、忘れて欲しいです、それ。

「高井さんの能力があんまり特殊なものであり、同時に、僕にとってほんとにありがたいものであったから……だから、うっかりしちゃったんだけれど、高井さんは、ちゃんと自分の頭で考える、きっちり自立した女性だった……んだよ、ね。しかも、ストーカーになれる程、強い」

……あの……今更、そんな根源的なことを認識しないで欲しいです、あたし。それに、ストーカー染みたことをやってしまった過去のあたしは、やっぱりなかったことにしたい訳で、これはほんとに忘れて欲しいです。それに大体、過去の男のストーカーになるって、これは全然〝自立した女性〟の構成要素ではないでしょう？　大体、ストーカーになることを〝強い〟って言ってしまうのは、いかがなものかと。

と。

こんなことをあたしは考えて、色々頭がぐるぐるしていたら。

「…………ごめん」

板橋さん、こう言うと、一回頭を下げた。

そしてそれから。

それではもうおいつかないと思ったのか……もう一回、深々と頭をさげて……そして。

「ごめんなさい」

またまた、頭を下げる。

で、その理由が、あたしには、判った。

だから。

　こう言ってみる。

「板橋さん、今」

　うん、今。

「初めてあたしと向き合ってくれました？」

「え……？」

「今までは板橋さん、あたしのことを高井南海という名前の、ひとりの人間だと思っていなかったでしょ。そもそも、自分の部下だとすら思っていないかも知れない。あたしのことを、〝大変都合がいい〟〝超能力者の〟〝お客様〟だって思っていませんでした？」

「え、いや、あの、そんなことはない訳で」

「言い訳は要らない！」

　この場合は、断言。

　すると、板橋さん。

「あ……ああ、そんなこともあるような気がするような……えーと……しないでもないんで……その……ごめんなさい」

　いや、謝らなくてもいいから。

　あたしには、判った。

　板橋さんがそんなことを思っていたから。

だから、今までの、板橋さんのあたしに対する対応が何か変だったんだ。

岡田さん家であたしが窮地に陥った時も、おまわりさんに職務質問された時も、なんか、肝心の処で、板橋さんの対応が、あまりにもあたしのことを庇いすぎてるって思うこと、あった。そりゃ、あたしだって、庇ってもらってありがたくない訳じゃないけれど、考えてみたら、業務遂行時において、ここまで上司が部下を庇うのって、変って言えば、変。

今までは。

多分、板橋さんにとって、あたしって、〝部下〟では、なかったんだろうな。

じゃ、何かって言えば、〝お客様〟。

仕事上の部下じゃなくて、超能力を理由にスカウトした、そんなひと。会社組織の中で言えば、〝お客様〟。

だから、あたしに傷をつけないように、あたしのことを護るように……いっつも、このひとは、やってくれた訳だったのである。

認知症疑惑だって、それによってあたしが他人様に同情されることだって、あたしが〝お客様〟だって思えば、無理してはらす気持ちにはなれなかった。

多分、あたしがほんとにこの会社に属している人間であり、板橋さんがほんとにあたしの上司なら、長い目で見た場合、この評価があたしにとっていいことはないって、板橋さんだって、思った筈だろうと思う。

けど、あたしは、〝お客様〟だったから。

できるだけ全力で庇えば、それでいいって、思っていたんだよね、きっと、今までの板橋さんは。

だって。

お客様を教育する必要も、育てる必要も、上司にはないんだもん。

むしろ、お蚕ぐるみにして、お客様に傷をつけない。

それこそが、今まで、板橋さんがやっていたことなんだ……ろうと思う。

そして、無意識のうちにそれが判っていたあたしは、それが嫌で。嫌で嫌でしょうがなくて。

だから、板橋さんのことを、グーで殴ってしまったりしちゃった訳で。

「あのね。確かにあたしは超能力者です。それが御縁で、弊社に入社させていただきました」

……あれ？　この場合は……御社に入社させていただきました、が、正しいのか？　でも、あたしはすでに、この会社の社員であり……その場合、やっぱりうちの会社を示す時、遣うべき言葉は〝弊社〟であり……とはいうものの、〝弊社〟に入社させていただきましたっていうのは……言語的に無茶苦茶矛盾しているか？

「……はい」

「けれど、今のあたしは、高井南海っていう、一社員です。超能力者かも知れないけれど、確かにそれで就職したけれど、今の身分は、一社員です」

「……はい」

「これから先は、あたしのことを、一社員として扱うように。いや、確かにあたし、超能力者だったりする訳ですから、一社員として扱いにくいのは判りますよ？　でも、そう扱って貰うしかないんです」

「…………はい」

ほんっと、縮こまっている、板橋さん。

で、あたしは、こんな板橋さんに、心から言いたい棄て台詞を怒鳴ってみたりする。

「ほんっとに、判ってんのか、この、莫迦男！」

「…………はい」

この、莫迦男呼びも、これが、最後だ。だから、一回だけ、思いっきり心から全身全霊をこめて、こう呼んでみたかった。

このっ、莫迦男っ！

今までもあたし、心の中で板橋さんのこと、さんざん「莫迦男」呼ばわりをしてきたんだけれど、多分、口にだして直接板橋さんにこう言ったのは、これが初めて……だと、思う。

そして、これが、最後だ。

「それが判ったのなら……板橋さんがあたしのことをちゃんと部下だって扱ってくれれば

……これからは、ちゃんと、上司と部下になります」

「…………………はい」

「もう、殴ったりしませんから」

「え……」

「えって、板橋さん、普通の部下は、普通上司を殴りませんって」

「い……いや……ま……そりゃ、そうなんだろうけれど……」

板橋さん。なんか、目を白黒。

「んでは、それを、双方共の諒解事項だってことにして」

ここであたし、一回、息継ぎ。そして。

「じゃ、もう一回さっきの話に戻りますね」

こう言ってみる。

「あのね、あんまり思わせぶりなことはしないで。板橋さんが、あたしの能力を測りたいって思っているんなら、それはそれでいいんです。あなたは、今、この破片のもとになっている姿を知らせず、何パーセントなら、あたしが復元できるのか、それを知りたいって思って、こういう実験をやっている訳なんですよね？」

ここまであたしが言い募ると。やっと板橋さん、息を吐いて。

「まあ……そういう側面があることは否定しないんだけれど……というか、こうなっちゃった以上、否定できないんだけれど……」

「なら、そういう思わせぶりやめて、ちゃんと口にだして言ってくださいよ。結局、板橋さんは、あたしの復元率を知りたいんですか？」

あたしがこう言うと。板橋さん、今度は、さっきよりずっと長いこと息を吐いて。

そして、一回、目を瞑(つぶ)る。

それから。

「んー……高井さんが、そう思ってしまうことは判る。しかも、高井さんの疑念が正しいことも確かだ。確かに僕は、今、高井さんの能力を測っている」

うん、うん。そうでしょうとも。

「けれど……この案件だけは、目を瞑って、無条件でやってみてくれないかな？」

……って？

「これから先……十五号案件より先は、僕が高井さんの能力を測りたい場合、必ずそれを高井さんに言うよ。けど……この案件、だけは」

……え。

「高井さんにとって、非常に不本意かも知れない。失礼だとも思う。けど、この案件だけは、先入観なしで、高井さんにやって貰いたいんだ。真面目(まじめ)にそうお願いしたいんだけれど……駄目、かな？」

……いや。

まっ正面からこう言われてしまえば。

これを「駄目」だって言える根拠、あたしにはなくて。

だから、しょうがない。あたしは、こう言う。

「なら、これが最後だってことで」

うん、これが最後だってことで。

あたしは、板橋さんが何を考えているのか判らないまま、やってみた。


痛いの、痛いの、とんでけー。


「あや？」

次の瞬間。あたしは、硬直していた。

だって。

今、あたしの手の中には。

何故か、二つのものがあったので。

一つは、陶器のとっくりだ。そして、もう一つ、まったく同じ色で同じ柄の、陶器のぐい飲み。

「え、え、え、何で？」

何で、一回、〝痛いの痛いのとんでけー〟をやっただけで、あたしの手の中に、二つの〝もの〟があるの。

「え、ぐい飲み？　え、とっくり？」

あたしが混乱し続けていると、板橋さん、ふうって息を吐いて。

「成程、二つになったか……」

「……って、板橋さん、あの？　だって、最初の破片は、どう考えても二種類のものには思えませんでしたよ？　色だって質感だって、どう見たって同じ陶器の、砕けてしまった破片の一部だとしか……」

「うん。実際に、そうだったんだよ。これは、ぐい飲みととっくりのセット。同じ窯元で同じ時に焼かれた、セットのぐい飲みととっくりで……同時に割れてしまった」

ここで板橋さん、以前の大震災の話をする。

「これはね、あの震災の時、とっくりが一つ、ぐい飲み一つで、お盆の上に置かれていたものなんだって。結婚を控えていたカップルが、女性の方の父親を歓待しようとして用意していたもの。冷蔵庫の中には、その父親が好きだったお酒が、冷酒で呑む為に冷やしてあったんだそうだ。けど、このお酒、実は温燗を好むひともいるらしくて、それで、念の為にとっくりもひとつ」

はあ。けれど……とっくり一つに、ぐい飲み一つって、それは何？　父親が好きだったお酒を用意するのはいいとして、母親は、どうしたの？　あと、妻側の父親にだけお酒をだして、夫側の親族は？

「歓待されるべきひとの奥さんは、ずいぶん前に病気で亡くなってしまったらしい。あと、旦那側の両親は、日本酒がまるで駄目なひとらしくて、冷蔵庫の中にはビールが冷えていたらしい。んでもって、肝心の、接待する二人も、やっぱり、どっちかって言えば日本酒よりはビールだってひとで、故に、用意されていたのは、奥さんの父親を歓待する為の、とっくり一つにぐい飲み一つ」

成程。確かにそういう状況はあるのかも知れない。

「しかもね、結婚の報告だから当然かも知れないけれど、歓待側が用意した日本酒っていうのが、かなりいいものだったらしい。なんか、日本の銘酒百選なんかにはいっているような奴で……」

うん。いい話じゃない。

「けれど。あの震災で……それどころではなくなってしまった」

……。

「父親は、亡くなってしまった。歓待しようとしていた夫の家も、地震で潰れてしまった。……ま、無事に、この二人は、震災後に結婚したんだけれど……夫の家の瓦礫を撤去した時、瓦礫の中に、そこだけまったく無事みたいに、とっくりとぐい飲みの破片だけがお盆の上にあったんだってさ」

「え……」

「瓦礫の中だから。もう何が何だかよく判らなくなっていたらしいんだけれど、そんな中で、奥さんが、そのお盆と、その上に載っていたとっくりとぐい飲みの破片だけ、救出したらしいんだ。……それも、泣きながら」

「……え……え……」

「これはパパが最後に呑もうとしたお酒って。……酒は、冷蔵庫の中にあった筈だから、完全に潰れていたんだろうけれど」

「…………」

「奥さんはね、丁寧に、他の雑物を避けて。あの日、父親に供するつもりだった、ぐい飲みととっくりの破片だけを拾いだしたらしいんだよね。……まあ、そんなもんだけ、救出したって、意味はないとは思うんだけれど」

「…………」

「その、復元を、高井さんに頼んでみました。……この破片はね。もともとが、同じ窯元で同じ時に焼かれた、同じ模様で同じ色の、とっくりとぐい飲みのセットだ。間違いなく、色や質感で区別ができるものではない。で、この復元を高井さんに頼んだらどうなるのかなーって思っていたら……」

「……ぐい飲みととっくりの二つが……まったく別に、できてしまった……」

あたし。なんか、かなり重いものを持たされてしまった気持ちになっていたので……なんか、ぼそっと、こう言ってみる。すると、板橋さん。

「そうなんだよ」

こう言うと、あたしの方に視線を寄越して。

「今回だけは、〝先入観なしで〟って言った意味、判ってくれる?」

判りましたとも。

もともと違う二つのものが混じり合っていた時、しかも、その二つの区別が非常につきがたい場合、それが、〝痛いの痛いのとんでけー〟でどうなるのか、知りたかったんだよね、板橋さん。で……〝二つのものができる〟っていう、最上の結末になったんだよね。〝痛いの痛いのとんでけー〟は、まったく同じとしか思えない二つの陶器の破片を区別している、それが判ったんだよね。

「ここで、最初に、二つのものが混じり合っているっていう事前情報をあたしに渡してしまったら、実験の結果が正しいものにならない可能性がある」

あたしがこう言うと。

板橋さん、うんうんって頷いて。

「そう。それが……怖かった。今回の場合、結果として〝二つのものができる〟っていうのは、今までになかった事態だから……だから、余計、絶対、事前情報を渡す訳にはいかなかった。それやっちゃうと、検証結果がおかしくなるかも知れないから。それだけは、避けたかったから」

うんうんうん。

だから、板橋さんが、こう思ったことは、納得だ。

けど。

同時に、こう思ったことも、確か。


何だよ。


今回だけは目を瞑って、なんて言っといて、結局は自分の都合かよ。

結局、板橋さん、あなたは、あたしの能力を測りたいだけなんじゃない。

そういう話ならさあ、あたし、判っていたんだから。

そういうこと、ちゃんと言った訳なんだから。

だから。

こんな〝思わせぶり〟なことは、しないで欲しいって、あたしはそういう意味のことを、言ったつもりだったんだけどなあ。

なんか、ちょっと、肩すかし。

なんか、ちょっと……がっかり。

だから。

だから、あたしは、この時、うっかりしていた。

いや、音として、耳で聞いてはいたんだけれど、言葉として、それを頭では理解していなかった。

板橋さんが言ったこと。

「……まあ……大体の処はあっているんだけれど。私は、確かに、高井さんを一社員として扱っていなかった。けど、それは、あなたが〝お客様〟だからじゃ、ないんだよ」

# 六章

## 間奏曲　山下さんの事情

ある日のお昼。土曜だったので遅めのブランチをとった妹は、都心のちょっと大きな本屋さんへ行こうとして、うちを出て駅に向かった。うちのあたりはまったくの住宅街で、たいして大きな道はない。ただ、付近に二つある大通りを繋ぐ抜け道になっているようで、交通量は妙に多い。住宅街にはそぐわないようなスピードを出している車も、ある。

そして……その道中で。

車が、妹のことを撥ね飛ばしてしまったのだ。

妹が歩いていたのは、普通の道だったから。大通りですらなかったから。だから、ガードレールのようなものはなかった。車道と歩道が分かれていた訳でもなかった。

不運もあった。

妹が撥ね飛ばされた先にあったのは、ブロック塀。しかも、ちょっと前の震災で、ゆるんでしまったブロック塀。だから、それは、補強してあった。太い金属が何本もこのブロックを覆い、処々が金属の大きな螺子で止められていた。

車に撥ね飛ばされたうちの妹は、この、螺子に、頭をぶつけた。

金属の、螺子。

もし。

もしも、ここにあったのが。

樹木の植え込みだったのなら、あるいは、妹は、助かったかも知れない。たとえ大怪我をしたとしても、それで済んだかも知れない。

でも。

ここにあったのは、金属の螺子。それも、かなり大きな。

だから、妹は、死んだ。

これは、車の運転をしていた人間の、居眠り運転だということになった。実際、この男は、〝ついうっかり〟して、〝はっと気がついたら目の前に妹がいて〟、〝避けようがなかった〟って言ったそうだ。

この言葉に嘘があるとは、俺は思わない。実際の処は、そうだったんだろう。

けれど。

俺は、この言葉に納得できなかった。

いや。運転していた人間が、自己弁護の為にいい加減なことを言ったとは、まったく思わない。けれど……ひとが死ぬには、理由が必要だ。少なくとも俺は、そう思っている。

だから…… 〝ついうっかり〟〝はっと気がついたら〟〝避けようがなかった〟。

こんな理由で、死んでいい人間なんて、絶対に、いないっ！

けれど。

事実は、実際には、こう、だったんだ、ろう、なあ。

妹の体がふっとんだ先にあったのが、金属の螺子ではなくて、生け垣だったのなら。なら、今でも妹は生きていたかも知れない。けど、そんなこと、言ってもしょうがない。

大体が、「過去の震災があった時、だからってあんたは、自分の家の塀を補強しちゃいけなかったんだよ、あんたが塀を補強した為に、うちの妹が死んだんだ」だなんて、言える訳がないし、これはもう、言ってはいけない言葉だと思う。この先、新たな震災があった時、塀が崩れてしまったら他に被害が及ぶ、そう思って、この塀の所有者は塀を補強したのだ、確かに、そのせいで、そこに補強の螺子があったから、だからうちの妹は死んだのだが……これはもう、運が悪かったとしか、言いようがないと思う。言ってしまったら、それは〝やつあたり〟だ。〝難癖つけているだけ〟だ。

また。

加害者も、本当に後悔していた……らしい、のだ。

妹の事故の捜査が一段落した時、まずうちに謝りに来た加害者の顔を見てしまった瞬間……俺にはそれが判(わか)ってしまった。判りたくもないのに、判ってしまった。俺、今までの人生で、こんなに憔悴(しょうすい)して罪悪感一色に染まった男の顔なんて、見たことがなかった。

勿論(もちろん)。加害者は刑事罰を受ける。それから、加害者であるこの男と、被害者遺族である俺達の間で、民事の裁判は起こせる。その裁判で、加害者の「ついうっかり」を、俺はとことんまで追及するつもりだ。けれど……。

　多分。実際。本当に。

　この男にしてみれば、俺の妹は、車を転がしていたら目の前にいて、そして、〝避けようがなかった〟んだろう、なあ。まったく許せないんだけれど、この事実だけは、争ってもしょうがない。

　裁判はやる。だって俺、この加害者が許せない。けれど、これは、あくまで〝許せない〟っていう俺の意思表示にすぎなくて……。

あっちに悪意がないことは、顔を見た瞬間、哀しいことに判ってしまった。ああ、畜生、加害者が、悪意をもって、妹を撥ねたんなら、むしろ俺は嬉しかったかも知れない。その場合、俺は本気でこいつを弾劾して……。

　でも、違うんだよね。加害者には、本当に、悪意はなかった。

これは、本当に、不幸な事故だったんだ。

納得なんてできないけれど、それでも納得するしかない。俺は、そう思い込むように、努力した。

　と、そう思っていたら。何故か、ここに、介入してきた奴がいた。（いや。時系列としては、俺が、「加害者に悪意はなかったんだ、これはあくまでも不幸な事故だったんだ」

ってことを納得する前の話だから、介入って言葉は変かも知れないんだけれど。俺が、そんな境地に達する前の話なんだけれど。）

宮里明（みやざとあきら）。妹の婚約者だった男だ。同時に、俺の友人でもある。（俺が妹に宮里を紹介して、この二人はつきあい出したのだ。）

ここで、宮里、とんでもないことを言ったんだ。

「ごめん、ごめんなさい、すみませんっ！」

妹が亡くなって。その婚約者であった宮里に連絡をした処、宮里は妹の遺体がある病院にすっとんできて……そして。そして、いきなり、こんなことを言いやがったのだ。

（いや。事故が起こった直後は、妹はたとえ危篤って言われようと助かる、絶対助かるに違いないって信じたかった俺達家族は、妹の状態がほんとに悪化するまで、関係者に連絡なんかできなかったのだ。する気になれない……そんなことをしている場合じゃないって気持ち。あと……言い方は何か変なんだけれど、そんなことしちまったら、なんか最悪のことが起こるような気がして、なかなか他人に連絡なんてできなかった。だから、宮里に電話したのは、妹の死が確定した後。妹が、エンゼル・ケアを施され、霊安室に安置された後。）

「瑞穂（みずほ）さんが死んだのは、僕のせいなんです、ごめんなさい」

これ、何かって思えば。

「僕、浮気してましたっ」

……え。それ、何？　俺、妹から聞いてないぞ、そんなこと。

「それが瑞穂にばれて」

あ、瑞穂って言うのは、俺の妹の名前な。

「すっごい、揉めて」

まあ。妹の性格を思えば、婚約者が浮気していることを知ったら、そりゃ、揉めるよな。

そして、それを兄である俺に言わなかったのも、了解だ。あいつならそんなこと、俺に言う訳がない。ひとりで飲み込んで、そんでもってひとりで、なんかうだうだやっていたに違いない。

「僕にしてみたら、まだ結婚もしていないのに、なんだって瑞穂にここまで怒られるのかって思うと、ちょっと嫌だなって気分もあり……ああ、すみません、すみません、すみません」

いや、宮里、そこは、今、謝らなくていいから。というか、謝る観点が、今、この状況では、なんか違う。

「で……がちゃがちゃやってる時に……瑞穂が……瑞穂が……」

宮里、一回息を飲むと、今度は本当に土下座する。リノリウムの床に、ちゃんと正座して、そしてほんとの土下座。

「事故で……死んでしまった……と……」

宮里は、ほぼ、這いつくばっているような形になる。

「ごめんなさい、すみません、ごめんなさい、それ、僕のせいなんですっ！　ああ、どう謝ってもそれは違うし……でも、謝らない訳にはいかない。ああ、ごめんなさい、すみません、すみません、すみません」

……これは、宮里、何を言っているんだ？　それが本当に判らなかったので俺、ちょっと〝はてな〟って顔になる。すると宮里。

「僕、瑞穂……さんに貰ったカップを、割ってしまいましたあっ！」

本当に。僕は瑞穂さんを殺してしまいましたって感じの、心から悔いている、心からそれを後悔している、そんな感じで、宮里はこんなことを言う。けど……言っちゃ悪いけど、浮気はともかく、カップと瑞穂の死の関連が判らない。

「……いや……あの？　その？」

でも。宮里は、あくまで、真顔で、言葉を継ぐ。

「瑞穂さんに貰ったカップを。……僕が浮気したって瑞穂さんに知られて、揉めていた時期、あの、カップ、勝手に落ちて少し、欠けたんですよ。……なんでだかまったく突然、まるで僕の浮気を責めるみたいに、いきなり棚から落ちてカップの端が欠けて」

……それは……その……宮里、本当に何が言いたいんだ？　よく訳が判らない。

だってあの。瑞穂が作ったカップ、だよ？　カップって名乗るのがおこがましいような奴で……あれなら、自然にどこかが欠けたって、当然だと思う。その程度の出来だった。

あまりにも厚いところと薄いところがあって、あのカップなら、別に棚から落ちなくても、自重で勝手に割れてしまう可能性だってあっただろうと俺は思う。

「で、そのカップを手にとって、これ、セメダインでくっつくかなって思っていたら、連絡があったんです。……その……瑞穂が、事故にあったって」

ああ。連絡って、俺がした奴、な。

「その瞬間。僕は、驚いて……手の中にあったカップを、また、取り落としてしまいました」

……成程(なるほど)。

「そうしたら……あたりどころが悪かったのか、カップ、割れました。今度こそ完璧(かんぺき)に、割れてしまいましたあっ！」

あ……いや……そりゃそうだろう。あの時の宮里、ほんとにうろたえていたからな。俺の言葉をちゃんと理解しているのかどうか謎(なぞ)だって雰囲気だったからな。だから、俺、最初は、「瑞穂が交通事故にあった」って話だけ、したんだ。いきなり、「瑞穂が死んだ」って言うのは、何かあんまりだって気がして。そして、動揺した宮里の手から、カップが離れ、落ちてしまい、そして割れたのは……まあ、そういうこともあるだろうなあって、俺としては思う。

「……そして……そうしたら、瑞穂は……」

死にました。

宮里がそう言おうとしているのは判る、そして、宮里がそう言えなかったのも、その理由も、何となく、推測がつく。この言葉だけは、口にしたくなかったんだろう、宮里。

そして。

宮里は、この時、いきなりまた頭を下げたのだ。

まっすぐ。

真下に。

宮里の額は、リノリウムの床に擦(こす)りつけられている。

そして、しばらくの、時間。

数分がたった処で、宮里は、絞り出すようにして、こう言う。

「……すみません」

また、ちょっと、たつ、時間。

「僕が、瑞穂を……いや、瑞穂さんを……」

また、あく、時間。

その時間を嫌った俺が何か言葉を挟もうとしたら。ちょうど同時に言葉を発していた、宮里に、その言葉は遮られる。

「殺しました」

い、いや。

そんなことはないだろう？

それは、違う。

瑞穂が死んだのは、間違いなく、交通事故で、だ。

だが、宮里は。

まったく違うことを言うのだ。

「僕が……瑞穂が作ったカップを割ってしまったから……瑞穂が僕の浮気を責めて、それでカップが欠けただけなら、まだ瑞穂、助かったかも知れなかったのに……僕がそれを取り落として完全に割ってしまったから」

それは違う！　というか、その二つには、そもそも関係性がない筈。

いや、そもそも、時系列が違う。俺が宮里に電話をしたのは、瑞穂が死んだ後だ。その後で、宮里がカップを割ろうが何しようが、それこそ、カップの残骸を踏みにじろうが、それは瑞穂の命とはまったく関係がない。

けれど、宮里は、〝まさにこれこそが真実であり他の事実はない〟って感じの〝言い切り方〟をしていて……俺は、ちょっと、これに文句が言えなかった。そんな気持ちに、なってしまった。

で。

俺が何も言えないでいると。

宮里の方は、再び、頭を下げて。

「すみません、僕が、瑞穂さんを、殺しました。あの、カップを割って、そして……だから瑞穂は……だから……」

　違う。

　あきらかに、おまえが思っていることは、違う。

　けれど、俺は、何も言えなくって。

　何か違う。

　本当に、何かが、違うんだ。

　瑞穂は、あくまで、不運な交通事故で死んだのだ。けれど……どうもこいつは、これを〝不幸な事故〟では納得できないらしい。その気持ちは、判る。いや、俺が判ってもしょうがないか、けど、判ると言えば判る。俺だって納得できていない。この時も、その後、加害者に実際に会って、「これはもう不幸な事故だったと納得するしかない」って思った今も、それでも、心の中のどこかでこの事故に納得できない気持ちがある。だから、宮里の気持ち、判らない訳でもない。

　けれど、宮里。それは違うんだ。

　いや、違うんだけれど。

　けど。

何が違うのか、どこが違うのか……それをどう言っていいのか……それがまったく、判らない。

多分。

瑞穂が死ぬ前に自分は浮気をしていた、それで、瑞穂と揉めた、その直後に、瑞穂が、事故で、死んだ。

この流れが、宮里には納得できなかったのだろうと思う。

そもそも、この男は(俺の友人だから判るよ)、軽率な処はあるし、ちゃんとした恋人、それも、友人の妹って立場の恋人がいるにもかかわらず、浮気をしてしまうような駄目な奴だ。本人も、多分、そこに負い目がある。

だから。

だから、必要以上にその負い目を拡大して、なんか、まったく自分のせいではないことを、自分のせいだって思い込もうとしている。その〝思い込み〟があるからこそ、単なる交通事故の瑞穂の死を、交通事故だとは思えない。自分のせいだって、ただただひたすら、思い込んでいる。

そういうものなんだなって、この宮里の反応を、俺はずっと、思っていた。

それに、実は、俺の方だって、そんなことがちょっとあった。

瑞穂が事故にあった時。

瑞穂と宮里がつきあっている、婚約までしている、それが判っていたのに、事故の連絡を聞いた直後、病院へ駆けつけ、今にも死にそうな瑞穂のベッドサイドにすがりついた時、俺も親父（おやじ）もお袋も、誰も宮里に連絡しようって言い出さなかった。ま、そんなこと考えていられる状況じゃなかったっていうのもあるのだが……その前に。

親しいひとに。瑞穂の死を看取（みと）ってもらいたいひとに。瑞穂の最期に付き添いたいひとに。

今、この状況で、連絡だけは、したくない。

勿論、俺はそんなこと言わなかったし、お袋も親父もそんなこと言っていない。けど、俺も親父もお袋も、三者三様、具体的な思いは違ったかも知れないけれど、そんなことを思っていたのだ……と、思う。

だって、そんなことしちまったら。最悪のことになってしまうかも知れないじゃないか。いや、今思えば、それって訳が判らない話だ。けれど、その時は。そういう思いに、頭の中が支配されてしまったのだ。

あとから考えてみれば、これはずいぶん酷（ひど）い話だよな。

うん、実際に、瑞穂の死に目に会えなかったんだから（浮気のことを知っていたのなら、わざとそんなことやったかも知れないけれど、この時は、少なくとも俺はそんなこと知らなかったんだから）、これは、宮里にとってみれば、ほんとに酷い話だと思う。家族の誰（だれ）

もが、瑞穂の死に目に会えるよう、瑞穂の婚約者であった宮里に連絡をしなかったんだから。ある意味、これは酷いと思う。

無意識にとはいえ、よく判らない気分で、俺自身がこんな〝酷い〟行動をとってしまったんだから。

だから、この時、俺は、もの凄く変なことを言っている宮里の気持ちが、ほんのちょっと判ってしまったような気がしたんだ。

気持ちが判ってしまったと思ったら。もう、俺、宮里に何も言えなかった。

それに。

はっきり言って、死んだのは瑞穂だ。俺の妹だ。故に、妹の婚約者であり、俺の友人でもあった宮里の心境なんて、俺には慮る理由がなかった。（浮気の話を聞いてからは、余計に。）

そして、無視した。宮里のこんな言葉、はっきり言って、どうでもいいと思ってしまった。

そんなことがあってから……数年、たって。

宮里のブログを読んでみたら。

自分が勤めている会社で、「絶対に直せないものを直します」って募集をしている社内報があったそうで。

そして、宮里は、それに応募したらしい。

というか、この時の宮里、すでに、もう、どうしていいのか判らなくなっていたんじゃないかと、俺は思う。

宮里だって、理性では判っている筈だ。

瑞穂が死んだのは、間違いなく宮里のせいではない。

けれど、宮里は、瑞穂の死を自分のせいだと思っている。

というか、瑞穂の死があまりに理不尽で。何かに責任を押しつけたくて。でも、押しつける相手が、どこにもいなくて。

いや、勿論、瑞穂を殺したのは、交通事故を起こした相手なんだけれど、それを、認めてしまうのは、あまりにも理不尽で。(しかも、加害者はこの時、すでに刑事罰を終えていた。なのに、瑞穂は、あれからずっと、死んだまま、なのだ。そうだ、死んだひとは、絶対に生き返らない。)

だから。どんなに不本意であっても、〝自分のせいだ〟と思うのが、ある意味一番気が楽で。

そんな時に目にとまったのが、何でも直しますっていう、社内報だ。

ふっと。

何かに誘われるかのように、宮里はそれに応募してみた。

ははは、これで直る訳がない。こんなことで直る訳がないだろう、壊れたものは、壊れたままだ。だって、瑞穂は、死んだままだ。

そう思っていたからこそ、そう信じていたからこそ、逆説的に応募してみたんだろう、宮里は。

これで直らなかったら。

ま、それはとても普通のことなんで、「ああ、やっぱり」って思って納得したい、そういう気持ちで、応募してみたんだ。

そして。そうしたら。

……そう、した、ら……！

何ということだろう。

何ということだろう。

あり得ないんじゃないのか？

いや、あっちゃ、おかしい。

でも。

けど。

直ってしまったのだ。

治ってしまったのだ。

あの、カップが。

あり得ない。

あっていい訳がない。

これはもう絶対。

あっていいことではなかったのに。

なのに、直ってしまったのだ、あの、カップが。

この瞬間。

宮里がどう思ったのかは、俺には判らない。

ただ。

俺が連絡をとってみたら。

宮里は、言った。

もう、半ば酔っているかのような、陶然とした表情で。

「……これはもう……何かと思うんだよね、僕は。……あのカップ」

うん、あのカップ。

「世界にたったひとつしかなかったよね？」

うん、なかった。

「あれが直ってしまったって……これはもう……」

この後。宮里が言わんとしていることは、俺にはほぼ、想像がついてしまって……そして、俺は、その言葉を聞きたくなかった。だから、宮里との会話を、ここで打ち切りたくなった。けれど、その前に。宮里の言葉が、聞こえてきてしまった。

「これはもう、天国のあのひとが、僕のことを許してくれたとしか」

俺が、聞きたくなかったのは、この台詞だ。

他の、どんな言葉でも、俺は、許せる。

けれど、これは。

この言葉だけは、俺には、許せなかったのだ。

だから、この瞬間。

俺に湧(わ)き上がったのは、ただ、ただ、〝許せない〟という思いだった。

許せない。

どう考えても、許せない。

いや。

許せないのは、〝天国のあのひとが云々(うんぬん)かんぬん〟っていう、宮里の戯言(たわごと)ではない。そんなことを思ってしまう宮里でも、ない。

許せないのは、絶対に許せないのは、あのカップが直ってしまったっていう、その事実だ。

けれど、あのカップは、直ってしまった。

見せてもらった。

本当に、直っていた。

あり得ない話なんだが、直っていた。

欠けている処はない。

………。

あり得ない。

これはもう、絶対に、あり得ない。

大きな文字で書きたい。

これはもう、あり得ない。

あり得ないんだあっ！

……でも。

実際に……そういうことが、あって、しまった。

「これはもう」

宮里は莫迦（ばか）だから。そうとしか思えないから。だから、言っている。

「神様が、僕のことを許してくれたんじゃないかと……天国のあのひとが、僕のことを許してくれたんじゃないかと」

違うだろうがよっ。

その解釈を、俺は認めない。

いや、瑞穂と俺は、別人格だから。ひょっとしたら、瑞穂は、宮里のことを許したのかも知れない。あいつは優しい奴だったからなあ、この、莫迦宮里を、天国で、許している可能性は、ある。（それに、浮気は大問題としても、瑞穂の死と宮里は、確かに関係がないのだ。カップに至っては、関係があると思っているのは、世界でただ一人、宮里だけなんだ。だから、自分の死に対して、瑞穂が宮里を許すのは当然だろう。）けど、俺は、思っている。

こりゃ、詐欺、だろうがよ。

あのカップが直るだなんてことを。
認めてはいけない。
認める訳にはいかない。

これを認めることだけは、俺、自分で自分に対して許せない。

けれど。

どう見ても、どう、矯めつ眇めつしてみても、こいつは……前と同じカップ、なんだよな。妹が作ってあいつに渡した、それと同じカップ。そうとしか思えない。

そして、俺は、考えた。

これが詐欺である可能性。

というか、俺にしてみれば、これは、〝詐欺〟以外の何物でもない訳で。詐欺じゃなきゃあり得ない、いや、その前に、〝詐欺でなければいけない〟。

だって。万一これを〝詐欺〟だと考えないのなら……それこそ、俺、絶対にいやなことを考えなきゃいけなくなる。天国の誰かが……苦悩している宮里の心を救う為に、直してしまった、カップ。

そしてそれは、あまりにもあまりにも許せない考えだから……だから、俺は、考える。考え続ける。

詐欺の可能性。

で、詐欺だとしたら、どんな方法が考えられるのか。

全身全霊をもって、俺は、考えた。

今、俺の手の中にある、妹が作った、カップ。あいつが〝修復課〟って処へ持っていって、それで直ったとされる、妹が作ったカップ。

つるんとしている。

どこにも後から継いだような処はない。

手で、撫ぜてみる。

目を瞑って、手、で。手、その感触、だけで。

目では判らない継いだ部分も、こうやって、目を瞑って、手の感触だけで判断すれば、判る筈。実は、指ってかなり優秀な感覚器で、目で見ただけでは判らない凹凸だって、手で触れれば、判ることがある筈。

けれど、ない。どんな不自然な凹凸も、ない。

ここまでやっても、どうしても、このカップには、後から継いだ処が……見つからないのだ。

目を瞑って。

何度も何度も、俺はこれをやってみた。

……でも、ない。

じゃあ。

じゃあ、本当に直ったのか、このカップ。

ないしは。

たったひとつ、俺が思いついた可能性は、ある。

世の中には贋作というものがある。ということは、贋作を作る技術者っていうものがいる筈だ。

その、プロ中のプロが。瑞穂のカップをもとにして、まったく同じカップを焼いてみたら、どうなんだろう。それこそ、有名な陶工の贋作を作れるんなら、素人の瑞穂のカップくらい、楽勝で作れるのではないのか？

数日の間、俺はその可能性に拘泥したんだが……よくよく考えてみると、これも、ありそうにない。

何故ならば。

どんなプロだって、見本がなきゃ、その偽物なんて作れないだろ？　有名な陶工には、たとえば、北大路魯山人なんかなら、現存している作品が、それなりにある筈。だから、贋作のプロは、それを基にして、北大路魯山人の贋作が作れる。

それに対して、瑞穂作のカップなんて、世の中にたったひとつしかないのだ。モデルにできる作品が、そもそも、ない。

それに。妹に対して言うのはちょっと悪いんだが……えーと……瑞穂のカップは、ほんとに素人の作であって……こんなもん貰って、ありがたくカップとして使うのは、宮里だけなんじゃないかとも思うんだ。（有体に言って、分厚すぎる。しかも、ところどころが不格好に膨らんでいる。その、分厚さ加減が、復元されたカップは、まったくおんなじなのだ。俺は、瑞穂が宮里にこのカップを渡す前、「お兄ちゃん、これ、私が初めて作ったカップなんだけど……明さんにあげたいと思うんだけど……どお？」って聞いてきたんで、それを知っているんだが……他の人間が、それを知っているとは思えない。ちなみに、この言葉を聞いた時の、俺の返事は「やめとけ。これ、カップに見えん。大体、他人様にあげられるものには思えん」だった。）

勿論、瑞穂は陶芸家ではない。その卵ですらない。趣味としても始めたばかりで、多分、完成作は、このカップぐらい。

その上。このカップの存在を知っているのは、世の中に、俺と瑞穂と宮里だけ。多分、そんなものだと思う。ということは、このカップの贋作を作ろうと思った場合、その資料は、まったくない筈。

ということは。

どんなプロの贋作者でも、このカップの贋作を、作れるとは思えない。

と、いう前に。

どんな事情があって、わざわざプロの贋作者を雇ってまで、こんなもの、復元したふりをしなきゃいけないのか？

あり得ない。
どう考えても、これは、あり得ない。
そんなことは、ある筈がない。
けれど、これは、詐欺でなければいけないのだ。

どんな詐欺が。
どういう欺瞞が。

思いあまって、俺はこの詐欺をやっている（筈の）企業まで、行ってみた。
で、実際、その担当者に会ったら、俺の疑惑はまったくいなされてしまって……。

瞬間。
俺は、思った。
莫迦にすんなよっ！

板橋って言ったかな、この担当者は、俺のことを、この程度でいなし終えたって思っているらしい。

莫迦にすんなよ。

俺は、こんなことでいなされたりしない。

後日、板橋とは違う、高井とかいう女から、俺に連絡があった。

会ってみた。

そして……。

高井とかいう女に会ったら……あの、板橋とかいう男と会った時以上の、違和感を俺は覚えた。というか……あの、何と言うか。

……ひょっとして。

ひょっとして、ひょっとしたら。

こいつらは。

信じているのかも……知れない。

この、カップが、本当に、超常現象的な理由で、直ってしまったって。

いや、そんな、反応だった……ん……だよ、な？　あの、高井とかいう女の反応は。

勿論。

そんなことはあり得ない。

どう考えてもある訳がない。

けど。

こいつら。

……信じている……感じが……あるん、だ、よ、なあ。

俺だって莫迦じゃないから。

だから、高井とかいう女に、迎合してみた。

こいつらが、ほんとに壊れてしまったものを修復している、そういう流れを……嫌だったんだけれど、ほんとに嫌だったんだけれど、しょうがないから、納得しているふりをしてみた。

けれど。

この〝ふり〟をしている間に。何だか、これが、自分の心の中で、〝ふり〟とは思えなくなってきてしまったのだ。だって……俺が自分の手で触った、〝復元されたという〟カップの手触りが、そういうことを言っている。

けれど。

ある訳がないんだ、これは。

うん。

どこかに。

欺瞞がある。

詐欺がある。

そうとしか思えない。そうとしか思いたくない。

だが。

どうしても。

……これは本当に認めるのが嫌なんだが……でも、どうしても。

こいつらの〝欺瞞〟が、判らない。

本当にこいつらは、あのカップを修復したんではないのか、そんな気持ちになってしまう。

ここまで来ると。

俺は、真実を追及しているのかどうか、自分で自分が判らなくなる。

俺は。

個人的な気持ちとして、真実を追及したいのか？

それとも、俺は、個人的な気持ちとして、こいつらがカップを直してしまったって事実に直面したくないのか？

高井という女との面会を終えるに際して、俺は精一杯の厭味を言ってみた。なら、あんた達は超能力者なんですね、それ、ばれていいんですかってな意味の。

この時の高井って女の反応が、顕著におかしかった。

すぐに表情を整えたんだが……瞬時、高井って女、ほんとにぎょっとした顔をしたのだ。

あたかも……カップを超能力で直した、それが正解です、それ言い当てられてしまって困りましたって感じの。しかも、自分達が超能力者だってばれてしまった、それは困る、もっと困るって感じの、ぎょっとした表情。

いや、まさか。

まさかそんなことがある訳はない。

……こいつら。

あるいは、あの板橋って俺をいなした男はおいといて、この高井って女は、まさか、本当に自分達の課が超能力を扱っている課で、ほんとに超能力でカップを直したって、信じているのか?

超能力。

俺にしてみたら、それはもう、信じるとか信じないとかいう以前の問題だ。

端的に言って、〝あり得ない〟。

けれど、俺が目の前で見た、この高井って女の反応は、絶対にそういうものだったという確信が、俺にはある。そして、俺は、自分の目でみた印象のことを、信じている。

……もはや、よく、判らないので。

だから。

俺は、自分にできることをやる。


高井って女に言ったように、こいつらの会社には、当分、行かない。そういう正攻法で攻略できる事態ではないような気が、する。

けれど、それは、こいつらから目を離すという意味ではない。

俺は、ひたすら、こいつらのことを見張り続ける。

俺は、自営業なので、仕事の時間は、かなり自分で自由に裁量ができる。

俺の仕事は、画家だ。油絵を描いている。（一応、いくつか賞も獲ったので、絵を売ることによって生計は成り立つ。ただ、それだけだとかなりきついので、本の装丁の仕事もしてはいる。そして、この仕事は、締め切り前をのぞけば、かなり時間が自由になるのだ。）

だから。画家としての判断として、自分の目には、自信がある。

あの時の高井って女の反応は、そういうものだと確信している。

また。

賞を獲った絵の一枚が、好事家にかなりの価格で売れた為、今の俺には年相応ではない貯金がある。この貯金を使えば、興信所に依頼をすることもできる。

……そして……そんなことをやってみた結果。

訳の判らないことが判った。

この〝修復課〟という連中は……何をやっているんだか、まったく判らない。

いや、やっていること自体はよく判るのだ。

こいつらは……歩いているのだ。

昨日も、今日も、おそらくは明日も。

ただ、歩いている。板橋区の道を……ひたすら、ひたすら、歩いている。

興信所による報告を信じるのならば（そして、それを疑う理由はまったくない）、こいつらは、九時に出社すると、女の方は靴を履き替え、日によっては服も着替え、男の方はビジネススーツのまま、ただただひたすら、板橋区を歩いているだけ、なのだ。

お昼になると、近所の定食屋やファミレスで飯を喰う。

そして、歩き続ける。

ただ、それは日暮れまでで、日が落ちると会社へ戻る。また、ある程度以上の雨が降っていても、こいつらは会社に留まる。

毎日がその繰り返し。

興信所の報告を信じるのならば（繰り返すが、それを疑う理由はまったくない）、こいつら……一日四万歩も五万歩も、ただただ、歩いているだけではないのか？

……何をしているんだろう。

その前に。いつ、どこで、贋作を作っているんだろう？　この、〝歩いていること〟と〝贋作制作〟の間に、どんな関係があるんだろう？

どう考えても、それが判らない。

興信所による周辺への聞き込みによって、あの板橋って男が、「若年性認知症ではないのか」って言われているということは判った。

けれど……認知症って、ただ、歩くだけの病気なのか？（いや。認知症を発症してしまったひとには、確かに、止めるひとがいない限り、歩き続けるってケースはあるらしい。それこそ、青森あたりから東京まで歩いてしまった認知症のひとが保護されたってケースも、あるらしい。とはいうものの……俺が会った時の感触から言って、あの板橋って男が、若年性認知症だったとは、まったく思えないのだが。）

まあ、ある程度の年になった人間が（これは板橋の方だ。とはいうものの、まだこいつも四十代であって、〝ある程度の年になった人間〟には相当しないような気もするんだが）、ひたすら歩くっていうのは、判らないでもない。大手会社の常務が健康法として歩くっていうのは、ありだろう。──そうだ、板橋って、驚くべきことに、この会社の常務だったのだ──。でも、それだって、限度というものがあるだろう？　一日五万歩は、健康法にしては、歩きすぎだと思う。ここまで歩いてしまえば、翌日の筋肉痛もあるだろうし、四十代の、アスリートでもない人間の健康には、むしろよくないような気がしないでもない。

大体が。俺は、こいつらによる詐欺や欺瞞を疑っている訳であって、認知症の患者が、詐欺や欺瞞を働くとは思えない。

また。

大体の場合、この二人は、まず、板橋が先を歩いているんだが、時々、板橋が止まり、高井って女が前に出ることもあるらしい。ただ、その場合、高井は、なんだか目の前の空間に向かってひたすら手を振り回すだけで……そして、その後、なんだか満足したような二人は、ハイタッチをする……らしい。

……何なんだ。

何やってるんだ、これ。

どう考えても、意味がまったく判らない。

もっとよく判らないのが、この二人が、たまに変な依頼をすることがあるらしい、という話だ。

マンションの窓拭(まどふ)きの為のゴンドラに無理矢理乗せてもらったり、高所作業車をレンタルしたり、時々、この二人は、よく判らないことをするらしいのだが……だが、その理由が、まったく判らない。

マンションの窓拭きの為のゴンドラに無理矢理乗ったって聞いた時には、俺、ちょっと期待した。

おお！　マンションの窓拭きの為のゴンドラ！　これに乗ったら、普通だったら絶対に覗(のぞ)けない場所が覗ける訳で、ここで、詐欺や欺瞞の種を仕込んでいるのか？

ただ、この期待は、あっという間にしゅるしゅると縮んでしまった。何となれば、この二人、かなり無理を言ってゴンドラに乗った筈なのに、該当階へ行った処で、高井が何か口の中でもにょもにょ言って、それで降りてしまったそうだから。

それに。

やがて、もっと考えたくない報告が、興信所からあがってきた。

この会社がやっている〝修復課〟なのだが。

どうやら、一部では評判になりかけているらしいのだ。


遺品関係の修復ならば。

それは、ここの会社の、〝修復課〟にお願いするべき。

そんな噂(うわさ)が、いつの間にか、広まっていたようなのだった。

……まあ。

考えてみれば、宮里が依頼したカップの修復だって、広い意味で考えれば、〝遺品関係の修復〟になる訳だし。ひょっとしたら、宮里の、あの、〝おまえ絶対間違っている〟っていうブログが、あるいは、下手したら、この評判を喚起する最初の事例になったのかも知れない。

とは言うものの。

この評判を知った時、俺は一時、期待した。

遺品関係の修復！

なら、俺と同じ気持ちになるひと、絶対にいる筈！

そうなんだよ。

他のものならいざ知らず。

遺品関係の修復ってなれば……実際に修復されたひとは、絶対に思う筈だろ？　これ、変だって。

ま、その遺品がどういう壊れ方をした、どういうものかにもよるんだろうけれど、中には、絶対、「これが修復できる筈がないっ！」って思うひとだって、いる筈。いや、むしろ、そういうひとの方が、多いかも知れない。

だって、ものは〝遺品〟だよ？　もし、普通の手段で修復ができるものならば、普通のひとは普通の手段を使って、修復している筈。それをしなかったってことは、この場合の〝遺品〟って、普通の手段では修復できなかったものってことになる筈で……。

だから。興信所から教えて貰った、〝修復課〟に依頼した人々に片っ端から連絡をとってゆき……そして、俺は、絶望した。

何ということだろう。

俺以外の遺族には……〝訳判らない状況で遺品が直ってしまったら〟、それを、〝詐欺だとも欺瞞だとも思わず……福音だと思ってしまうひとの方が……どうやら多かったみたい、なんだよね。宮里みたいに思うひとの方が、むしろ、多いんだよね。

「直ってくれて本当に嬉しい」

いや、その気持ちは判る。判りますとも。でも、変だとは思わないのか？

「たとえ変な処があったとしても、実際に、直ったんです」

だから、それが〝変〟だろうがよ。

「二度と読めないと思っていた父ちゃんの字が読めた。これ以上に嬉しいことってない。だからこんなこと、変だなんて、言えない」

だから、だから、あのね、それが、〝変〟でしょうがよっ。

「確かに〝変〟かも知れないけれど。その、〝変〟を追及して、何かいいこと、ありますか？」

……って？

「私にしてみれば、その〝変〟を追及する前に、この奇跡に感謝したいと思っております。……この気持ち、何か、〝変〟、ですか？」

……その気持ちは……確かに、〝変〟では、まったくないので。むしろ、判りすぎるくらい、判っちゃうんで。

自分は。

今までは。

瑞穂の遺族って立場を精神的な基盤にして。そして、それで、結構強い勢いで、いろんなことを追及してきた訳で。

　だから、今、逆に〝遺族の立場〟で、「そんなことを追及するな」って意見に接してしまうと。

　これはもう……何とも言い難い。

　何とも言えなくなってしまう。


　ただ。

　この〝遺族の意見〟には……〝もの凄い変〟が、あった。いくつも、あった。

　壊れてしまった〝もの〟が、カメオとかとっくりとか、物体ならば。前にもちょっと考えたように、凄腕の贋作師がいたら、それは、可能だ。(何でそんなことをやるのかは、まったく違う意味で謎なんだけれど。)

　けれど。

「二度と読めないと思っていた父ちゃんの字が読めた。これ以上に嬉しいことってない」

って！

　って、ちょっと待て、それは、何だ！

　どうやら、このひとが復元して貰ったのは、亡くなった方のノートか手帳みたいな奴らしくて……いや、ノートや手帳なら、そのもの自体の復元の偽装は、瑞穂のカップの偽装より簡単だ。けれど、中に書いてある字まで復元されているのなら……。

　これを復元する為には、子供なら親の字は、ある程度判る筈だろうから……今度は、贋作の専門家だけではなく、偽筆の専門家までもが、この会社にはいるっていう話になるのではないか？

　それも。驚くべきなのは、手帳やノートの中身だ。

　まさか、手帳やノートに、「あいうえお、かきくけこ……」って書く訳にはいかないだろうから、当然、書いてあるものには、内容がある筈。そして、遺族がその内容を見て、それに違和感を覚えないものでなければいけない。

　おそろしく強弁をしていることを承知している上で言うのだが……厳密に言えば、これは可能だ。興信所を三カ月くらい張り付ければ、遺品として残されたノートに故人が書いていて欲しいと遺族が思っている内容は、大体の処、想像がつく筈。そして、それを、亡くなった方の偽筆でやれば、この偽装は、できない訳ではない。

　けれど……それをやる意味がまったく判らないし、まして、コストがまったく釣りあわない。

　こんなことをして、そういうことをやって……それに、一体全体、どんな意味があるっていうんだ。

　しかも、〝修復課〟は、殆どお金をとっていない。修復それ自体は、どんなものの修復であろうとも、一律一万円で引き受けているらしい。「修復、一回、一万円」っていうのが、この会社のスタンダードだ。

だが。時として、感謝した遺族が、お礼としてお金を包もうとする場合もある。けれど、それは、ゆるやかに断っているらしい。中には、感激のあまり、七桁の現金を包んできた遺族もいたみたいだったが、これはもう、絶対に謝絶しているらしい。（お礼のお菓子なんかは、受け取るみたいだが。）

これでは、詐欺が発生する余地がないではないかっ！

板橋って奴がいる、この会社。

信じられない技術を持った陶芸の贋作者がいる。興信所も常備。偽筆の技術者もいる。文房具の修復師もおり、ノートや手帳を修復。勿論、偽の日記だの手記だのを作るのだ、文書制作の専門家もいる。その要請に従って、偽筆の専門家がノートや手帳を作り……いや、そのノートや手帳が、ある程度古びていないと変か、ということは、紙を古びさせる、そういう専門家もいて……。

どんな会社なんだ、これ。

あり得る……とは、思えない。

けど、ある、のだ。

だって、こんな〝欺瞞〟をやるのには、そういう組織が絶対に必要であって。

そんな〝欺瞞〟が、そんな〝詐欺〟があるということは、こういう組織は、こういう会社は、絶対に、ある、のだ。

どうしたって、ある、のだ。

……あることが信じられないのだけれど。

けれど。その前に。

何の為にあるのだ、この組織。絶対にあるに違いないこの組織……そもそも、何、なのだ？


しょうがないので、もっと直接的なこともやってみた。

板橋って男と、高井って女は、とにかく板橋区の中を歩き回っている。それはもう、おそろしい程延々と、おそろしい程長いこと、おそろしい程いつまでも、歩き回っている。

これは、多分、普通とは言い難いと思ったので……。

板橋区在住の知人に頼んで、この二人のことを、交番に届けて貰った。

「あの……この間っからね、二人のひとが……男性と、女性が、ずっと近所を歩き回っているんです。いえ、何か変なことをしているっていう訳でもないんですけれど……もう、二日も三日も、ずっとずっと歩き回っているんです。……あ、いえ、別に、近所を歩き回っていたって、それで困ることはないんですけれど……あの、何で、でしょう。何であのひと達、こんなことをしているんでしょう。……こういうことされると、何か、不安です」

　この通報自体は。まったく嘘ではない。ま、このひとは、板橋って男と高井って女を実際に目にした訳ではないので、だから、本当の処、不安に思っていた訳ではないけれど、この話を聞いた瞬間、実際に不安に思ってしまったらしい。……まあ、確かに、この二人の挙動は……話で聞いただけでも、変、ではあるので。

　だから、この通報は、嘘ではない。

　この通報の結果、板橋と高井は、板橋区の警官によって、職務質問を受けた。

　で、その時の板橋の反応が。

　もの凄く、板橋区の警官の〝警戒琴線〟に触れてしまったらしい。

　結果、この二人は、この後、板橋区の警官の〝要警戒人物〟になってしまったらしいのだが……まあ、それは、俺の知ったことじゃない訳で。

　ただ……とは言うものの。

変……すぎる。

俺が出した結論は、こう、だ。

変、すぎる。

詐欺だと思えば、ここまでコスト・パフォーマンスが悪い詐欺って、あり得ないと思う。大体、誰の何をだましているんだ。どこでどんな利益を得ているんだ。いや。

今の処は、まだ、詐欺にはいる前の雌伏期間で。これから、大いなる詐欺をやる、そんな可能性は、ある。

けれど、それがどんなものであるのかが……判らない、だけじゃない、想像できない。

じゃあ、詐欺じゃないのかと思えば……。

では、何なのだ！

思えば、この状態が、何が何だか判らない。

まさか、と、思うのだが。

　こいつらがやっていることが、〝直せないものを直す〟ってことである、という話ならば。

〝直せないもの〟。

　これに対して、俺にはちょっと考えていることがある。あの、板橋って男について、俺が調べた中で、思い当たったことがある。

　勿論、これは、〝俺が考えているだけ〟のことだ。

　けれど、俺が調べた、板橋という男には。

〝直せないもの〟をそれでも〝直したい〟、板橋という男が、そう思ってしまう……そんな可能性がある、ひとつの事実が、ある。

　いや。

　何言ってるんだろう、俺は。

　そもそも、直せないものは、直せないのだ。

瑞穂は、死んだ。
死んだ瑞穂は、もう二度と生き返らない。
これは、事実だ。
死んだ人間は、死んだまま。

直せないものは、直せないのだ。

だが。
思ってしまうことは……ある。
それがこの事態に、どう関係するのかは……判らないんだが。
板橋の、娘。
もう何年も前に、事故で死んでしまった娘。
直せないものは、直せないのだ。
けれど、どうしても、直せないものを直したいと思った場合……。
いや、関係は、ないんだろう。

これ、俺の考えすぎだと思う。

けれど、実際に板橋に……「どうしても直せないものを直したくなった場合」って要素を導入するのなら……。

いや。

これは、俺の考えすぎだってば。

考えすぎ……あるいは、なんかちょっと俺がおかしくなっていて、考えなくてもいい、変なことを考えてしまっている。

ま。

そういう話だ。

けれど……。

心のどこかで。

これが、ずっと、ずっと、俺の中では、ひっかかっている。

いや、そもそも、その前に。

この考え方は、最初が間違っている。

この考え方を直進すると、〝超能力〟がどーのこーのって考え方を認めてしまうことになりかねない、そんな気がする。

そして、それは、あり得ない。

だから、これは……。

俺、ちょっと、変になっているだけ、なんだ。

だから、忘れよう。
この変なことは。

そして、俺は、この詐欺集団の会社を、見張り続ける。

# 七章

# 板橋徹也の新しいお仕事

高井南海を、リクルートした、あの日。

高井南海のことを思うと……どうしたって、まず、気持ちがここに戻ってくる。

まあ、そもそも、ね。

高井南海を発見した時、板橋徹也は驚いたのだ。

最初に見た時。

高井南海は、歩道橋のてっぺんから転げ落ちていた。

この歩道橋には〝深い靄〟があると、板橋は了解済だったから、「あ、またあの靄にひっかかってしまったひとが発生した」と、まずは思ったのだった。だから、「そのひとをど。

助けなければ」、と。救急車を呼ばなければ、と。で、まず、救急車を要請したのだけれ

でも。高井南海は、違った。

確かに靄にひっかかって、そして歩道橋から転げ落ちたんだけれど……歩道橋の最上部から見ても判(わか)る、あきらかに足は折れていたし、どこか太い血管が破けたらしくて大出血していたにもかかわらず……どう見ても、元気だったのだ。

しかも。

気がつくと、あの〝靄〟が消えていた。

板橋が、どんなに努力しても絶対に消えなかった〝靄〟が……高井南海が歩道橋から転げ落ちた後には、見事になくなってしまっていたのだ。

最初のうちは、訳が判らなかった。とにかくスマホで119番をしたのだが、それにしても、被害者が元気すぎる。大怪我(おおけが)をして悲鳴をあげ続けているっていうのならまだ判るのだが……とっても元気に、「いったあいっ！　痛(い)て、痛て、痛てーっ！」って明るく喚(わめ)き続けている被害者って……何なんだ。その上、119番の後でよくよく見たら……何か、足、折れていないように見えてしまった。

近くに寄って話しかけてみたら、まったく普通の答。救急車を呼んだことに、むしろ戸惑っている気配。

これはもう、たったひとつの可能性しかないと思った。

この女……普通の人間では、ないのではないか？

　普通の女ではない。

　一番ありそうなのは……妖怪(ようかい)？　化け物？　ま、その、吸血鬼とか、狼男(おおかみおとこ)（いや、女に見えるんだが、ああ、狼女か）とかは、普通の人間よりはずっと頑丈に決まっている。確か、フォークロアによれば、そういう連中って、銀の弾丸だとか、十字架とか、そういう特殊なものがなきゃ、死なない筈(はず)なんだし。

　そもそもが超能力者なんだし……それに大体、もう、死んでいるような人間だ。

と、まあ、こんなことを普通に思ってしまう板橋徹也は、そもそも普通の人間ではない。いや、板橋自身は、〝まだ生きている普通の人間〟なんだが……ただ、彼には、自分が生きている意味が、すでに判らない。

　いつ死んだっていい……というか、今、自分が生きている意味が、判らない。

　けれど、まだ、生きているっていえば生きているので、「死にたいのか」って聞かれてしまったら、とりあえず否定はする。けれど、積極的に〝生きたい〟訳でも、ない。

　だからまあ、目の前にいる、歩道橋から転げ落ちた〝もの〟が、吸血鬼でも狼女でも何でもよくて、ちょっとそれに心を傾けてみたのだが……でも、よくよく見てみれば、こいつは、変だ。

　救急車を待っているこの女。反応が、まったく普通の人間に見える。

　吸血鬼とか、狼女とか、他のどんな妖怪や化け物でもいいや、そういう奴(やつ)なら、あきらかに忌避するであろう救急車を、まったく忌避する様子がない。いや、「そういうの呼ばれちゃって困る」っていう反応はしているんだが、「自分は妖怪だから医者なんかにかかってそれがばれたらまずい」って反応が、まったくない。単純に、「この程度の怪我でそんなもん呼んじゃったらいけないんでは？」って思っているように見える。

……ということは……これ、妖怪や化け物ではないのか？　あるいは、少なくとも、そういう自覚がないのか？

ちょっと面白くなった。

この反応が、よく判らないので。

板橋徹也、この女に興味を持ってしまった。

だから、救急車に同乗してみた。

だって、〝よく判らない〟この女を理解する為(ため)には、まず、この女を、自分の目の届く処(ところ)に置いておかなきゃいけないから。

そして、救急車に同乗して、病院までついていった板橋徹也、この女の医療費を立て替えてみた。ま、女がこれを無視するんなら、それはそれでいいと思っていた。ただ、どうも見た処この女、まっとうな人間みたいだったので……なら、まず、無視はしないだろう。そう思ったので。

つまり、これで、板橋とこの女には、関係ができる。

そして。

関係ができた処で。

この女に、靄を見せてみようかなって、板橋は思った。


板橋徹也は、生まれながらの人間である。妖怪でも化け物でもない。

けれど、自分の認識では、〝人外〟だ。人間ではないもの。

ま、もっと穏当な言い方をすれば、〝超能力者〟である。

けれど、板橋自身は、自分のことを〝超能力者〟であるとはまったく思っていない。

ひとではないもの。

板橋は、自分で自分のことをこう思っている。だから、〝人外〟。

何故(なぜ)ならば。

板橋は、生まれつき、〝靄〟のようなものが、その目で見えたから。そして、それによってひとの輪から弾(はじ)かれてしまった、そんな人間だったから。人間の輪から弾かれているから……だから、自分の認識では、〝人外〟。

板橋の眼(め)に見えるこの〝靄〟は、〝ただ、そこにあるもの〟だ。

板橋が生まれてから今まで、ただ、ただ、ずっと、時には板橋の視界に映り、でも、ただ、そこにあるもの。それだけのもの。そういうもの。

けれど。生まれて十年もたてば、経験則として、板橋には判る。

この〝靄〟は、板橋には眼に映るだけのものなんだけれど……他のひとには、場合によっては、違う。

この〝靄〟は、罠だ。

世界が、人間に対して巡らしている、罠。それも、かなり迂遠な、そんな〝罠〟。迂遠だから大抵のひとが気がつかない、そんな、〝罠〟。

そうとしか思えない。

何故って……時々、ひとは、この〝靄〟に、ひっかかる。そして、〝靄〟にひっかかってしまったひとは、躓いたり何だり、まあ、そんな反応を示す。そして……運が悪いと、事故が、起きる。


最初のうちは、板橋徹也、それをほわあって見ていた。ただ、見ていた。

けれど、一回、自分の知り合いがこの〝靄〟にひっかかってしまい、階段から落ちてしまい、大怪我をした時から。

自分には見える、この靄、普通のひとにはまったく見えないんだ。今まで朧げに判っていたその事実を、きっちり認識できたので。

世界に罠が張りめぐらされているのなら。それを感知できる自分が、それに対する警告を発さなければいけない。

そう思ったので、このあとしばらく、中学生になったばかりの板橋は、警告を発しまくった。

そして……その結果が……最悪。


「板橋くんって、知ってる？」

「あ、Ｂ組の」

「なんか変なこと言ってるんだって。なんでも、世界には彼にしか見えない〝靄〟ってものがあって……」

「何それ」

「それにひっかかって怪我をするひとがいるから、けど、板橋くんには、他のひとには見えないその〝靄〟が見えるから、だから、自分が注意する処には近づかないようにって……」

「……それ……板橋くん、本気で言ってるの？　なんか……すっごく間違った自己顕示欲の持ち主？」

「ん……そんな感じなのかも」

「板橋って、変だよな。なんかあいつ、自分には他のひとには見えない変なものが見えるって言ってて」

「えー、男だけど、〝霊感少女〟みたいなもの？　〝あたしは特別なのよ、だってユーレイ見えるんだもん〟、みたいな？」

「じゃなくて、もっと本気で言ってる感じなんだよな。本気で、板橋が注意した処には近づくなって言ってるような……」

「……なに、それ」

「まったく判んない」

「それって……つまり、ひとの気を惹きたいの？　そーゆーひと？」

こんな対応をしてくれるクラスメートは、まだ、いい方で。

「板橋？　あいつ、変だよ」

「なんかよく判んねーこと言ってんじゃん」

「……あんま、つきあわない方がいいかもな」

……………。

つまり、板橋がどれ程口を酸っぱくして言ったとしても……誰も、この板橋の言葉を、真面目に取り合ってはくれなかったのだ。（この時点で、板橋が苛められっ子にならなかったのは、板橋にとっては非常に不本意なことだったのだが、彼の親が日本有数の大企業の跡取りだったから。子供の世界にも、親の世界は反映している。だから、こんなバックボーンを持つ板橋を、積極的に苛めようと思う子供は、いなかったのだ。また、成績が学年トップだったことも大きいかも知れない。故に、無視。軽い無視。）

また、この場合、問題なのは、〝靄〟は、確かにいろんな事故の原因にはなるのだが……それにひっかかるひとが、かなりの少数派だったってことだ。

百人、ひとがいて。

靄を感知できるひとは板橋以外はゼロだとして、その靄にひっかかるひとも、百人のうち、一人か二人。

これでは、この〝靄〟、どんなに確かにそこにあったとしても……ひとに〝危険物〟として認知されることが、まず、ない。

そう。

大抵のひとは、そこに〝靄〟があったって、それにひっかかったりはしない。勿論（もちろん）、感知だってできない。そして、そのせいで。

これがもう、最悪の結果になった。

板橋は、「他人の興味をひきたくて、ありもしない〝靄〟だなんてことを言い出した、変な奴」っていうポジションに、気がつくと着地していたのだ。（今だったら間違いなく中二病って言われていたと思う。）

有体(ありてい)に言えば。〝苛められている〟訳ではないのだが、軽く無視されている、なんか存在自体が〝痛い〟から、誰もそれに積極的に触れない、そんな存在になってしまった。ひとの輪から、弾かれてしまった。

だから。

この時点で、板橋は、諦(あきら)めた。

どれだけ自分が〝霧〟のことを言ったとしても、聞いている方のひとが、それをまっとうなものだと受け取ってくれない。それが確定しているのなら……この〝霧〟について、むしろ、何も言わないでいる方がいい。

そう思って。かなりの時間がたって。

大学を卒業し、親の会社に就職した板橋は、〝霧〟のことを意識の端に追いやって、自分が所属することになった会社の発展に尽くした。(もともとこれは、生まれながらに板橋が継ぐことが決まっていたような会社だ。だから、その発展に尽くすことに、板橋には何の異存もなかった。)

そしてそれから、ほぼ会社の為の政略結婚だったにもかかわらず、添ってみたら愛(いと)おしくなった妻、そして、まったくそんなこと期待していなかったのに、生まれてみたら可愛(かわい)くて可愛くてしょうがない、愛しくてたまらなくなった、一人娘、その子の将来だけを考えて生きてゆくようになった。

娘が愛しくてたまらない分、会社の発展に力を尽くした。創業者の直系御曹司って立場を別にしても、三十代で、「ありえない程有能な部長」って言われる〝企業人としての自分〟を作り上げた。だって、板橋が継承することになっている会社だもの、会社が大きくなればなる程、会社内部の権力を板橋が握れば握る程、娘の将来が明るくなる筈。そう思って。

けれど。やがて。

その、板橋の一人娘が……事故で……死んだ。……ほんの……ほんの、子供の時に。

この瞬間。

板橋の息は、ほぼ、止まった。

もう〝生きている〟必要がなくなった、と、思った。

死んでもいい、と、思った。

板橋には、判っていた。

いや、何もしなくても〝見える〟んだから。そして、娘が死んだ事故が起きた時、その場所に板橋はいたのだから。だから、判った。

娘の事故には、あの〝靄〟は関係していない。

……けれど……。

〝靄〟のない処でも、事故は、起きる。運が悪ければ、起きる。

今まで考えてもみなかった、そんな事実が、身に沁みて判ってしまった。

うちの娘は、事故で、死んだ。

確かに、あそこには〝靄〟は、なかった。

そうだ。ひとは、〝靄〟がなくっても。単なる事故でも、でも、それだけで、運が悪ければ、死んでしまう存在なのだ。

とは言うものの。

ひとは、事故で死んでいい生き物なのか?

少なくとも、娘に関する限り、板橋の意見は異なる。

ひとは……理由もなく、死んではいけない。そんなことがあったら……残された人間が……まったく納得できない。

ま、ひとが死んでいい理由なんて板橋には判らないのだが、病気で死ぬのは、ある意味、しょうがない。自殺するのは、まあ、そのひとの勝手だ。殺されてしまったのなら、それは、加害者を憎みましょう。大地震や津波みたいな天災で死んでしまったのなら……それはもう、ひとが容喙できる話ではないので、諦めるしかないだろう。

けれど、単純な事故で死ぬのは……。

勿論。病気だって自殺だって殺人だって天災だって、残されたひとは納得できないだろう。けれど、とりわけ。

事故でだけは、ひとは、死んではいけない。

だって、単純な事故は……ほんのちょっと、何かの条件が違えば……そのひとは死ななくて済んだかも知れないのだ。その可能性があるのだ。娘が、この駅についたのが、あと五分遅ければ、あるいは、あと五分早ければ、娘は死ななかったかも知れない。そんな可能性があるのだ。もっと我慢できなかったのが……自分か、あるいは妻が、プラットフォームにいる間中、娘の手を握りしめていたら、それさえしていたら、娘は死ななかったかも知れないのだ。

そして、一回、そう思ってしまえば。

事故。

許せない。

そして、その時、思い出したのが、〝靄〟のことだ。

生まれた時から、見えてしまうのだから、しょうがなく考えていた〝靄〟のことだ。ある程度年がいってからは、むしろ意図的に忘れるようにしていた〝靄〟のことだ。

娘の事故は別として、〝靄〟がある処では、もっと、ずっと、事故は起こりやすいのだ。

それを経験的に、板橋は知っている。

そうだ。〝靄〟。あれがあるのなら。

そこでは、この先、死ぬひとが出るだろう。確かに可能性は低いかも知れないけれど、それでも、実際に、絶対に、いつかはそこで人死にが出るだろう。

そして。

のだ。

〝靄〟を見ることができるのは、少なくとも、自分が知っている限りでは、自分だけ、な

〝靄〟を。

あれを見ることができる自分が、それを無視してしまって……それで、本当に、いいんだろうか？

よく……ない、と、思う。

娘が事故で死んで。

それを納得できないのなら。

事故を起こす可能性がある〝靄〟、それを無視するだなんてこと……自分がやっていいのか？

この時。

板橋徹也は……ある意味、覚悟を決めたのだった。

自分は、この〝靄〟を潰(つぶ)す為に、この先の自分の人生を使うだろう。

自分は、この〝靄〟を潰す為に、この先の自分の人生を使うだろう。

それは、勿論、板橋徹也の勝手な思い。

けれど。


ひとは、事故で、死んではいけない。

いや、〝いけない〟って言ったって、事故で死ぬひとは、年間、かなりの数、いる。だから、それは不思議ではないこと。そして……それは、ある意味、防ぎきるのは不可能なこと。

けれど。板橋にとって予測不可能な事故ではなくて、板橋にとってだけ予測可能な〝靄〟関係の事故をとりあげるのなら。

もし、すべてのひとが〝靄〟を認識してくれたなら。

その場合、少なくとも、〝靄〟関係の事故で死ぬひとの数は減る。

そして、自分には、〝靄〟が見える。だから、普通のひとの輪から弾かれて、今まで、自分はただ、うちの会社を大きくすることだけを考えて生きてきた。

けれど。

会社経営にまったく意味が見いだせなくなった今。この自分に、〝靄〟が見えるのなら。そんなひとが、世界に、自分しかいないのなら？

なら、少なくとも、自分さえ努力すれば、〝靄〟関係の事故による死者を減らすことができる、そんな可能性があるのでは？

この時から。

板橋徹也は、思っていた。

自分は、この〝靄〟にすべてのひとの注意を向ける、そういう人生を歩みたい、と。娘が死んでしまった今、もう、出世も会社経営も、板橋の脳裏から消え失せていた。それまでは、人生の目標であった、この会社を更にもり立てて、自分がその会社の頂点に立つこと、そして娘にこの会社を譲ること、そんなことは、もう、どうでもよくなった。

ただ、この世から〝靄〟を無くすこと。それができたのなら。

これが、自分の。

会社経営にまったく興味を無くし、娘も亡くし……生きる意味が判らなくなった自分の……新しい仕事だ、と。

むしろ。こんな能力を持って生まれてしまったのだ、これが、これこそが、自分の〝天職〟である、と。

こんな年になった今。それでも、今。やっと、自分は、それに気がついたのだ、と。

うん。

板橋徹也の新しいお仕事、それは、この〝靄〟潰しに違いない。

けれど、この時には、その具体的な方法が、板橋徹也にはまったく判らなかった。

前にも経験している。

そこに〝靄〟があるって、他のひとに言ったとしても。

それを信じてくれるひとは、ほぼ、いないのだ。むしろ、板橋のことを莫迦にするひとばかり。(ごく稀に、板橋の言うことを信じてくれたひとは、いた。けれど、このひと達は、あくまで友情によって板橋の言うことを信じてくれているだけで、まるでお守りのように、「板橋があそこまで言っているんだから、ここに近づくのはやめよう」って方法をとるだけで、それ以上のことをしてはくれなかった。……まあ、これだけであっても、そのひと達が事故に遇う確率は減るのだから、板橋にしてみたら、これは嬉しいことではあったのだけれど。けど、こういう事例がいくつかあっても……それは、板橋の目的にとって、あんまり意味がないってことになる。)

実際に。娘を亡くした直後に、知人友人に片っ端から〝靄〟の話をした処、板橋は、心療内科や精神科のドクターの名刺を貰いまくるという羽目に陥る。

また。

〝靄〟の撲滅を自分の心の中で決意した時から、板橋はまったく別な努力もしてみた。この〝靄〟を……何とか自分で潰すことができないか、と。

まず、板橋は、〝靄〟の前で、お経を唱えてみた。（板橋は、何の宗教にも帰依していなかったので、とりあえず、祖母の法事で配られていた浄土真宗のしおりを入手、そこに書いてあるお経を、片っ端から〝靄〟の前で読み上げてみたのだ。）けれど、〝靄〟は、なんの反応もしなかった。

それから、十字架を〝靄〟がある位置に置いてみた。どのくらいで効果がでるのか判らなかったから、十日くらいそこに十字架を放置してみた。けれど、〝靄〟は、なんの反応もしなかった。

ついで、教会に行き、頼んで聖水を貰い、それを〝靄〟にかけてみた。けれど、〝靄〟は、何の反応もしなかった。

それから、〝靄〟がある処に、塩を盛ってみた。けれど、〝靄〟は何の反応もしなかった。

あるいは。これは、自分が何の信仰も持っていないせいではないのか、板橋は、そんなことまで思った。だから、非常にお金がかかったのだが……〝靄〟がある土地を、買ってみた。そして、そこに家を建てるという名目で、神主さんに地鎮祭をお願いした。勿論、地鎮祭の中心には、〝靄〟がある。けれど、〝靄〟は、神主さんの祝詞(のりと)に対して、何の反応もしなかった。

ここまでやってみて。

……成程(なるほど)。

自分には、この〝靄〟を消滅させることはできない。

とても口惜(くや)しかったのだが、板橋としては、そう納得するしか、なかった。

というか、この〝靄〟、あくまで自然現象としてそこにあるんだから、人為で消滅させることは、無理なのでは？

そんな時に。

板橋徹也は、高井南海を発見したのだ。

彼女が何をしたのか判らない。

というか、彼女自身、どうやら〝靄〟をまったく認識していないのだ、だから、多分、彼女は何もしていないのだろう。

けれど、彼女が歩道橋から転げ落ちたあと……あの、〝深い靄〟は消えていたのだ。

今まで、板橋がどんなに努力してもできなかったこと。

あの〝靄〟を消すこと。

それが……この女には、できるのかも知れない。

実際に、接触してみて。

驚いた。

高井南海は、〝靄〟のことなんてまったく知らなかった。

また。

彼女の今までの人生の話を聞いた時……まったく別の意味で、驚いたのだ、板橋は。

自分の娘は、事故で死んだ。

それを思えば。

高井南海という女は、今までの人生で、それはそれは多くの事故にあってきたらしいのだ。階段から落ちる。溝につっこむ。転んではいろんなものにぶつかる。坂道から転げ落ちる。

なのに、生きている。本当に元気だ。

中でも一番驚いたのは、彼女の高校時代の階段のこと。

なんと、彼女の言うことを信じるのなら、この女、高校時代、ほぼ、毎日のように、自宅の階段から落ちていたのだそうだ。

ま、その階段がどういうものか判らないけれど。

普通の人間が、普通、毎日のように、階段から落ちることなんて、あるのか？

その前に。

そんな人生を繰り返していて、彼女が未だに元気でいる、そんなことが、あるのか？

事故で、娘を失った板橋だからこそ、思う。

事故にあっても、幸運にも助かる人間はいる。階段のてっぺんから落ちたって、まったく無傷で何の怪我もしないひとも、いる。確かにそういう人間はいるのだ。いや、むしろ、そういうひとの方が多数派かも知れない。

けれど。場合によっては。階段のてっぺんから落ちるだなんてことがあれば、そのあと、不幸な連鎖があり、ひとは死んでしまったり大怪我を負ったりするのだ。いや、下手したら、階段のほんの上り始め、五段目くらいから落ちても、打ち所によっては死んでしまうひとはいるのだ。

そして、また。

高井を襲った事故が一回きりだったのなら……まあ、偶然、高井は〝幸運〟に恵まれた、そう思うことはできるだろう。けれど……何回も何回も事故が起きたのならば……不幸の連鎖が、一回もないのは、変だ。

だが。

高井南海の場合、そういう不幸の連鎖は起こらなかったらしい。

一回や二回なら、それは納得できる。

けれど、高井の話を信じるのなら、高井は、高校入学以来、ほぼ、毎日のように階段から落ちていたって言うのだ。

まあ、毎日っていうのが誇張だとしても。一年は三百六十五日、あるのだ。と言うことは、話半分以下として、高井が階段から落ちたのは、一年に百五十回くらい？　話三分の一でも、百回？


ひとが。

百回も、百五十回も、階段から落ちたとして……そして、まったく無傷っていうのは……これは、確率として、あり得る話……なんだろうか。

……ない……ような……気が……する。（いや、そもそも、ひとは、年間百五十回も、階段から落ちるのか、そんな疑問が、まず、あるのだが。）

何なんだ。

まず、思ったのが、これ。

この、高井南海って女。

これは一体、何なんだ！

そして、実際。

高井南海を連れて、〝靄〟を回ってみた処。

彼女は、どの〝靄〟も、見ることはできなかった。まったく認識できていないように思える。

でもっ！　だがっ！

念の為に、「そこに〝靄〟があるから」ってことを強調して、高井南海を〝靄〟の前に出してみたら……高井は、見事にその〝靄〟にひっかかり、つんのめりそうになり、あらかじめそれを予測していた板橋がすぐに腕を摑んだ為、転びもせずまったく無傷だったのだが……確実に、その〝靄〟に、ひっかかってはいたのだ。

そして。高井が〝靄〟にひっかかったと思ったら……何故か。その〝靄〟は、消えた。消えていた。

そこにあったのはそう大きな〝靄〟ではなかったのだが。それでも、板橋が今まで、どんなに苦労しても努力しても消せなかった〝靄〟、それがあきらかに消失していたのだ！

〝靄〟が消えたことと、高井南海の関連性は、板橋には判らない。

けれど、何か関連があるに違いないって板橋は思った。

高井と一緒に何回か〝靄〟に遭遇してみて、板橋は仮説をたてた。

〝靄〟。

この世の中で、見ることができるのは、今まで彼が知っている限りでは、板橋ひとりだ。そして、百人ひとがいたとしても、ひっかかるのは一人か二人。けれど……おそろしいことに、高井南海は、すべての〝靄〟に必ずひっかかってしまうのだ。これはもう、どんなに小さな〝靄〟でも、薄くって、そこにあるのかどうか、板橋にも断言ができないような〝靄〟であっても、高井南海はひっかかる。

そして。一回、高井南海が〝靄〟にひっかかると……その時、高井南海が、その〝靄〟を引っ張るような動作をすれば……不思議なことに、その〝靄〟は、消える。（いや、高井南海自身は、自分が〝靄〟を引っ張っているとはまったく思っていないだろう。けれど、〝靄〟の中で、高井がじたばたすれば、それは必然的に〝靄〟を引っ張ったり何だりしているっていう話になる。）

試してみたのは、ほんの三つか四つの〝靄〟だったのだが、その〝靄〟は、すべて、消えた。

こうなると。

板橋のたてた仮説は、こう、だ。

板橋が〝靄〟を見ることができる超能力者だとすると、高井南海は、「〝靄〟を認識はできないんだけれど、でも、何故か、物理的に絶対にその〝靄〟にひっかかってしまう」超能力者。いや、言葉にしてしまうと、確かにこんな不幸な超能力者はまたといないと思われるので……御愁傷様ですって言いたくなるのだが……でも、そうとしか思えない。それに、百パーセント、〝靄〟にひっかかってしまうのだから、これはもう、あの〝靄〟を、高井南海の〝理性〟や〝心〟は意識していないにせよ、高井南海の〝体〟は、間違いなく、〝物理的に〟その〝靄〟を認識している。

うん……高井南海の心は、意識は、確かにあの〝靄〟のことを知らないのかも知れない。いや、知らないんだろう。けれど、高井南海の肉体は、あきらかに〝靄〟に対応している。だから、絶対に〝靄〟にひっかかるのだし……だから、〝靄〟に、何か物理的な力を及ぼすことができるのだ。

そうだ。高井南海がひっかかった〝靄〟は、消えるのだ。いや、ひっかかっただけでは駄目か、ひっかかった後、引っ張るような動作をすれば――高井南海は何も判らず手を動かしているだけなのだが、この動作は、板橋の眼で見れば、〝靄〟を引っ張っているようなものに見えた――、この〝靄〟は、消えるのだ。

ということは……高井南海は、どういう理屈があるんだかまったく判らないんだが……この〝靄〟に、〝物理的にひっかかり〟、そして、何か、〝物理的な作用を与えることができる〟、そんな〝超能力者〟ではないのか？

それに。

こう考えると納得ができることがある。

それまでの高井南海の人生。何もない処で、しょっちゅうこけて、蹴躓(けつまず)いて、階段から落ちる人生。これ、彼女が〝靄〟に必ずひっかかってしまう超能力者なら、こうなって当然のものではないのか？　――これを思うと、板橋、彼女についてもう一回、心から、「本当に御愁傷様です……」としか言いようがない気持ちになったのだが――。

ただ。

高井南海の人生については、「本当に御愁傷様です」としか言いようがないのだが、彼女の存在は。あるいは、彼女のまわりで日常生活を営んでいるすべてのひとにとって、福音ではなかったのか？

彼女は、そこにあるのなら、すべての〝靄〟に必ずひっかかる。そして……彼女がひっかかった〝靄〟は、〝靄〟の中で彼女が動けば、消えてしまうのだ。

ということは、彼女がいてくれれば、彼女のそばで日常生活をおくっているひと達、彼女が転べば転ぶ程、躓けば躓く程、階段から落ちれば落ちる程、日常生活で事故にあう可能性が減ってゆく。

と、まあ、こんな仮説を、板橋は、考えるようになった。

また。もうひとつ、板橋がひっかかったことがあった。

歩道橋のてっぺんから転がり落ちたにもかかわらず……高井南海には、まったく怪我は、なかったのだ。少なくとも、救急搬送された病院では、そう言っている。(高井は、この程度の怪我で救急搬送を要請するな、とまで、暗に言われたらしい。)

これは、あり得ないことだと思う。

そもそも板橋は、あり得ない方に向いてしまった高井の足を見ている。(ただ、119番を終えた頃には、高井の足はまっすぐになっていたのだが。)実際に血溜まりもあった。あの出血状況……間違いなく、高井南海の、どこかのある程度大きな血管は、破れていた筈。ということは、高井南海、あの時には絶対、救急車が必要な状態に陥っていた筈なのだ。というか、ほっとけば、高井南海は、あの時に死んでいて、当然だったのだ。

なのに。この状況で、高井がまったく怪我をしていないだなんてこと、あっていい訳がない。

けれど。実際に、高井は、何の怪我もしていなかったのだ。

……これ、は。

ここで、板橋、ふっと想像を飛ばしてみた。

絶対に、あり得ない状況で、無傷の、高井。

これは。

高井には……確かに彼女、吸血鬼でも狼女でもないんだけれど……でも、吸血鬼や狼女のような特長があるのではないか？　そう、人外の治癒能力、異常に高い治癒能力がある、とか……あるいは……もっと言ってしまえば、その。傷を、自分で治せる、とか。

そして、高井南海が、吸血鬼でも狼女でもないのなら……あるいは、それは、〝靄〟に関係した能力……なの、かな？

最初のうちは、板橋、これを心の中で笑っていた。いや、だって、そんなこと、ある訳がないだろう。

そもそも、高井は、どうやら〝靄〟が判っていないらしいのに、なのに、〝靄〟に関係した能力だなんて、無理というか、その前によく判らない。

彼女の話を信じるのなら、彼女が怪我をした時、『痛いの痛いのとんでけー』って言いさえすれば、そして、患部を撫ぜさえすれば、それで、彼女の怪我は治ってしまうらしいのだが……そんなことって、信じられない。

でも。

あくまで念の為に、板橋は、高井に、事故で壊れてしまった、娘のぬいぐるみのペルの残骸を渡してみた。（まさか、高井に怪我をさせてみて、それを治す処を見るっていう実験は……実の処、これをやるのが一番よいとは思っていたのだったが、人道的な意味で、やることができなかった。うん、万一、高井が自分の怪我を治せなかったら、これはどんなに酷い実験なんだよ。）

そうしたら。

〝靄〟の中で。

彼女はそれを修復してしまったのだ！

瞬時。

息が、止まるかと思った。

治せるのか！　ペルがっ！　直るのか、ペルがっ！

直った、ペルっ！

この瞬間。

多分、板橋徹也の息は止まった。ま、止まったままでいると、板橋徹也、死んでしまうので、それはすぐに回復したんだが。

その後。

板橋徹也は、静岡にある高井家に行ってみる。そこで、巨大、かつ、今までに見た中でも、最高最悪最大の〝靄〟を目にする。

リフォームされて、今では吹き抜けになった一階のリビング。その、上の方に……。

漂っている、〝靄〟。

いや、漂っているなんてものじゃない……おそろしい程、存在を主張している……そんな、〝靄〟。

以前は、ここに階段があったんだと言う。

それが板橋には信じられない。

もし、この〝靄〟がある処に、階段があったのなら。

そりゃ、ひとは落ちるだろう。落ちまくる。確かに普通の〝靄〟にひっかかるひとは、百人に一人か二人なんだが…… 〝靄〟が大きくなればなる程、色が濃くなればなる程、ひっかかるひとの数は増える。経験的に、板橋はそれを知っている。なら……この〝靄〟なら……百人に五人くらいは、ひっかかるのではないか? そして、こんな処に階段があったのなら、人死にが出ていない方がおかしい。(高井が、あまりにもひたすら、この階段から落ちまくったので、この階段には手すりがつき、下にはムートンが敷かれ、ひとが階段から落ちないよう滑り止めが階段の端に接着され……その他、ひとが落ちた時の被害が最小になるよういろんなことが施されたっていう事実を板橋は聞いてはいたのだが……だが、そんなことで何とかなるような〝靄〟だとは思えなかった。)

何なんだこの〝靄〟。

こんなに大きくてこんなに深い〝靄〟なんて……今までの人生で、板橋は見たことがなかった。

だから思う。

「……こんな大きな〝靄〟……よく……」

よく。

よくも、この〝靄〟があるような家で。こんな〝靄〟が階段にある家で。

高井、南海さんって言ったっけか、このひと、よく……よく、今まで生きてくることができたよな。

この瞬間。

おそらくは板橋徹也、高井南海を、「高井なんとかっていう女」って抽象概念ではなく、高井南海というひとりの人間として、認識したのだ。

この女……いや、この、ひと。

よく。

よくも、二十歳(はたち)を超えるこの年まで、無事に生きてくることができたもんだ。

だって。

ここまでに凄(すご)い〝靄〟なら、これはもう、誰でも、何百回も往復を繰り返していれば、いつかひっかかってしまうような気がする。

高井さんが、高校生の時、この〝靄〟がある処に階段があったのなら。

何で彼女、今も生きているんだ？

毎日落ち続けていたって、そりゃ、当然だろう。

どう考えても、こんな〝靄〟があったら、そりゃ、ひとは落ちる。

それ程の〝靄〟だ。

なのに、何で、高井さんはまだ生きているんだ？

この状況を納得する為には。

ここに、別の要素を投入するしかないと思う。

その……すなわち……。

高井南海には、普通のひとが知らないような、特殊な自己回復手段がある、そんな要素を。先刻まで、思ってはいたけれど、でも、信じかねていた、そんな要素を。

……「痛いの痛いのとんでけー」って……ほんとに、少なくとも高井さんにとっては……魔法の言葉、だったのか？


そして。

また実際に。

思い出す。

高井さんは、ペルを直してしまった。

そうだ。
ここまでは、納得済、実証済のことだったのだ。
で。
気がつくと。
板橋徹也は、高井南海の母親に、自分の名刺を差し出していた。そして、言っていた。
「お嬢さんには他にない才能があるので、是非、弊社にリクルートしたいと」
いや、ほんとに。
是非、リクルートしたいと思ったのだ、板橋徹也。
そして。
今に、至るのだが。

実際にリクルートして、高井南海が自分の部下になってみたら。
驚くべきことに、高井さんは、本当に、どんな〝靄〟でも破壊できたのだ。（……これはまあ……別の言い方をすれば、「ほんとにどんな〝靄〟でも必ずひっかかってしまう」

という話でもあったので……またまた板橋、彼女に対して、「ほんとにほんとに心から御愁傷様です……」って思いを抱くことになったのだが。）

そして、〝靄〟にひっかかった時に、彼女が手を振り回しさえすれば、すべての〝靄〟が粉砕されてしまったのだ。

これが判った瞬間、どれ程、板橋徹也は驚いたことだろう。

……いや。

最初に彼女が階段から落ちた処を見た時から、板橋、それを期待していた。だって、あの歩道橋の〝靄〟が、彼女が落ちたあと、消えていたのだもの。

その後、何回か〝靄〟を見て歩いた処で、それに納得もしていた。確かに高井さんは、ひっぱることによって〝靄〟を消すことができるのだ。

けれど。まさか、百パーセント、とはっ！

期待がとっても大きかったから、むしろ、板橋は、高井南海はそんなことできないって思いこもうとしていたのだ。いや、そう思わなければ、あまりにも期待が大きすぎて、高井さんがその期待にそぐわなかった時、あまりにも失望が大きくなりそうで。

だから、高井南海と、二人で、それまで板橋が見つけた〝靄〟を破壊して歩いた時は、板橋にとって、本当に至福の時間だったのだ。

……本当に。

本当に、破壊が……できるのだ、高井さんは。あの〝靄〟を。

彼女の能力がどんなものであるのか、仮説はたててみたものの、それを実証する術なんてまるでないので、だから、それは、未だに板橋には判らない。

その後の、二人で練馬区を歩いた経験からすれば、高井さんはまず完全にあの〝靄〟にひっかかってしまう、それは確かだし、「痛いの痛いのとんでけー」をやれば、〝靄〟の中で自分の怪我を、そしてその他のものをも治してしまう、それも判っているんだが、結局、それがどういう能力なのかは、判らない。

それと。

もうひとつ、絶対的に判らないことがある。

高井さんの実家にあった……昔階段があった処の……あの、〝靄〟。

板橋が今まで見た中で、最悪に大きな、最低に困ったものである、最も「まずい」って思った、最凶の、あの、〝靄〟。

高井さんと、しばらく同行してみて判った。

高井南海は、そこに〝靄〟があった場合、そのすべての〝靄〟に必ずひっかかってしまう超能力者であり、彼女がひっかかった〝靄〟は、彼女がひっかかった時にそれをひっぱってしまえば、すべて消えてしまうのである。

そういう意味で言えば。

彼女の実家に残っていた、あの、〝靄〟。

あれはおかしい。

あんなにはっきりしている、あんなに大きな〝靄〟だ。

勿論彼女はあれにひっかかっただろう。うん、実際……毎日のように、あの階段から転げ落ちたって、彼女は言っていた。

なら。

彼女は、年に三百回も（いや、高校時代だから三年あるか、ということは千回近くも、いや、ひとは階段を一日に一回上る訳ではない、普通、上ったら下りるだろう、家の階段なら一日何回も上ったり下りたりするだろう、それを考えればもっと……あの〝靄〟に、触れている筈、なのだ）、あの〝靄〟に、ひっかかっている。まあ、偶然、ひっかかってもそれをひっぱらないひっかかり方をしたことも、あるだろう。けれど、それが、何百回とか何千回ってオーダーであったのなら……。

高井さんは、絶対に、あの〝靄〟にひっかかっていた筈なのだ。そして、ひっぱっていた、筈なのだ。

……なのに……何故、未だに残っているのだ、あの、〝靄〟。

触れてひっぱってしまえば、確実に〝靄〟を破壊することができる超能力者の高井南海が、何度も何度も触れたっていうのに、何回も何回も、あの階段から高井南海は転げ落ちたっていうのに……なのに、何だって残っているのだ、あの〝靄〟。

高井南海の実家に行って、あの〝靄〟を発見した時から。

実は、板橋徹也には、これが不思議でしょうがなかった。

同時に。


どきん……と、した。

ちょっと、驚いてしまったのだ。

いや。

可能性を思いついてしまって……そして、その可能性に驚いて、そして、どきんとしてしまったのだ。

どきん。

これは……あるいは？

この〝靄〟が残っているのは……あるいは？

高井南海は復元ができる。

ほんの破片でも、それがあれば、元の形が何であるのか判らなくとも、高井南海は、その復元ができる。

この辺の処は、高井南海が自分の部下になってから、順番に実験してみた。実際に、試してみた。

高井南海がやっている、「痛いの痛いのとんでけー」は、おそろしいことに、高井南海本人がまったく状況を理解していなくても、それでもちゃんと機能する。

修復課に寄せられている案件、これは、かなりの部分、板橋が勝手に判断できるものであり……そして、ここの処しばらく、板橋はまったく勝手に、修復するものを選んでいた。だから、高井さんを試すようなもの、そういうものを選んで、それを高井さんに渡していた。

例えばほんの数パーセントしか現存していないものでも、もとの形を高井さんが認識していないものであっても、それでも復元はできるのか。

例えばとっくりとぐい飲みとか、まったく違う、でも、同時に同じ処で作られた、同じにしか見えない破片が二種類あった時、その個別復元ができるのか。

で。試してみた処。

高井さんは、本人が知らないまま、この区別がつくらしい。いや、高井さんに、区別がついているのかどうかは、判らない。（というか、多分、高井さん本人は、この二つの破片の区別がついていない。）

けれど、彼女の特殊能力の（これを特殊能力って言っていいのかどうか、未だに板橋はかなり悩んでいるのだが）「痛いの痛いのとんでけー」は、これの区別が、ついているらしいのだ。少なくとも、復元結果は、そういうものになっていた。

なら。

……なら？

高井さんの実家に。

高井さんが引っ張っても何故か消滅しない、でも、今まで板橋が見たことがないような、巨大で深い〝靄〟があるのなら……なら、ここでは。

復元が、できるのでは……ない、のか？

その……。

あの……。

板橋徹也が思っているのは……。

多分、最初から、たったひとつのことだ。


いや。

最初は、こんなこと、思ってはいなかった。

いや。厳密に言うのなら……板橋は、意識しては、思ってはいなかった。頭で考えて、そんなことを思ったことはない、そう、断言できる。

けれど。

どうやら、板橋の無意識は……最初っから、高井南海に逢った時から……この可能性を、考えていた……らしい。今になってみたら、そんなことが……なんだか、判ったような気がする。


板橋が、自分の意識外で考えていた、たったひとつのこと。

超常的な理由で。

超能力として。

壊れてしまったものが、直るのなら。

なら。

なら、直ってもいいのではないのか？

なら、治ってもいいのではないのか？

その……死んでしまった、もの、が。

たとえば、その……うちの、娘が。


これはやってはいけないことだ。

思った瞬間、板橋徹也は、自分の思いを否定する。

うん、これは、思ってはいけないことだ。

理由は、判らない。

ただ。

死んでしまった娘を生き返らせる……そう思った瞬間、生理的に、〝これはやってはいけないことだ〟って思いが、押し寄せてきてしまったのも、事実。

だが。

壊れてしまったカップを直していいのなら、壊れてしまったうちの娘も、治していいんじゃないかって気が、どこかで、している。

そして。言い方は悪いが、娘の〝部品〟は、あるのだ。今までの例で、高井南海は、ほんの数パーセントであっても、部品さえあれば、それを復元できることが判っている。そして、お墓の中にある、娘の遺骨は……間違いなく、娘の体の、部品。それも、数パーセント以上はある筈。

また。

高井南海は、二つの、区別できないようなものが混在している場合でも、その二つを分けて、ちゃんと二つのものにできる、ということも、判った。

娘の骨壺（こつつぼ）の中には、当たり前だが、娘の遺骨だけがはいっている（……筈、だ）。だが。娘の柩（ひつぎ）を燃やす時、同時に、板橋は、娘が好きだった本やDVDやCDなんかもお棺にいれた。ペルはおいといて、娘が愛したぬいぐるみだって、いれた。あの時は、こんなことになるだなんて思っていなかったから、あの世で娘が楽しめるかも知れないもの、娘を癒（いや）してくれるもの、そのすべてをいれて、お棺に蓋（ふた）をしたのだった。同時に、生花だって、おもうさま、いれた。娘の顔を彩るように、いろんな花を、娘の顔のまわりにいれた。首から折られたスイトピーの花の中に眠る娘の顔は……本当に美しかったと、今でも板橋は思っている。そして、それを思い出すと、未だに泣きそうになってしまう。

だから。

骨揚げをした時、灰の中には、実はいろんなものが混ざっていた筈。

勿論、骨揚げの時に、娘の骨以外は、オミットされている筈だ。余計なものを無視して、ただ、お骨だけを骨壺の中にいれる、それが〝骨揚げ〟だ。

けれど。どんなにそれをやろうとしても……余計なものが、混ざっている可能性は、ある。

そうだ。娘の骨壺の中には、あるいは、娘の骨、それ以外のものがはいっている可能性は……ない訳では、ない。できるだけ細心の注意を払って、そういうことがないようにした筈なんだけれど、世の中に、〝絶対〟ということは、ない。

これが、一番、怖かった。

昔のSF映画で、ひとを転送する機械の話があった。そして、そのひとを転送しようとした時、そこにハエが紛れこんでしまい、結果として、転送されたひとは〝ハエ男〟になった、そんな奴があった。

最悪の結果として、DVD娘やぬいぐるみ娘や生花娘ができてしまうことが、板橋は、一番、怖かった。だから、実験してみた。

そして、やってみたら。

高井南海の、『痛いの痛いのとんでけー』は、まったく同じとしか思えない、二つの陶器の破片を、区別したのだ。事前の情報がまったくなかったにもかかわらず。

と、ここまで。

事前準備をやっていたにもかかわらず……ここの段階で、板橋徹也は、考え込んでしまう。

……と……いう、か。

多分、板橋徹也は、この段階に至って……娘の復元を、やっていいのかどうか、初めて本当に判らなくなったのだと思う。

今までは。

結果も判らず、ただ、ただ、実験をしていただけだったのだ、板橋徹也。ただ、可能性の追求をしていただけ、だったのだ。そこまでのことは……具体的なこと、何も考えなくても、できたのだ。

けれど……この局面まで来てしまえば。実験で、可能性が判ってしまったのなら。それが実証されてしまったのなら……。

〝実験〟の後に、〝実践〟ができる。

その段階に……なってしまった。

そうしたら。


本当に。

この段階まで来て、やっと、板橋徹也は思ったのだ。


死者を生き返らせるだなんてこと、これは人間がやっていいことだとは思えない。

板橋には何の信仰もなかったんだけれど……それでも、〝死者を生き返らせる〟っていう言葉には、何か、生理的な拒否感を覚えさせる感覚がある。

それはおそらく、「そんなことを神ならぬひとがやっていいのか」って問題も含まれるのだが、「そんな大自然の摂理に反するようなこと、ひとがやっていいのか」って感覚も含まれるのだが……それ以上に。

そんなこと。

死んだ、愛しいひとを生き返らせたい。

そんなこと、今まで生きてきた、すべてのひとが、ほぼ確実に思ったことであろうという事実。

そして、それをやったひとは、今までにいなかったっていう事実。（いや、やったことがあるひとは、今まで沢山いたに違いない。けれど、それに成功したひとの話を、寡聞にして板橋は知らない。)

そして……そんなことは……そんなことは……。

……やって……いいのか?

いや、よくは、ない。

いや、よくはないのなら、その根拠は?

ない。

ただ、自分が、何故か、〝そんなことやっちゃいけない〟って思っているっていうこと、だけ。

なら、やってもいいのでは?

いや、駄目な気が……する。

何故だ。

理由は判らない。

なら、やってもいいんではないのか?

いや、駄目だと思う。

何で。

いや、その理由は、判らないってば。

なら、やってもいいだろう?

駄目、だ、と思う。

だから、何で。

その理由は判らないってば。

……こんな堂々巡りの果て。

結果として板橋は……本当に判らなくなったのである……。

# 八章　板橋徹也の苦悩

死んでしまった娘の体を治す。

……言い換えれば……〝娘を生き返らせる〟。

それを思いついた瞬間から、心のどこかで、板橋徹也は思っていた。

まして。それが〝可能〟かも知れないってことに気がついてしまってからは……これはもう、〝心のどこか〟で、ではない、心全体で。板橋徹也は、思ってしまった。

娘を、生き返らせたい。

ただ。同時に板橋、思ってもいた。

これは。

これだけは、やってはいけないことなんだって。

ただ。

どう考えてみても……その理由が、判らない。

親の形見のとっくりが直っていいのなら、世界にたったひとつしかない婚約者が作ったカップが直っていいのなら、自分の娘、その体が治って悪い理由は、まったくないとしか思えない。


いや。話を戻そう。

板橋徹也、できるだけ理性的になろうとする。

そうだ。

最初は、自分は、〝すべての靄を潰す〟、それを目標にしていた筈だったのだ。そういうつもりで、いろんなことを考えていて……。

でも。

板橋の理性は知らないけれど、板橋の本能は。

高井南海を知った時から、どこかで、板橋の意識ではない、本能は、これを感知していたに違いない。

娘を……生き返らせることができる、そんな可能性を。

ああ。これ考えだすと、また、理性がどっかいっちまう。

だからもっと理性的に……。

そうだ。

ちょっとでも理性的に考えれば……〝娘を生き返らせる〟、これ、問題、てんこ盛りなんである。


というのは。

まず、板橋の〝望み〟視点から話をすると。

この後、娘の復元をする前に、板橋には、絶対に確認しなければいけないことがあった。

それって……遺骨を復元した場合、それは生きたものになるのかどうか、という、板橋にとって最も根源的であり、絶対に知らなければいけないことであり……でも、知るのが、とても、怖いこと。

そうだ。

遺骨を元にして、死んだ生き物の復元を高井さんに頼んだ場合……そこには、とんでもなく酷いことになる、そんな可能性がある。

確かに、その遺骨の元になった、死んだ生き物は復元できるかも知れない、死んだ生き物が直るかも知れない、けれど、その生き物が……生きてはいない可能性だ。

鉄道事故で死んだ娘の遺体は、ずたずたになっていた。

そして、それが……綺麗な、完全に揃っている〝娘の遺体〟になったとして……そういう復元がなされたとして……そういう意味で、娘の遺体が〝直った〟として……それは、まったく、板橋にとっては嬉しくはない。

板橋にしてみたら。別に、娘の遺体の完全な復元をしたい訳ではまったくない。むしろ。そんな〝もの〟ができてしまったら、そのあと困ってしまう。

娘の完全な遺体なんかまったく欲しくはないのだが、もし、それがあったなら。板橋、娘の完全な遺体を捨てる訳にもいかないし——いや、捨てるだなんて問題外だ——、かといって、放ってはおけない。勿論、もう一回火葬して遺骨に戻すこともできない。（火葬許可証ってものが必要なんである。いや、その前に、娘の遺体をもう一回燃やす？　んなこと、容認できる訳がない。）

けれど……それを、一体全体、どうしろって言うのだ。綺麗な娘の遺体と、この先ずっと、どうつきあってゆけばいいというのだ。それに、その遺体がまた腐り始めても困るし……いや、完全に修復された遺体なら、あるいは腐らないかも、でも、繰り返すが、それをどうしろと言うのだ。

永遠に腐らない娘の遺体が、自分の家にある。確かに、もし、そんなことになったのなら……板橋は、娘の遺体を愛するだろう。丁寧に扱って、時には髪を撫ぜ、髪を梳り、話しかける。仏壇の遺影や位牌(いはい)に話しかけるのより、それはずっと板橋の心を癒(いや)すかも知れない。

けれど……板橋がしたいのは〝そういうこと〟ではないのであって——それは、〝死体愛好症〟とか、まったく違う話になってしまいそうだ——、板橋の本意ではない。けれど、もし、ここに完全な娘の遺体があったのなら、自分がそれを何より大切にしてしまうだろうことは判っている、間違いなく自分はそうするんだろうけれど……だが、そんなことをやりたい訳ではなくて……。

それに大体、仏壇の位牌や遺影と違って、〝娘の遺体〟は、他の人間には絶対に見せてはいけないものになる。(だって、家に腐らない死体がずっとあるって……それ、どんな状況なんだ。)ということは、これ、隠さなきゃいけないって話になる。かといって、まさか、最愛の娘の遺体を箱か何かにいれて押し入れに隠すだなんて、そんな娘に対して酷い扱いはできない。

ちゃんと一室を与えて、娘の部屋を作って、でも、それは他人には絶対に知られてはいけない部屋。家の中に〝開かずの間〟を作り、それをひとの目から隠し……って、そんな部屋が家にあったら、それを一体どうしたら……。

ああ、何か話が循環している。この状況を想像しただけで、板橋は頭を抱えたくなった。

そうなのだ。

板橋が欲しいのは、〝命〟だ。

物体として完全に元に戻った娘の体ではない、そこに宿っている、〝命〟だ。

だが……こうなると……。


ここで問題になるのは、「そもそも〝命〟って何なのか」っていう話になると思う。

形が、肉体が、見事に復元されたとして……そこに宿っている〝命〟って、何なんだ。

肉体のすべてが完全に修復されたとする。体も内臓も生理機構もすべて治っていたとする。物理的な話として、復元された人間は、呼吸をして代謝をして、自分の生理機能を維持できる、かも知れない。

けれど……それでも、そこに、〝命〟がなかったら……その肉体は、まったく健常であったとしても……〝生きてはいない〟、の、かも知れない。

そもそも。

生物学者でも何でもない板橋には、〝命〟って何であるのかが、判らない。いや……こういうものを考察するのは、生物学者の仕事ではないような気がする。むしろ、哲学とか、宗教の範疇(はんちゅう)か？

板橋は、そのどちらの専門家でもなかったので……〝命〟って何なのだかが、やはり、まったく判らない。

それにまた。

遺体の復元になってしまったのなら……まだ、いいのだ。綺麗な遺体がそこにあってくれたのなら……まだ、いいのだ。

遺体の復元にすらならなかったのなら……。

復元された娘は、下手すりゃ、映画のゾンビみたいなものになるかも知れない。勿論、生者を襲って、嚙みついたらそれをゾンビにする、そういう化け物になるとは思わないのだが（そもそも、何故、映画のゾンビは、生きているものを襲ってそれをゾンビにするんだろう？　生き返った死者は、ただ、ぼんやりと〝生き返ったけれど死んでいる〟、そんな状態になるんじゃないかと板橋は思う。ひとを襲って、襲われたひとがゾンビになるって、あんた、それは、伝染病のメタファーなのか？　そうとしか、板橋には、思えなかった）、死んでいる、それでも死体としてではなく〝生体〟として復元された娘が……そもそも動こうと思わないから動けないし、普通の意味では生きていないし……にもかかわらず、生きていたのなら。

生命活動はすべて、している。だから、生物としては、〝生きている〟。

けれど。

それは〝生命活動〟をしているだけで、そこに、娘の、〝こころ〟がなかったのなら。

こんなに怖いことはない、と、板橋は思った。

その時、娘は一体何を思うのか？　いや、〝こころ〟がないのなら。娘は、何も思わないかもしれない。いや、むしろ、何も思わないだろう。

けれど。

これを考えた瞬間、「こんな事態だけはあってはいけない」って、板橋は思った。

だって。

すでに〝生きていない〟のに、〝無理矢理生かされてしまったうちの娘の体〟。生きているから、呼吸もしているし、視線はあちらこちらに動く。けれど、すでに生きていないから、〝こころ〟がないから、最早(もはや)この娘は、生きている他の人間にコミットすることができない。下手すれば、体が、動かないかも知れない。物理的に動けるとしても、〝動こう〟という意志がないから、動けないかも知れない。

でも。生きているのだ、娘自体は。

なのに、何もできない。

万一。

いや、億が一にでも。

もしも娘がこんなことになる可能性があるかも知れないと思ったら……これだけは、できないと思った、板橋。(それに。〝動かない〟〝動けない〟娘の体に……もし、〝意識〟だけがあったのなら……それは、もう、どうしよう。)

どうしよう。

いや、これだけは〝やってはいけない〟。

最愛の娘を……こんな訳の判らない状況に陥らせること、これだけは、絶対、絶対に、やってはいけない。

こんな怖いこと……絶対に、やる訳にはいかない。

そうだ。

ここまで考えた瞬間、板橋は、〝命〟って何だっていうのよりも、場合によっては重い疑問、「そもそも〝こころ〟って何だ」って奴に直面せざるを得なくなり……そうなると。

次に来る問題は、決まっている。

こころの、もとになるもの。

そもそも、〝魂〟って、何だ？

〝こころ〟があるのなら。

そこには、きっと、〝魂〟がある。

あるいは。

まったく違うアプローチからも……問題が発生する。

もしも。

もしも、本当に何もかもがうまくいって、娘が。あの時死んだ娘本人が生き返ってくれたとしたら。

これはもう、板橋にとっては最高の結末なんだけれど……娘本人にしてみれば、どうなんだろう。

最も楽観的な思いとして、生き返った娘は、死ぬ直前、その時のままだ、と、仮定する。そうなってくれるのが、板橋にしてみれば一番嬉しい。だから、板橋が生き返って欲しいと思っている娘は、死ぬ直前の娘だ。

だが。

娘が死んだ時と今とでは、状況が違う。

まず、確定的な事実として、時間がたっている。

数年というのは、四十代の板橋にしてみればたいした時間ではないのだが、四歳で死んだ娘にしてみたら、生まれてまだ四年しかたっていない娘にとっては、おそろしい程の時間だ。それまでの自分の人生にも等しいような時間だ。この時間の齟齬を……娘に説明する術が、板橋には、ない。

しかも、板橋は、娘の死後、離婚している。

生き返った娘が、「ママは……？」って言った時、板橋はどう対応したらいいんだろう。

今更前の妻と復縁できるとは思えない。（それに、前妻は、聞くともなしに聞こえてきた噂話によれば、去年、再婚した筈だ。）

まあ。生き返った娘の姿を見せれば、あるいは、前妻は、〝娘の為だけに〟板橋に同調してくれるかも知れない。娘の姿を見た瞬間、前妻が今の夫と離婚してくれ、再び板橋と結婚してくれ、二人で、仲のよい夫婦のふりをする……は、無理でも、娘の目の前でだけ、仲のよい両親のふりをしてくれる……そういう可能性は、ゼロではない。離婚に至るまでの経緯を思えば、仲のよい夫婦に戻れる可能性は、ゼロだけれど。ふり、だけは、娘の為に、やってくれる……かも、知れない。（けれど、まあ、間違いなくゼロに近いだろうとは思う。その前に、〝娘が生き返ってしまった〟という衝撃の事実を前にして、前妻が、どんな反応をするか……これが、まったく、読めない。というか、こんなもん、判る方がどうかしている。）

そして。もっとどうしようもないのが。

娘が、「幼稚園で仲がよかったなんとかちゃんに会いたい」とか言い出した場合、どうしたらいいんだ。娘が、幼稚園で仲がよかったお友達は、今、みんな、小学生だ。娘にとっては、圧倒的に、お姉ちゃんかお兄ちゃん。こんなお姉ちゃんやお兄ちゃんが、「とっても仲がよかったすみれちゃんだよ」「こっちのお兄ちゃんが、いつもブランコを譲ってくれた明良くん」って言ったたって……娘、納得できる訳がない。それにまた、相手の小学生に対して、因果を含める訳にもいかない。（それに、含めるったって、それはどんな〝因果〟だ。）

これを解決するたったひとつの手段は……娘に、「実はおまえは一回死んだんだ、でも、生き返ったんだ、だから、お友達とは年の差ができてしまった」って事実を教えることなんだけれど……娘に、それが、理解できるのかどうか。死んだ時の娘が、二十代や三十代だったら、あるいはこれ、理解してくれるかも知れないんだけれど……まだ、稚かった娘に、これが理解できるとは思えない。いや、それより前に、稚い年の子供に、こんなことを〝判るように説明〟していいとは思えない。それは……なんだか……とても、娘の心を傷つけてしまうような気がする。

まあ。

もっとなんとかできる可能性は、ある。

一番簡単なのが…… 〝生き返った娘〟をだますっていう方法だ。

生き返って、意識を取り戻した娘に、こう言うのだ。

「おまえはね、病気で何年も寝ていたんだよ」

まあ、〝死んでいた〟ことを〝病気〟だって強弁すれば、これは、嘘ではない。(いや、嘘なんだけれど。〝生き返った〟ことを、〝回復〟だと思えば、板橋の気持ちとしては、〝嘘〟ではない。)

「おまえが病気で眠っていた何年もの間に、いろんなことがあったんだ。その……ママは、その間にね、病気で死んでしまったんだ。だから、今は、いない」

さすがに。離婚という事実は言えないから、こう言うとして……。でも。酷いよね。こんなことを言い訳として言ってしまう自分は……どんなに酷い人間なんだか。でも、事実関係に矛盾がないようにするには……こう言うしか、ない。

「すみれちゃんとかね、明良くんとかね、みんな、もう、小学生のお姉ちゃんやお兄ちゃんになっているんだよ。おまえは、何年も、寝ていたからね。それに……おまえは、ほんとに長いこと、病気で眠っていたから……すみれちゃんも明良くんも、今のお前を見ても、おまえだって判らないかもね。だから、会わない方がいいよ」

確かに。この言いくるめで、娘のことは、誤魔化せるかも知れない。

けれど、こんな〝誤魔化し〟を考えた時点で……板橋は、自分で自分のことに吐き気を催す。けれど……〝生き返った娘〟の心を傷つけずに、娘に現状を納得してもらう為には……これ以外の方法を、思いつけない。

だが。

ここまでの、吐き気を催すような欺瞞（ぎまん）をやったとしても……それでも、まだ、問題はてんこ盛りなのだった。

一番単純なのが……その……出生届の問題。

板橋の娘は、一死んだのだ。そして、それは、戸籍に載っている。で、ここに。

新たに板橋の娘が発生してしまったとしても。この子には、戸籍が、ない。

もしも娘が生き返ったのなら。

勿論娘には、ちゃんとした人生を送らせたい、親である以上、普通の人間として育てたい、と、板橋は思っている。

ちゃんと幼稚園へ行かせ、小学校に通わせ、中学校、高校を卒業させて、いずれは大学に行ってもいい。その間に、友達を作り、遊んだりいろんなことをして、恋なんかもして、失恋することもあるだろう、切なかったり哀しかったり、でも楽しかったり、いろんなことをして……そして、大人になっていって欲しいと、板橋は思っている。長ずれば恋をして結婚したり、自分の夢を抱いたり、自分が望んだ仕事についたり（まあ、娘が生きていた時は、うちの会社の社長に自分がなり、娘にそれを継がせる気満々だったのだが、今となってはそれは無理だろう）、そんな、ちゃんとした人生を歩ませたい、板橋は心からそう思っている。

けれど。

復活した娘には、戸籍がない。

というか……いきなり、板橋の処に、幼女が発生してしまった、これを、行政に対して、他人に対して、社会に対して、どう説明したらいいのか判らない。いや、説明は最初っから不可能なんだから……この事態を、どう糊塗していいのか判らない。

けれど……娘が復活したら……事態は、こういうものに、ならざるを得ない。

まさか、いきなりある程度の年になってしまった娘の出生届を出す訳にはいかないし。その前に、「この子の母親は誰ですか」って聞かれた時、別れた妻の名前を出す訳にもいかない、かといって他にどうすれば……。

繰り返すけれど。生き返ってしまった娘には、戸籍を取得する方法がない。

この状態の娘は、就学年齢になっても、どんな小学校にもはいれない。

その前に、「何故、いきなりこんな年の娘が発生したのか」って疑問に、板橋は、さらされる。（……いや……娘が発生って、これは日本語として本当に変なんだけれど、事実としては、こうならざるを得ない……よね。）

出生届がない娘は……戸籍がない娘は……六歳になっても、普通に小学校にはいれないし、十二歳になっても中学校に進学できないし、まして、そこから先は、閉ざされたまま。おそらくは、まっとうな意味での就職もできないだろうし、恋をしたって、普通に結婚することもできない。

………。

こんなこと。

許す訳にはいかない。許せないと、思った。板橋は。

でも。

もし。娘が復活したのなら。

なら、こうなるしか……ないんだよ……ね。

戸籍がないって、つまりは、こういうこと……なんだよね。

考え方は、もうひとつ、ある。

今だって板橋、すでに世捨て人になったような気持ちなのだ、本当に世捨て人になってしまえばいい。

このまま、会社をやめて、復活した娘をつれて、失踪する。

どこかの山奥で、娘と二人っきりの生活を送る。

娘には、「おまえは病気で何年も寝たきりになっていて、ママはその間に死んでしまった」って嘘をつき、「病気が長かったから、学校へはいけないよ」って言い含めて、基礎的な教育は板橋がやるとして……お蚕ぐるみで、人里離れた処で、ただ、娘と、ふたりっきりの生活を送る。幸いなことに、板橋の今までの貯蓄があれば、こういう生活を、板橋が生きている限り、何とか維持できるのではないかと思う。

けれど、それは、板橋が娘に対して望んでいる人生なのか？

学校に行くこともできず（いや、板橋は、学校へ行くことが人生にとって必需だとは思ってはいない。けれど、それは、行く自由があって、それでも娘がそれを拒否した時にだけ、あっていい事態だ。最初っから、学校へ行く自由がないのなら……それは、ある意味、娘に対する虐待の一形態のような気がする）、友達と遊ぶことも、恋をすることもできず（いや、どんな山奥であっても、子供は、友達を作って遊ぶことも恋をすることもできるだろう。けれど……娘の境遇が境遇だ、どんな相手に対しても、ある程度以上親しくなることは、絶対禁止だ。そうしないと……娘の素性がばれた瞬間、おそろしい程の問題が発生するに決まっている）……どう考えても、これは、虐待だ。

しかも。自分で判っていて、それでも〝虐待〟の娘の人生を選択したとしても……この娘の人生は、板橋が死んだ瞬間、崩壊する。

板橋は。

当然のことながら、判っている。

自分は不老不死ではない。ということは、いつか、必ず、自分は死ぬ。あるいは、病気になる。事故にあって死んでしまう可能性だってある。

そして、そんなことになったなら。

板橋に、お蚕ぐるみで育てられていた娘は……いきなり、すべての後ろ楯を失うのだ。そして、あとに残るのは、戸籍もなく、学校に行った経験もなく、就労経験もない、ある程度以上親しい友達も恋人もいない……たった、ひとりの、娘、だけ。

こんなこと！

娘を、こんな、寄る辺ない存在にしてしまうこと、いや、言い換えよう、娘に、「こんな寄る辺ない存在になる」以外の未来を与えられない、そんな育て方をしてしまうこと……これは、まったく、板橋の本意ではない。

と、まあ。
いろんなことを考えてみて。考えてみればみる程、袋小路にはいってしまったり、同じ処を行ったり来たりし続けて。

また。
もう一回、ぐるぐる回っている板橋の意識は、その根源に戻る。

〝魂〟って、そもそも、何なんだ。
こんな処に。

魂。
あるのかないのか、そんなこと、板橋に判る筈がない。
けれど。

娘の体を復元しようと本気で思っているのなら……ここまで考えざるを得ない。

この答が出ないのなら、板橋は、娘の体を復元することが……できない。

この答が判らないまま、娘の体だけを復元してしまい、その後、娘の魂が酷い目にあってしまった場合、板橋にはそれを救済する術がない。

しかも。

復元された娘の苦悩は、いつ終わるのかが判らないのだ。

生き物であれば。

どんなに辛い人生であっても、いつか、必ず、寿命がくる。いつか、必ず、人間は死ぬ。

人間以外の生き物だって、生き物である以上、必ず死ぬ。

けれど、人間ではなくなってしまった娘は。

生物の理を超えた状況で復元されてしまった娘は。

あるいは、〝死ぬ〟ことすらできない、そんな可能性がある。

その場合、復元された娘の苦悩は……寿命がないのだ、いつ、終わるのか、判らない。

終わらない可能性だって……ある。

これ程怖い話があるだろうか。

こんな怖い話は……そもそも、ない。

そして。

こんな〝怖い話〟を齎(もたら)してしまう、そもそもの疑問。

この、根源的な疑問。

魂って、何なのか。

この疑問、そして、それに対する答は。


絶対に、判らない。


と、まあ、ここまでいろんなことを考えてしまえば。

〝もの〟を復元するのと、〝人間を生き返らせる〟ことは、話がまったく違うのだ。それだけは、板橋にも、判った。

だから。

この可能性が払拭(ふっしょく)されるまでは……そして、現実社会に、復元した娘がどう適応するのか、いや、そもそも適応ができるのかどうかが判るまでは……板橋、絶対に、娘を復元することはできない。いや、できないと言うよりは、〝やってはいけない〟。
やってはいけないんだけれど……でも……。

でも。

やりたい。

理性では、どんなにそれが〝やってはいけない〟ことなんだと判っていても……娘を生き返らせたあと、どれ程の困難が待ち受けているのか判ったとしても……それでも、板橋の気持ちは、〝やりたい〟。これに尽きる。

……どうしよう。

〝やりたい〟という、この気持ち。
これだけは……どんなに理屈を駆使してみても……板橋徹也、払拭することができない。
というのは……やりたい、のだ。理屈なんておいといて、とにかく、板橋はやりたいのだ。
やりたいのだ！　やりたいのだっ！
娘を生き返らせること、自分が本当にやりたいのは、娘が死んだあの時から、ただ、これだけだったのだっ！


もっとも。

〝娘を生き返らせる〟、その、物理的な問題に関しては。

板橋には、最終的な切り札があった。

物理的な理由で、〝やっていいのかどうか判らない〟のなら。〝どんな怖いことになるのか、それが判らない〟のなら。（娘が復活した後の、社会的な問題は、この際、措いておくことにする。）

なら、物理的にやってみればいいのだ。

実験を、してみればいいのだ。

それこそ。

死んでしまったペットの、遺骨を持ってくればいい。

そして、その遺骨を、高井さんに渡して、「痛いの痛いのとんでけー」をやってもらえばいいのだ。

これさえやれば。

遺骨を基にした時、「痛いの痛いのとんでけー」が復元するのが、ペットの綺麗な死骸なのか……〝生きて〟いるペットなのか……あるいは、最悪、『生存という意味では生きているんだが、それは生前のその生き物とはまったく違う物になってしまった〝何か〟である』のか、あるいは、もっとも理想的である、死ぬ前の生き物そのものなのかどうかは……板橋には、判る……かも、知れない。いや、判りたい、とは思っている。けれど……

厳密に考えれば、それが判るかどうかは、実は板橋にもよく判らない。

そうなのだ。

綺麗な死体が復活しただけなら、その状態は、板橋にも判る。

けれど、そのあと、生きたペットの細かい状況に関しては……。

これは、多分、板橋には判らない。

相手は、ペットだ。犬でも猫でもハムスターでも……復元されたその〝生き物〟がたとえ生きているように見えたとして、実際に生きていたとして、それは〝生物としてただ生命がある状態〟なのか、〝本当に生きている〟のか、これは板橋には判りようがない。だって、板橋には、犬語も猫語もハムスター語も判らない。だから……この、〝復元された生き物〟の状態が、ちゃんと理解できるとは……板橋には、思えない。

また。

復元されたペットが、前と同じペットであるのかどうか、これはまったく判る自信がない。（言い換えれば、復元されたのが、例えば犬なら犬の体だけなのか、前と同じ犬の個体であるのか、こんなの板橋に判る訳がない。）更に言うなら、同じ個体であっても、記憶は継続しているのか、意識は前の個体と同じものであるのかどうか、ペットと意思疎通できる自信がない板橋は……判らない、と、しか、言えない。

なら。

この実験は……やってみても、意味がないとしか思えない。

いや、その前に。

そんなことを悩むより前に。

そもそも。

できなかった、板橋は。

どうしても。

この、実験が。

それは、何故か。

「高井さんに黙って、高井さんのことを二度と試さない」

高井さんに、そういう意味のことを、約束してしまったから。


そもそも、『痛いの痛いのとんでけー』が、二つのものを区別できるのかどうか、その実験をする前に、高井さんには言われていた。

「あたしを試すのをやめてください」って意味のことを。

それを無視して、二つのものを区別できるかどうか実験をして。その後。

板橋は、約束をした。今度は、心から本気で。

いや、今までの板橋徹也だったら、この約束を、無視しただろう。

自慢ではないが、文句を言ってくる部下をなんとかいなして、なあなあにしてしまうことは、板橋、得意だ。と言うか、昔の、有能だって言われていた過去の自分を思いだせば、そんなことばかりをやってきたような気持ちがする。

けれど。

高井南海に対して……それをやることが……何故か、何か、憚（はばか）られたのだ。

というか……有体（ありてい）に言って、〝やりたくない〟という気持ちになったことは、確か。

で、これは何故なんだろうかって思った処……思い当たるのは、高井さんとした約束、たったのそれだけ。

ただ……こんな約束……無視してもよかった。

今までの板橋なら、まず、適当な理由をつけて、この約束をなかったことにしただろう。

けれど。

今回の場合は……何故か、それが、やりにくかった。（できなかった訳ではない。）

多分、効いているのは……高井南海が言った、こんな言葉。

〝お客様〟。

高井南海は、板橋が高井のことを、〝お客様〟扱いしているっていう意味のことを言って……そして、驚く程、板橋には、この台詞が刺さってしまったのだ。

〝お客様〟。

確かに板橋は、高井南海をリクルートした時、彼女のことを〝お客様〟だって思っていたんだよね。いや、と言うか……〝お客様〟どころか、自分の部下であるとも、最初のうちは、思っていなかった。

高井南海の存在を知った時、彼女の実家に行って、あのとんでもない〝靄〟を見た時、板橋は思った。

この女を、絶対に自分の部下にしたいっ！

それは、高井南海の能力をかったとか、そういう話ではなくて。

単純に、〝靄〟を撲滅する能力所持者として、このひとを他の誰にも渡す訳にはいかない、そんな気持ちになったのだった。そして、高井南海をリクルートした。

だから、この時の高井南海は、板橋にとって〝お客様〟。いや、これは、むしろ上品な言い方であって……この時、板橋が思っていたのは……自分にとって大変都合がいい、そんな、〝よい材料〟。

けれど。

気がつくと、いつの間にか、高井南海は、板橋にとって、〝よい材料〟ではなくなっていた。いや、その前に。もはや、このひとを、〝材料〟だなんて物資的なものには思えない、そういう存在に、なっていた。

多分。

俺は、この高井さんの思いを裏切れない。

これを裏切ってしまったら……その場合、俺はもう、俺ではいられない。

そんな気持ちがしている〝俺〟が、どこかに、いる。

そうなのだ。

もう、板橋徹也は、高井南海を、自分の〝材料〟だとは思えない。

いつ……こんなことになったんだろう。

これまた、考えたらまったく判らないことなんだけれど……気がついたら、そんなことに、なっていた。

だから。

高井南海が、『自分を試さないように』って言ったのなら……確かに、板橋徹也は、それを守るつもりになっていたのだ。

　だって、〝お客様〟。

　高井さんは、間違いなく、板橋にとって、今となってはそんな〝存在〟ではない。高井さんがそう思っているのなら、自分は全力でそれを否定しなければいけない、その為には、否定できるような行動をとらなければいけない。

　だから、この約束は……守らなければ、いけない。


　だとすると。

　板橋が、もし、高井南海にペットの遺骨の復元をお願いするのなら……その時には、板橋にはやらなければいけないことが、ある。絶対にある。

　この〝復元〟が何であるのか。まず、それを、高井さんに言わなければいけない。

　これを言って初めて。

　やっと、高井さんは、自分の判断として、これを裁量できる。

　けれど、もし。

　高井さんがこれを知ってしまったのなら……「死んだ生き物を生き返らせる？　もし、そんなことがあたしにできるとしても」

　高井さんの次の台詞は、ほぼ、想像ができる。

「それ、やりたくないです」

……だろう、よ、なあ。

壊れてしまったぬいぐるみを直すのと、死んでしまった生き物を治すのは、常識的にいって、話がまったく違う。

自分が高井さんの立場になったら、自分だって絶対にそう言う。

だって、そんなの、〃人間がやっていいことだとは思えない〃し。

それは、「神の領域に踏み込んではいけない」なんて大仰に構える思いじゃなくて。

単純に、「どう考えてもそんなこと、やっちゃいけないでしょ」って話なんだし。

その前に。

自分が、高井さんと同じ超能力者だとしたら……自分の超能力で、死んだものが生き返ってしまうだなんて……思っただけで、怖い。

またまた、その前に。

何で、死んでしまったペットを生き返らせなきゃいけないのか、それが全然判らない。

いや、ほんとにその死んだペットを愛していたのなら、そういう気持ちは、判るよ？　けど、それが判ったら余計……「多分、ひとはそれをやってはいけない」って、普通の人間なら、言いたい気持ちになると思う。

ただ。

本当に卑怯なんだが。

板橋は、こんなことを思った瞬間、高井さんの異論を封じる方法を……思いついてしまった。

本当のことを言えばいいのだ。

ペットでも、何でもない。

娘を生き返らせたい。

四歳で死んでしまった娘に、もう一回、ちゃんとした人生を与えたい。

だから、娘を生き返らせる為に、ペットで、一回、実験してみたい。

多分、こう言ってみればいいのだ。

ここまで言ってしまえば。

あるいは、高井さん、この板橋の台詞に、納得してくれるかも知れない。

高井さんは、(まあ、そんなこと話すつもりはまったくなかったのだが、それまでの経緯で)、板橋と娘のことを知っている。ペルの復元を、お願いしたから。そして、その後の板橋の醜態を、見ていたから。となると……今まで、板橋が知ってきた、高井さんの人間性を考えると……こう言ってみたら、高井さん、板橋の実験に協力してくれる可能性が、ない訳ではない。しかも、この場合は板橋、何ひとつ嘘はついていない訳で、板橋の心理的な負担は軽い。

と。

こう思った瞬間。
耐えられずに、板橋は、トイレに駆け込んだ。
そして、吐いた。

……最低だ、俺。

一体全体、何を考えているんだ俺。
最低だ、俺。

高井さんに事情を説明して、ペットの〝生き返り〟を頼む。
この瞬間、俺は、何をすることになるんだ？
板橋としては、こう思わざるを得ない。
最低にも……程がある。
これを言った瞬間。
俺は、高井さんに〝押しつけて〟いるんだ。丸投げしていることになるのだ。
本当に娘を〝生き返らせて〟いいのか。

〝命〟が何だか判らないのに、〝命〟の復元なんてことをやっていいのか。

〝魂〟が何だか判らないのに、〝魂〟の復元なんてことをやっていいのか。

この、本来なら、板橋が一人で抱え込まなきゃいけないことに、無理矢理、高井さんを巻き込む。高井さんを、当事者にしてしまう。こうなると、この先、すべての苦しみや悩みを、高井さん、問答無用で板橋と共有しなきゃいけないことになる。

こんなことをやる権利が、一体どこの誰にあるっていうんだ。

勿論、板橋にそんな〝権利〟がないことは決まっている。


ぜいぜいと。

息を切らしながら、便器に両手を懸け、生理的な事情ではなく、心理的な事情で嘔吐を催した板橋、自分の呼吸が落ち着いた処で、便器から手を放し、台所へと行く。そこで、冷蔵庫を開け、烏龍茶のペットボトルを手にして、それを呑む。

今まで。娘が死んでから今まで。

さんざんお酒のお世話になった。限界を超えて呑んだことだって、百回やそこらじゃない。だから、判っている。吐く時は、胃の中に何かがあった方が、ずっと楽だ。何もなくてただ吐くより、烏龍茶でも何でも、胃に何かがあった方が楽。

だから、とりあえず、吐いたら何かを胃にいれる。

これでまた、次の嘔吐の発作が起きた時、胃液以外に吐くものがあるから、それはずっと楽になる筈。

ここまで考えて、烏龍茶を呑んだ瞬間。

まったく、別な……。

次の、〝理解〟が、板橋を襲った。


その瞬間。

板橋は、今呑んだ烏龍茶を、トイレまでは持たなかった、そのまま、台所の床にぶちまけることになる。

咳(せき)こむ。

吐いて、咳をして、自己嫌悪に塗(まみ)れ……またまた、吐いて、吐けば吐く程、吐瀉物(としゃぶつ)の飛沫(ひまつ)が気管にはいり、また、咳をして……。

板橋は、台所の床にしゃがみ込んだまま、ひたすら、ひたすら、吐き続けた……。


板橋を襲った、次の理解。

高井さんに事情を説明して……云々(うんぬん)かんぬんって言う前に……今まで、自分が考えたこと。厳密に考えれば、これは、〝嘘〟だ。

今。

ふいに、判った。

今。

心の片隅を。

ちらっと、横切った思いがある。

これはもう。

結局、自分は、ここまできても、まだ会社人間なのかなって、板橋は思う。

自分はもう、〝この会社の発展なんてどうでもいいと思っている〟とか、いろいろ考えていたんだけれど。

でも、心のどこかに……色気が……多分、あったのだ。

〝思う〟ことと、〝考える〟ことは、多分、違う。

そして、自分は、思ってしまった。

高井さんのこの能力。

普通の言葉で言えば、〝超能力〟。

いや、超能力云々は、常識ではないから無視するとして。

でも、その能力がわが社に齎す利益は……そりゃ、そりゃ、〝もの凄い〟ものになる可能性があるのだ。

心の中を過ってしまったのは、そういう〝思い〟。

今、やっている〝修復課〟。

これは、会社への言い訳として、利益なんかあげることはできないけれど、とにかく、経理上ほんのちょっとでもプラスがあればいい、そんな理念で経営されている。企業人としてリタイアした自分に対する温情で発生している〝課〟だよね。

けれど、修復課。

これは、ちょっと考えると……今、自分が思ってしまったことを考えると……会社に対して凄い利益をあげることが可能な、そんな可能性を秘めた部署でもあるのだ。

もしも。

やらないけれど、もしも。

もしも、うちの課で、死んでしまったひとを復元できたのなら……。

いや、そんなことは考えてはいけない。

いけないし、大体、復元ができてしまった場合、理由を説明することはできないんだけれど。

そもそも、娘の復元ができないって処から、今の自分の悩みが発生しているんだけれど。

けれど……。

実績があって、どんなものでも〝修復〟できる課、場合によっては、死んでしまったひとを生き返らせることが可能かも知れない〝課〟……これの存在は……この事業を積み重ねてゆけば……公表することはできなくても、この〝課〟の存在を仄めかすだけで……。どれだけの収益が見込めるのか。どのくらいの発展性があるのか。これはちょっと判断しにくいくらいだ。そのくらいの利益が見込める。

これが、どれ程の切り札になりうるものであるのか。

勿論。

板橋は、そんなことを考えてはいない。

考えるつもりもない。

けれど。

心の中を……今……一瞬、そんな思いが、過ってしまった。

ああ、これは。

昔、捨てた夢、だよね。

板橋徹也が、〝会社のことはもうどうでもいい〟って思った時に、切り捨ててしまった夢の筈、だった。

けれど、生きているんだよね、板橋徹也。だから、切り捨ててしまった筈の夢が、時々、こうして、顔を覗かせてみたりもする。

我が社を発展させて……そもそも三十そこそこでそれまでになかったような有能な部長になった板橋が、四十代になる前に、常務となり、やがて、板橋が、この会社のすべてを取り仕切ることができるようになる、そんな可能性。そのすべての可能性がなくなり、だから今、板橋は〝修復課〟にいるんだが……。

だが、〝修復課〟。

これは。

今になったらよく判る、これは、どう考えても、〝凄い可能性〟だ。

もし、今でも、板橋徹也がこの会社の常務でいたのなら（いや、実際にまだ常務なんだけれど）、ここから演繹されるのは、凄い可能性だ。

万が一にでも。

死んだひとを〝生き返らせる〟ことができるのなら……その、〝企業規模〟は、一体全体、どんなことになる？　ここから想定される利益は、一体全体どんなものに？　まあ、根本にあるのが〝超能力〟だから、そんなもん、認める訳にはいかないんだから、こんな事業展開、できないに決まってはいるんだけれど。（と言うか、その前に、〝死者を生き返らせること〟自体が、絶対にあってはいけないことなんだけれど。)

でも。

けれど。

できないに決まっているっていうのは、今、板橋が考えている、勝手な思い込みにすぎなくて。

もし、そんな〝思い込み〟がなかったとしたら。

もし、これが、事業としてレールに乗るようなものだったの……なら?

これは。

どれ程の、事業展開を含んでいる……事実なんだろう。

死んだひとを生き返らせる。

そんなことが可能かどうかは、この際、措いておく。

けれど。事業として。

『死んだひとを生き返らせることができます。うちの社は、それをやっております』

こんな言葉を釣り文句にされたら。

この言葉に釣られるひとは、そりゃ、一杯いるだろう。というか、この言葉に釣られない人間なんて、いないような気がする。

この釣り文句があったなら。

たとえ、何千万円かかろうと、何億円かかろうと……この言葉に釣られるひとは、いる。桁がもう一個上でも、それに諾(うべな)ってしまうひとはいる。絶対に。

これは。

どれ程までの、ビジネスチャンスなんだ。

そして。

この理解に及んだ処で。

板橋は、吐いた。

もう、ひたすら、吐き続けた。

こんなことを思ってしまう自分が、とにもかくにも嫌だった。

これを、ほんの瞬間でも、ビジネスチャンスって捉(とら)えてしまった、自分の気持ちが、ひたすら嫌だった。

「けほっ！　……んんん、けほっ……ぐふっ」

でも。

いくら吐いても、これを〝ビジネスチャンス〟だと思ってしまった自分を、消すことはできない。胃液や胃の内容物は、板橋の中から出ていってくれるけれど、ちょっと前に板橋が思ったことは、どれだけ吐こうとも、板橋の心の中からは、出ていってくれない。

だから。

板橋は、吐き続ける。

ずっと。ずっと。ずっと。

いつまでも。

でも。

吐き続けながらも、板橋は思ったのだ。

……こんなことを……思ってしまった以上。


この場合は、ね。

この場合……自分は……やっぱり、高井さんに、すべてのことを伝えなきゃ、だよねって。


吐き続けているから、いつの間にか涙が滲(にじ)んできていた。

まだ、胃のあたりでぴくぴく動いている感覚は続いていて、喉(のど)の奥の嘔吐感は消えなくて、だから板橋は吐き続け、吐いている間中、板橋の気持ちとはまったく別に、嘔吐をしているっていう生理的な事情で、目から涙が流れつづけ……。

吐きながら、泣きながら、板橋は、思っていた。


これはもう、ビジネスチャンス云々なんかとは、話の次元が違う。

ちょっと前に、〝卑怯〟だって思ったこととも、違う。

俺は。

高井さんに〝押しつける〟訳ではなくて……〝俺〟が〝思ったこと〟を高井さんに言って、そしてその是非を問いたいのだって。高井さんの判断を知りたいのだって。

そうだ。

俺は。

高井さんに、是非を問いたいのだ。

最初のうちは、考えていなかったんだけれど、いつしか、「娘を生き返らせる」という可能性を考えてしまったこと。

そして、それに付随する、死んでしまったものを生き返らせていいのか、そんな様々な思いと、それに対する考察。

この是非の判断を、高井さんに押しつけるのではなくて。

ただ、こういうことを自分が考えてしまったってことを高井さんに告げて。

自分が考えてしまったことを、時系列にそって高井さんに告白して。

全部のことを、高井さんに言って。

その後、高井さんがどんな反応を示すのか、それはまったく判らない。

ただ。
俺としては、高井さんの答を……知りたいと思う。
そうだ。
俺は……この問題に対する、高井さんの答を……知りたくなったのだ……。
いや。
この先、どんな事態になるとしても。
高井さんの判断を、知りたいのだ。
……そして……あるいは……。
あるいは、俺は、高井さんに、断罪されたい……の、かも、知れない。
もう、高井さんは。
あのひとは。
お客様、では、ない。
部下ですら、ない。

じゃあ、何かって言えば……「修復課」っていう、極めて特殊な事業における、自分のパートナーだ。

だから。

この先に進むとして。

進まないとして。

すべてをなかったことにする可能性もあるんだが。

そのすべてを……高井さんと分かちあいたい、いや、分かちあわねばならない、と、板橋はこの時、思ったのだ。

だって、高井さんは、自分のパートナーなんだから。

# 九章

## 南海ちゃんの新しい覚悟

季節は、移ってゆく。

あの、とんでもなく暑い夏はとっくに終わっていて、気がつくと秋になり、そして、秋が終わったら、次に来るのは、冬。

ほえー、冬だよーって思ったのは、うちの本社がある処から最寄りの駅までの間にある、毎日歩いている銀杏並木のせいだった。

うん。

ちょっと前までは、ほんとに黄金の銀杏並木だったんだよ、ここ。銀杏の葉が、みんな黄色になっていて、その黄色の量があんまり多いから、これはもう、〝黄色〟じゃなくて、〝黄金〟に見えたんだよね。陽のあたり方によっては、本当に〝金色〟。

でも、やがて、ちらちらと銀杏の葉が落ちてゆき。

ところが。この辺で、本当に〝黄金の並木〟になったんだ、このあたり。

だって、右を見ても左を見ても、銀杏並木。黄金にしか見えない並木。

で、足元を見れば。

これまた、黄金なのだ。

落ちた銀杏の葉が、道に積もり、道までもが、黄色の銀杏の葉で覆われている。こうなると、左右だけじゃなくて、下まで〝金色〟。これはもう、ほんとに〝黄金の道〟。

うん。秋の終わりの、この銀杏並木は、本当に、黄金の道だった。

で。

ちょっと前から、その〝黄金の道〟に、陰りがでてきたのだった。

左右の銀杏並木には、今、あんまり、葉が残っていない。

落ちるべき葉が、かなりの部分落ちてしまったからだ。

また。

地面にも……あんまり、金色の印象が、ない。そんな状態になっている。この並木道は結構管理の手が行き届いているらしく、落ち葉は毎日掃き清められている。

こうなると、左右の黄金はなくなった、下の黄金もなくなりつつある、そして。

そして、地面の上に、茶色のものが、まざってくる。

それが何だかよく判らないんだけれど、他から飛んでくる、銀杏以外の枯れ葉かも知れないし……あるいは、地面に生えていた草が、枯れてしまったもの、なのかも知れない。

これを見て。あたしは思った。

ああ。秋が、終わる。そして、冬が来るんだ。

で。あたしがこう思ったのと同時に。

板橋区を歩き回っていたあたし達も、次のステージにゆくことになって。

はい、次のステージは、杉並区だ。


で。

この間……実はあたし、嫌で嫌でしょうがなかったのだ。

というのは、板橋さん。

このひと……ちょっと前から……とっくりとぐい飲みをあたしが復元してしまったあたりから……なんか、反応が、変だったの。

いや、あの、とっくりとぐい飲みの復元は、今でもあたし、許せないんだけれどね。あきらかにあの時、板橋さん、あたしの能力のことを測っていたからね。それだけはやってくれるなって、その前に、あたし、厳重に板橋さんに抗議したのに、にもかかわらず、これ、やったんだからね。

で……。

その、あたしの抗議が悪かったのか。

あの後から、板橋さんの様子が、何か、変だったのだ。

……もの凄く、鬱屈している……感じ。

けど、何で。

何で板橋さんがこんなに鬱屈するんだろう。

それがあたしには、とても疑問。

疑問であるのと同時に、それがあたしにしてみれば、とても、〝不満〟。

まさか、あたしの抗議に対する、その再抗議として、板橋さんがこんな反応を示しているとは思えないんだが（それじゃ、板橋さん、単なる〝拗ねている子供〟だ）……じゃあ、この、板橋さんの、〝思いっきり何か含んでます〟って反応は、何なんだ。

秋になり。

涼しくなると、あたしの服装もそれなりのものになり……実は、この時、ちょっと、期待していたんだよね。

真夏。

あんまり暑くて、あたしが首に手拭いを巻いて歩いていた時。

この時は、板橋さん、何も言わなかったんだけれど、あたしが首から手拭いを外した瞬間、彼、こんなことを言ったんだよね。

「高井さんが女に戻った」って。

……そんなことがあったから……秋になり……えー……あの……ちょっとはその……最後の「莫迦男！」呼びから……もうちょっと板橋さんに気を遣っていたあたしは……その

……自分の格好にも、もうちょっと気を遣っていて……えーと、その。

　まあ、日常業務がとにかく「板橋区を歩き回ること」だからね、おしゃれなんてしようもないんだけれど……でも、練馬区を歩きまわっている時よりは、多少、そういうことにも気を遣っていた……つもりだ。いや、おしゃれなんてしようがないけど、手拭いやタオルを首に巻くのはやめたし、歩きやすい格好だって、それまでの、「とにかく楽なジーンズ」じゃなくて、ちょっとはコーディネート、考えてみたりしている。トップスとボトムズの色をコーディネートする、とか。(……いや。今、思った。この状況を、〝おしゃれ〟だって思ってしまった処で、あたしの感覚は、すでに何か間違っている。大体、靴が常に同じ履き慣れているスニーカーだって処で、これはもう駄目だ。けど……これ以外の靴を履く訳にはいかないんだってば。)

だからね。

板橋さんが、これに気がついて、何か言ってくれるかなって。

けれど。

板橋さんは、こんなことにはまったく言及せず……というか、彼、どうも、他のことにもの凄く気を取られているみたい。いや、その前に。もっとずっと大変なことを……どうも、このひとは、思い思っているみたい、なのだ。

何、考えているんだろう、板橋さん。

それに。

変なことは、もうひとつ、あった。

あの、ぐい飲みととっくりを直した時以降……不思議なことに、〝修復〟の依頼が、ひとつもなかったのだ。

あの後も、あたし達は、ずっとずっと板橋区を歩いており、〝靄〟を発見してはそれを潰す、そんな仕事を続けていて、けれど、修復の依頼がひとつもなかったものだから……。

だから。

只今、板橋区には、潰していない〝靄〟がいくつかある。間違っても普通のひとが接触できない処にある〝靄〟は、修復の依頼がないものだから、ただ、そのまま、そこに放置してあるのだ。

あ。いや、もともと。

〝何かを修復する〟っていうのは、〝靄〟潰しに付随した、ある意味、〝余計な仕事〟なんであるんだから、それがないのはおかしくはないんだが……今までコンスタントにはいってきていたこの手の仕事が、ここまでないのは、ちょっと変、かも?

しかも。

この間中、板橋さんは、ずっと、なんか妙な顔をしている。

あたしに対して、何か言いたいことがある、そんな感じの……でも、あたしに対して、何も言えない、そんなふうな顔を。

そして。

そしてあたし達は、板橋区のすべての道を踏破して、杉並区にはいったのだ。

それが、銀杏の葉が完全に落ちてしまった……そんな、頃。


今日も一日、杉並区を歩き回った。そして二つ程、〝靄〟を見つけ、ひとつを潰して。

(さっき見つけたもうひとつは、岡田さん家と同じで、他人の家の門扉の中にあったので、不法侵入しちゃうのはどうかなって思い……とりあえず放置ということにした。ま、その〝靄〟の位置が、門扉の中の躑躅の植え込みの奥っていう、「ま、子供だってあんまりはいらないでしょうね」って処だったので、とりあえず放置してもひっかかるひとはいないだろうって思えたから。また、こんな奥まった処に、子供がはいって、〝靄〟にひっかかっても、そもそも躑躅の枝が密集しているから転びようがない気もしたし。)

うん、今日のお仕事は、多分これで終わりだな。

だってもう、五時が近い。今の季節だと、そろそろ陽が落ちてしまう。そして、陽が落ちると、板橋さんは〝靄〟を発見できなくなるから、(どうも、〝靄〟の発見には、陽光、ないしはある程度の明るさが必要みたいなのだ)、この辺で、今日のお仕事は、おしまいだ。


　そう思って、あたしがふうって大きな息をついたら。

　同時に。

　板橋さんも、とても大きなため息をついた。

　そしてそれから。

「ああ、もう、駄目だ」

　体全体から息を吐き出す、そんな感じで……板橋さん、こう言ったのだった。

「……って？　え？」

　なんでここまで大きな息を吐いて、板橋さん、こんな台詞を言うんだ？

「もう……ずっと……高井さんに言わなきゃいけないことがあったんだけれど……中々それを言い出し辛くて……」

　……ああ。なんか、この間っからずっと、板橋さんが心の中で葛藤していた、〝何か〟か。ずっとずっと板橋さん、それについて悩んでいて、で、やっと今、それをあたしに言ってくれようって気持ちになったのか。

「高井さんは知らないだろうけれど……実は、俺……俺……」

　あ。

　驚いた。

　板橋さんの一人称が、〝俺〟になっている。それも、繰り返し。

今まで、板橋さんは、〝俺〟という一人称を遣わないようにしてきた（と、あたしは、理解している）。というか、公の場面では、できるだけ一人称を遣うのを避けてしゃべっていたような気がする。まあ、〝公人〟は、一人称でしゃべらないからね。（多分。あたしと二人っきりの時でも、このひとは、〝公人〟だったんだよ。私人になることがあんまりないのではないかと……あたしとしては、思っていた。）

勿論。公人ではない板橋さんが、ふっと自分自身にかえってきてしまった時、一人称として〝俺〟を遣うことを、あたしは今までの経験で知っていたんだけれど、このひと、普段は、自分のことを〝僕〟って言ってきた筈だったんだよね。（もっと、本当に公の〝公人〟としてしゃべる時は、〝私〟になっていた筈。）だから、逆に、板橋さんが〝俺〟って一人称を遣う時、「あ、これは、私人としての板橋さんだ」ってあたしは理解していたんだけれど。だから、表立って、板橋さんの〝俺〟っていう一人称を聞くことは、ほんとに、滅多に、ない。

あたしは、心を引き締める。普段遣わない〝俺〟を、無意識にせよ遣っているんだ、いや、無意識に〝俺〟になってしまうからこそ……今から板橋さんが言うことは……多分、本当に特別なこと。公人としての板橋さんではない、私人としての板橋さんのこと。

「この間っから……気がついた時から……ずっとずっと悩んでいて……」

「ああ、あの、とっくりを直した時、から、ですね」

で。

あたしがついつい、相槌を打ってしまったら。

瞬間、板橋さんの反応が凍った。

そしてそれから。

「何で知ってるの、高井さん」

……だから、あのねー。何で知らないと思えるんだよ板橋さん。でも、これを言ってしまえば。また、板橋さんが硬直してしまうのは目に見えていたので。しょうがないから、あたしは、誤魔化す。

「え……え……えーと」

何となくです、と、言おうと思った、あたし。

けど、板橋さんは、その前に、こんなあたしの台詞を想定したらしくて。

「……ああ、判らない方がおかしいか」

……まあ……そうなんです……けど、ね。

「結局、俺は、高井さんを前にすると、〝有能な常務〟っていう能力がまったく発揮できなくなる訳なんだな」

……っていうか、あたしが知っている限りでは、あなたは〝莫迦男〟であって、〝有能な常務〟であったことなんか、一回もないんですが。

まあ、武士の情で、この言葉は口にしない。

で、まあ。

あたしが何も言えないでいると……板橋さんは、話を始めた。

長い、長い、話を。

……聞いて、みた。

お嬢さんを生き返らせたいと思っているってこと。

これ自体は、想定内だった。

というか……板橋さんの過去を思うと、板橋さんがこれに思いを致さない訳がないってあたしは思っていて……だから、これはほんとに想定内。

でも、驚いたのは、その先だ。

板橋さんが、お嬢さんを生き返らせてしまった場合……その時に、お嬢さんが陥るかもしれない各種のこと。

成程(なるほど)。

よく、考えている。

お嬢さんが現実に生き返った時、どんなことになるかだなんて、ほんっきで、ほんっとおに、よく考えている……と、思った。

いや。

よく考えるしか、ないんだよね。

だって……だって。

ことは、お嬢さんの今後だ。

これを考えない奴(やつ)なんて、いないと思った。


また、同時に。


こいつ。

莫迦男だけれど。

〝愛〟がある莫迦だって、心から、思った。


娘を生き返らせたい。

四歳の娘が死んでしまった父親として、この思いは、当然であろうと思う。この思いだけで突っ走っちゃって、それに何の不思議もないと思う。まあ、普通の場合、どんなに

〝突っ走って〟しまっても、〝死んでしまった娘を生き返らせる方法がない〟から、これはここの処で終わりになるんだけれど。

けれど、板橋さんの場合、ここが違った。

娘を生き返らせることができるのかも知れない可能性が……彼の前には、示されたのだ。

それが、あたし、だ。


でも。

その後のことも、考えているんだよね、板橋さん。


ここには。

多分、〝愛〟がある。

自分の〝欲〟を超えた処に……きっと、あるんだ、〝愛〟が。


死んでしまった最愛の娘を生き返らせたい。

これを、〝愛〟だって思うひとは、多分沢山いるだろう。あたしだって、板橋さんのことを知らなかったら、そう思ってしまったかも知れない。

けれど……ほんとのこと言ったら、これは、〝愛〟では、ない、よね。

これは、〝欲〟だ。それも、〝我欲〟だ。

娘が亡くなってしまって、本当に哀しかった板橋さんが抱いた、〝欲〟だ。

〝生き返ってしまった娘〟のことなんか何も考えていない、〝生き返らせたい〟と思った人間が、抱いてしまった、自分だけの〝欲〟だ。（だから〝我欲〟。）

その、区別が、あたし、自分ではついていたつもりだった。


うん。だって。ちょっと考えてみて。

板橋さんと二人で、こんなに長いこと、練馬区や板橋区を歩き回っていて……こんな長時間、ずっとずーっと歩いていたら（歩くっていうのは、続ければ続ける程、いつの間にか、いろんなことを考えてしまう、そんな行動なのだ。もし、あなたに悩みがあるのなら。それがどんな〝悩み〟であったとしても、あたしとしては、〝ひたすら歩きまわる〟ことを推奨する。ただ、ただ、歩き続けると……十時間も百時間も、ずっと、ずーっと歩き続けていたら……そりゃ、いろんなことを考えてしまうんだよ。そんで、これだけ考え続けてしまえば、大抵の悩みには、答がおのずから出てしまうんじゃないかと思う）、あたしが、板橋さんのお嬢さんを生き返らせる可能性、考えていない訳、ないでしょ？

うん。あたしだって、あたしなりに、随分これについては考えていたのだ。

だから。

あたしは、この板橋さんの言葉を、きっちり、受け取った……つもり、だ。

けれど。

板橋さんが言った、様々なことは、それまであたしが漠然と考えていたことを、超えていた。超えすぎていた。

どこまで考えているんだよ、この男はよー。

ほんっと、そんなことを思ってしまうくらい……板橋さんは考え続けていた……ような、気がする。

よくもまあ、こんなことまでって処まで、このひとは考えていて……それが判ると、あたしは、ちょっと、感動した。

そして、思う。


ここには、きっと、あるんだ。

〝愛〟が。

だってあたしは、ここまでのこと、考えてもいなかったんだもん。


自分の〝欲〟を超えて。

ただ、お嬢さんが生き返って欲しいだけではなくて。

〝生き返って〟しまったお嬢さんがその後どうなるか、そこまで、板橋さんは、見据えている。

それが、板橋さんの言葉の端々から、判る。

だから、あたしは、思う。

ここには、〝愛〟があるって。

そして、板橋さんは、その後にも言葉を継ぐ。

言いたくはないんだろうけれど、「死者の復活」を基にした企業展開を思ってしまったことまで、板橋さんは、あたしに言った。同時に、それが最低であるっていう、自分の意見も。こんなことを、一瞬でも思ってしまった、〝考えた〟訳ではないけれど〝思ってしまった〟自分に対して、吐き気を催す、と、まで。

それから。

このことを、あたしに告げてしまう是非についても。

どうも板橋さんの心の中では。

これを告げられてしまったあたし、その段階で〝当事者〟になってしまい、板橋さんが直面している、「死んでしまった人間を生き返らせていいのかどうか」っていう問題に、高井南海個人として直面しなきゃいけなくなるってことに、なっているらしい。

で、これは、ある意味、様々な問題を、板橋さんがあたしに丸投げしているってことになって……板橋さんが、それを、許せないって思っていることも、あたしには判った。

でも。板橋さんにしてみたら、「すべてのことをあたしに丸投げをする」可能性があっても、それでも、これをあたしに告げずにはいられなかったみたいだったのだ。

で。それは何故かって……。

うん。

言葉の端々から判ってしまった。

板橋さん……これはさあ、あのねえ、確かに、「あたしにすべてを押しつけている訳」じゃないんだろうけれど……これは、あたしもよく知らない、〝懺悔〟ってものじゃ、ないのか？　あ、いや、キリスト教ってあたしはまったくよく判らないんだけれど……これ、キリスト教徒が神父さんに対してやっている、〝懺悔〟、そんなことじゃない？

……多分。

板橋さんは、あたしに罪を告白して……そして、あたしに断罪されたい、そんな気持ちになっていたんじゃないのかなって……あたしとしては、思う。

だから、ほんとに洗いざらいすべての罪を告白して……。

むしろ、あたしに責められたい、そんなことを思っていたんじゃないのかな、板橋さん。

で、ここでまた、あたしは言いたいんだけれど。

うん、あたしは、キリスト教徒じゃないから、キリスト教のシステムなんて全然判らないんだけれど……。

すべての罪を。神様の前で告白する。

それは、まあ、〝断罪〟されちゃう可能性もあるんだけれど……告白をしているひとは、きっと、違うことを心のどこかで思っている。思考として、頭で考えている時には、勿論、そんなことを〝考えて〟はいないんだろうけれど、心のどこか、片隅で。ちょっと思っているんじゃないかってことが、あたしの心の中を過る。

すべての罪を、告白して。

そして、その時には。

願っているんだ。

それを、赦してもらえることを。


って、まあ、なあ。

んなこと期待されたって、あたしは勿論、神様じゃないし。そんなこと、できないし。

大体……板橋さんが、今思ったことって……〝罪〟かどうか、あたしには判らないし。

というか……あたしにしてみれば、板橋さんが思ってしまったことは、〝当然〟のことなんであって、間違っても〝罪〟ではないと思う。

そして、そんなことを思ってしまったら……。

この時、あたしの心の中に湧き上がったのは、二つの感情。

まず、その一。

成程。

こんなことをずっとずーっと考えていたから、だから、ここの処しばらく、板橋さんの反応が、〝変〟だったのか。だから、ずっと、板橋さんは何か鬱屈しているような気配を、漂わせていたのか。

これ。

ひとこと、あたしに言ってくれればよかったのに。

だって、鬱屈する必要なんて、まるでないんだもん。後述の事情により、あたしは、これ、断言できる。

それから、その二。

あたしを巻き込んでしまうことが怖くて、この話をあたしにしてしまった瞬間、様々な問題の解決をあたしに丸投げしてしまう、それが怖くて、板橋さんは鬱屈していた。

これなんか、も、まるで必要がない〝悩み〟だって、あたしは、思う。

だって。

あのねー。

あたしにしてみたら。

その一も、その二も、ない。

これら両方の事実に対する、あたしの答は……も、決まっている。最初っから、決まっている。

うん。

あたしが、この板橋さんの悩みを聞いたなら。そもそも、悩むもへったくれもない。悩む方がおかしい。この問題をあたしに丸投げしてくれて、まったく構わないんだよ。だって、答は決まっているんだもん。あたし、全然、悩まないもん。

うん。

聞いた瞬間に思った。

お嬢さんを生き返らせる。

これは、もう、駄目に決まっている。


ま。

下手(へた)に期待を持たせてもしょうがないから。

聞いた瞬間、あたしは即答していた。

「あの、駄目です、それ」

このあたしの台詞を聞いた瞬間。板橋さん、なんか、軽く口を開け放った……ような気がする。

それは多分……何て説明するのが判りやすいかなあ、あまりにもあたしが、何の悩みもなしに、あっけらかんとこう言ってしまったから……なんじゃないかなあ。うん、板橋さんにしてみたら（だって、あたしに丸投げをしてしまうのが悪いって思って、これを口にするのを、実に何とも秋から冬になるまで、それこそワンシーズンかけて悩みまくっていた訳だから）、言われた途端、瞬時に、何の躊躇(ためら)いもなく「駄目です」って言われちゃったのが、ショックだ、とか。

でも、あたしにしてみれば、ほんとにあっけらかんとこう言うしかない。

「駄目です、それ」

「あ……やっぱり？」

ちょっと口を開け放った後で。板橋さんは、おずおずとこう言う。

「やっぱり……死んでしまった生き物を生き返らせるとか、そういうのは、神ならぬひとがやってはいけないことだって」

「……いや……あの……」

そんな大仰な話じゃなくてね。

「この場合、娘が本当に生き返るのかどうかが判らない、娘が、〝生きているのか死んでいるのかよく判らない〟、そんな状態になってしまう可能性があるから」

「という話でもなくて、です、ね」

「もっと短絡的に、娘が映画のゾンビのような存在になってしまう可能性があるから」

「……と、いう、話でも、なくて、ですね」

大体、映画のゾンビみたいな状態は、映画だからある話でしょう。映画以外で、あんな状態が出現する筈はないとあたしは思う。

う、う、うーん。

本来、これは、もっと、ずっと、判りやすい話の筈なんだ。でも……どう説明したらいいのかが……これがほんとに判らないんだよな。

「えーっと……」

えーと。ここで、あたしは息を吸う。そしてそれから。ひとつずつ、言葉を、選びながら。

ゆっくりと、言ってみる。

「板橋さんは、あたしの能力のこと、〝物理法則をまったく無視しているもの〟だって……言ってません、でした、か？」

「……あ、ああ。確かにそんなことを言ったような気がするけれど……それが、何か？」

ふーむ。ここの処までは、板橋さんも、判ってはいるのか。

「あの、よく判らないんですけどね、でも、多分」

うん、多分。

「あの、〝靄〟の中の空間……あたしが、〝痛いの痛いのとんでけー〟をやれる空間、あれは、多分、今、あたし達が知っている、この空間とは違う物理法則にのっとっている、そんな空間だって思うんです」

「うん。俺も、そう思う。じゃなきゃ、ものが直ったりはしない。で……それが、何か？」

「いや、だからね」

うーん。ここから先は、どう言ったら判って貰(もら)えるのか、あたしにも判らないんだけれど。

「物理的に事情がまったく違う空間で、そこに無理矢理突っ込んでしまったこの世界の〝物質〟に対して、〝痛いの痛いのとんでけー〟って、やっていいのか。あたしが、判らないのは、ここ、です」

「……って？　……いや？　やっちゃってるけど、俺は？　いや、やっているのは高井さんか。で、それが何かまずいのか？　その、〝無理矢理突っ込んでしまったこの世界の物質〟って、つまりはあの、とっくりとかカップとか……もっと言っちゃえばぬいぐるみのペルの残骸（ざんがい）とか……そういうもの……の、こと、言ってるんだよね、高井さんは」

はい。それは、そうです。けれど。その前に。

その、ずっと、前に。

これ、ひょっとして、板橋さんは気がついていないのかも知れないけれど。

二つの空間を無視して、無理矢理突っ込んでしまったこの世界の物質って……カップだのとっくりだのはどうでもいい、もっとずっと問題になる物質がある訳で、その物質って……はっきり言ってしまえば、〝あたしの、体〟、なのだ。

そうなんだ。〝痛いの痛いのとんでけー〟で、ほんとにずっとあたしが治しているのは、とっくりでもぬいぐるみでもない、あたしの、体、なのだ。

「とっくりとかぬいぐるみとか……あれ、直しちゃって……それ……なんか、まずい、の、か？」

「いや、まずくはないです。っていうか、それ〝まずい〟って言っちゃった瞬間、あたし、死んでます」

「……え……あ！　……まあ……そう、なるのか……」

なるんだよ。繰り返すけど、あたしが一番最初に治したのは、そして今でも治し続けているのは、他の何でもない、あたしの体なのだ。もしあたしが、〝痛いの痛いのとんでけー〟をやれなかったら……おそらくは、随分前に、あたしは死んでいる可能性がある。

「で。あたしは実感としてはまったくそう思わないんだけれど……あたしが〝痛いの痛いのとんでけー〟をやっている空間は、多分、今、あたし達がいる、この空間とは違う……ん、です、よね？」

「……そうとしか思えん」

「なら。あたしは、自分で自分の体を治す度に、今、あたしがいるこの空間と、〝痛いの痛いのとんでけー〟に属する他の空間を、混ぜているっていう話になるって思いませんか？」

「……え？」

ちょっと、あく、間。そしてそれから。

「………え。……ええええ？」

板橋さん、真っ青になっている。

「え、え、え、そんなことが……いや、そんなことがあるのか、そこまでのことは考えていなかった」

　わたわたする板橋さん。ああ、この反応は、いいよなあ。板橋さんが、あたしのことを気づかってくれているって、これだけで判る。

「じゃ、そんなことやっちゃって……それは……それは高井さんにどんな悪影響を与えることに」

　うん。板橋さんがあたしのことを気づかってくれている、それを堪能した処で、あたしは、次の言葉を口にする。

「悪影響も何もないんです。というか、今更それ言ったって、遅すぎます」

　うん、だって、そうだよね。

「そもそも、〝痛いの痛いのとんでけー〟で怪我が治っちゃった時点で、あたし、この二つの世界に影響与えまくってますし、同時に、影響受けまくりの筈です。この二つの空間を混ぜて、それであたしに悪影響があるんなら、勿論のこと、あたし、とっくにその悪影響、受けてます」

「……あ……ああ……」

「あのね、あたしは、板橋さんと知り合う前からずっと、〝痛いの痛いのとんでけー〟をやってました」

　うん。そうじゃなきゃ、そもそもあたし、板橋さんと知り合う訳が、ないものね。その前に、多分、死んでた。

「だから、あたしは、個人的にずっと、この二つの空間を混ぜていたって話になると思うんです」

「……まあ……そう……なる……よ、ね」

ただ。実際にそれをやっていたあたしが、二つの空間を混ぜる、とか、そんなこと、知らなかったっていうか、気がつかなかっただけ、で。今まであたし……この二つの空間を、混ぜ放題、混ぜていたんだ。板橋さんと知り合って初めて、あたしは、〃自分が二つの空間を混ぜていること〃に、気がついたのだ。

「で、あたしの個人的な気持ちでは、この二つの空間、混ぜてまずいことはない」

「え……そんなこと断言して……」

ここで板橋さん、ちょっと台詞を飲み込んで。そしてそれから。

「いい……のか」

こう言ってくれる。

「うん、いいんです」

そうなのだ。こう思ってしまわなければ……そもそも、あたしが、今、この世に生きていられる訳がない。だって、今まで、思うさま、この二つの空間を、あたしは混ぜ続けてきたんだから。今でも混ぜ続けているんだから。自分でもまったくそんなこと、知らないうちに。じゃないと、あたし、すでに死んでいる筈だと思うから。

「だから、まあ、あたしに関しては、この二つの世界、〃痛いの痛いのとんでけー〃で混ぜちゃって、いい、と、仮定します」

「うん」

「けど……あたし以外の場合は……この二つ……本当に、混ぜて、いいん、で、しょうか」


あたしは。

無意識のうちに、自分でも知らないうちに、二つの空間を、混ぜていた。

勿論、これは、あたしが知らなかったことなんだから、あたしに責任を追及されたって困る。

で、その結果として……あたしの怪我は、治った。

まあ。

あたしにしてみれば。

自分の怪我が治った処で、話、オールＯＫになった訳。

板橋さんの話を聞かなければ、あたしにとっては、ここで、話、おしまいだ。

空間だなんてね、あたしにはよく判らないものなんだし。それの、どこがどう〝混ざって〟しまっても、あたしにしてみればどうでもいいんだもん。

けれど。

この現実空間に存在している、板橋さんにしてみれば……きっと、これは、〝どうでもいい〟ことじゃないんじゃないか……そんな、気が、する。それに。あたしだって、この〝現実空間〟に存在しているんだ、これ、〝どうでもいい〟訳がない。

それに。

『痛いの痛いのとんでけー』。

この空間を利用して、あたしが〝いろんなものを直してしまう〟のも、ま、いいとしよう。

考えてみたら、今まであたしがほんとに大怪我になる可能性があった怪我をした時。(もの凄く婉曲(えんきょく)っていうか判りにくい表現なんだけれど……その……今までにあたし、「これはもう絶対に骨、あり得ない感じで折れてたよね、服突き破って骨が突出するような格好で折れていたよね」って怪我をしたことが……実は、一回どころかもっと……あったんだよね。あんまり深くは考えたくないから、なるたけそのことは忘れていたんだけれど。)その時も、「痛いの痛いのとんでけー」をやれば、その時は、あたしの骨だけじゃなくて、破れた筈の服まで、直っていたんだよね。他にも、「これはどう考えてもこういう怪我をする以上、あたしの服は破けている」、そういう事態になったことも、数知れず。でも、いつでも……あたしの怪我が治るのと同時に、あたしの服も、直っていた。うん。今まで、考えてもみなかったんだけれど……そういう意味ではあたし、板橋さんと知り合う前から、「痛いの痛いのとんでけー」で、自分以外の物質を〝修復〟していた過去が、あったのだ。

だから。

あたしの体が治っていいのなら。

付随して、あたしがその時着ていた服なんかが直っていいのなら、あたしが、自分の体を治してしまうことも、「痛いの痛いのとんでけー」で他のものを直してしまうのも、いい、ことだと思う。

「痛いの痛いのとんでけー」で、あたしが、自分の怪我を治してしまうのは、よし。また、それに付随して、「痛いの痛いのとんでけー」で、服だの何だの、余計なものが直ってしまうのも、また、よし。

ここまでは、オールＯＫだという話にしよう。

いや。

ここに文句を挟んでしまうひとは、いるかも知れない。

自分の体のみならず、服だの何だの、他の物質も交えて、それを〝修復〟してしまう、そんな〝能力〟は、あっていいのか。そういう形で、二つの空間を混ぜて、それで本当にいいのか。

そういうひとに対しては。

あたしは、断言する。

いい、のだ。

いや、〝いい〟としか、言いようがない。

だって。

それ、やらなきゃ……〝痛いの痛いのとんでけー〟がなければ……あたしは、おそらく、人生の早いうちに死んでいた。

そして、あたしは、全力で主張する。

あたしは、〝生き物〟だ。

生きている。

だから、全力で主張する。

生き物であるあたしにとって、〝あたしが生きている〟ことは、全面的に、〝善〟である。

だから、あたしを生かす為(ため)にあたしがどんなことをやったとしても、それは、あたしにとっては、〝善〟なのだ。そして、〝善〟である以上、正しいことなのだ。

繰り返すけど。

あたしは、〝生き物〟だ。

そして、生き物にとって、最も正しいのは、〝自分が生き延びること〟なのだ。

従って。

あたしが、自分が生きる為に〝痛いの痛いのとんでけー〟をやってしまい、自分の怪我を治し、同時に自分の衣服を直してしまったこと、これは、正しいことなのだ。

そのせいで。

あたしの知らないうちに二つの空間が混じってしまっても、そのせいで、えっと……あたしにはよく判らないんだけれど……今、あたしがいる〝空間〟に、何か問題が生じたとしても……それ、はっきり言って、あたしの知ったことじゃないと思う。うん、そういう大きな問題は、あたし以外の、もっと大局を考えられるひとに、考えて頂きたい。

そうだよ。

別に、責任を回避している訳じゃなくて。

あたしは、〝生き物〟である自分を軸にして、思う。

あたしは、生き物である。そして、生き物にとっては、生き続けることが〝善〟だ。その為に全力で努力をすることこそが、〝善〟だ。だから、あたしは、それを続ける。

けれど。

板橋さんがしたいって思っていることは……多分、違うのだ。

彼がやりたいのは、〝お嬢さんの復活〟。〝お嬢さんが生き返ること〟。

「お嬢さんを例にとるのはかなり刺激的ですんで、他のものを例にとりますね。えーと、例えば、猫。高校の頃、あたしは猫を飼ってまして、この子、十四で死にました。けど、あたしはあの子が本当に好きで……できれば、復活して欲しい、ほんとに、あの頃のあたしは、そんなことを思ってました」

「……あ……えーと……まあ……その」

あたしが何を言いたいのか、判らない板橋さん、こんな、意味もない言葉を、ただ、音として言ってみる。

「勿論、あの頃のあたしは、まさか自分に〝復元能力〟があるだなんて思ってませんでしたから、当然のことながら、うちの猫は死んだまま、でした」

「……ああ……はい……」

「で、今」

あたしがこう言うと、板橋さんが息を呑んだのが判った。そしてあたし……気がつくと、いつの間にか、声が大きくなっていた。

うん、会話に力がはいるにつれて。いつの間にか、会話しているあたしと板橋さんの声、大きくなっていたみたい。

「はい、今」

板橋さん、こう言うと、食い入るようにあたしの方に視線を寄越す。

「あたしに〝復元能力〟があるとしても……あの子の遺骨が今ここにあるとしても。いや、実際、あると思うんですけれど」

「え……」

「だってあたし、あの子の死骸を、タオルに包んでうちの庭に埋めましたから。うちの庭の桜の木の下に。そこ、掘り返してみたら、きっとそこにはある筈なんです、あの子の遺骨。タオルに包んで埋葬したから、多分、今でも、あの子の遺骨を手にいれること、あたしにはできる筈。虫や何かに食われて、すでに遺体としての形は残っていないかも知れませんけれど、タオルはもうぼろぼろになっていて、形を留めていないとは思うんですけれど、でも、遺骨だけは、ある筈なんです」

「……あ……ああ、成程」

「でも」

でも。ここで、言いたい、あたし。

「ここにあの子の遺骨があったとしても……それでも、あたし、多分、あの子を復元しないと思います」

「……え……何で」

「だって、判らないから」

「……って？」

ここで。あたしは、息を吸う。そして、吐く。ゆっくりと。

「今まではね、自分の体を治してしまった時も、それに付随して服や何かを直してしまった時も、あたしはね、知らなかったんです。自分が何をやっているのか、を」

ここで、板橋さんは、息を呑む。そうだ、あたしに、そういうことを教えてしまったのは、板橋さんだ。

「でも、今、あたしは、知ってしまった。どうやらあたしは、二つの空間を混ぜているみたいだって」

「……」

「そういう意味では、これから先、〝靄〟にひっかかって大怪我をした場合、あたし、自分で自分の体を治していいのか、ちょっと悩むかも知れません」

「え、いや、それは悩むも何も」

「うん。こんなこと言っちゃいましたけど、実の処、悩まないと思います、あたし。あたしは、これから先も、何かあって自分が大怪我をしたら、絶対にやっちゃいます、『痛いの痛いのとんでけー』」

「……当然だ」

これは、板橋さんの台詞。そして。

「けど、これは、あたしの怪我を治すっていう話じゃなくて、二つの空間を混ぜることの是非を問う、そういう話、なんでは？」

こちらは、あたしの台詞。

「……あ……い……いや、そうなんだけれど。本当にそうなんだけれど、でも、それでも高井さんが自分の体を治すのに悩む必要はないっていうか……悩んでどうするっていうか……悩んでいるうちに死んじゃう可能性があるっていうか……」

板橋さんがこう言って。

それは本当にその通りだったので。

「けれど」

と、あたしは、言う。

「あたしは、これから、自分が大怪我をして、〝痛いの痛いのとんでけー〟をする時、きっと、悩むと思います。あ、勿論、これは、口だけ、ですね。口で何を言おうとも、どんなことを考えていたとしても……それでも、この先、大怪我したら間違いなくあたしは、〝痛いの痛いのとんでけー〟をやってしまいます。何故って、それやらないと、あたしが死んじゃうかも知れないから」

「……うん……だよ……ね……」

そうなんだよ。

「あたしにとって、本当に大切なのは、たったのひとつ。あたしが生きていること。その前には、〞くーかんがどーのこーの〟だの何だの、そんな抽象的なこと、あたしにとってはまったく問題ではありません」

「だ……ろう……なあ……」

ここであたしは、一回息を吸って、話を纏める。

「あたしは」

息継ぎ。

「自分の生存の為には、何でもします。それこそ、〞世界〟を二つも三つも混ぜてもOK、そういうことをしてしまいます。何故って、あたしにとって、一番大切なのは、〞あたしが生き延びること〟だからです」

「……はい」

「でも、〞あたしの生存に関係がないこと〟なら。なら、あたしは、考えます。……そんなこと、やっていいのかなって」

「……成程」

こう言うと、板橋さん、細くふうって、息を吐く。

「……うちの娘を生き返らせるっていうのは……つまり、高井さんにとっては、やっていいのかどうか判らない、〞そんなこと〟になる訳か」

「なる訳、なんです。……で……ごめんなさい」

ここで、あたしは、本当に言いたくないことを言わなきゃいけなくなる。でも……言うしか、ない。

「やっていいのかどうか判らない、ん、じゃなくて……」

うん。

「やりたくない、こと、なんです」


ある意味。

自分でも酷(ひど)いことを言っているって自覚はある。

だって、あたしは、自分が怪我をした時に着ていた服を直す。そして、今まで、カップだのとっくりだのを直してきた。

それを考えたら、板橋さんのお嬢さんを治していけない積極的な理由はない。

けれど。

板橋さんのお嬢さんを〝治す〟っていうのは……実は、二つではない世界を混ぜてしまうことになるのでは、そんな感覚があるので。

そうなんだ。

死んでしまったお嬢さんを生き返らせるっていうことは……三つめの、あるんだかないんだかよく判らない世界を……混ぜてしまうことになるんじゃないかって気が……する、ので。

うん。

死んでしまった板橋さんのお嬢さんを治す……これは……今、あたしがいる空間と、他の空間を混ぜるだけじゃなくて……〝死後の世界〟とか、〝あの世〟とか……そういう、もうひとつ、まったく次元が違う世界を混ぜることになるんじゃないかって気がして……

そして、それは。それだけは。

あたし、やりたく、ない。

自分でも、冷たいと思う。

けど、やりたくない。

これはもう、理屈ではない。

どうしても、あたしは、これを、やりたくないのだ。

この場合、空間がどーのこーのは関係がない。死後の世界をまぜていいのか、あの世とかで休らいでいる魂を呼び戻していいのか、そういう気分になってしまうのだ。あるいは、すでになくなってしまった魂がはいる器を、新たにこの世に作っていいのか、そんな気持ちになってしまうことなのだ。

だから。お嬢さんの復活。猫の復活。

やろうって考えた瞬間、凄い勢いで自分にブレーキがかかるのを感じる。

あたしは、生き物である。

だから、自分が生き残る為に、「痛いの痛いのとんでけー」をやることに躊躇(ちゅうちょ)はない。

そして、同じ感覚で。

死んでしまったひとを生き返らせる、これを考えた瞬間、自分の心にブレーキがかかるのなら……躊躇してしまうのなら……なら、その感覚を、あたしは、大切にしたい。

自分が、心から、〝やりたくない〟と思っていることは、多分、やらない方がいい。

生き物が、本当に心から〝やりたくない〟って思ってしまうことは……きっと、やらない方がいいに違いないだろうから。


「成程」

しばらくの沈黙が続いたあとで、板橋さんは、押し出すようにこう言った。

「ある意味、非常に明確だよなー」

うんうん。そんな感じで、板橋さん、頷(うなず)く。そして。

「なんとなく判った。高井さんにとって、死んでしまった猫を生き返らせることは、この世界と、〝靄〟の中の世界だけじゃなく、〝死後の世界〟とか〝あの世〟とかいうものを混ぜることになっちゃうって話だね。で、それは、生理的にやりたくない、と」

おおおお。こういう纏めをされてしまうと、この瞬間あたし、「板橋さんって本当に有能なひとなのかも」って思ってしまう。あの言葉足らずのあたしの台詞をもとにして（まあ、あたしの表情を読んだり他にも色々としているんだろうけれど）、ここまで正確な判断ができるって、ある意味凄いな。それに。話題を死んでしまった猫に限定して、お嬢さんのことに触れないあたり……これは、大人の配慮、でしょうか。

「これは表現がちょっと何かも知れないけれど、多分高井さんは、その辺を歩いている野良猫を殺してまわりたいとは思わない。というか、実際に殺せる猫がどれだけいようと、殺して回らない。でも、それは、動物愛護の精神から思っている訳じゃなくて、そんなことをするのが生理的に嫌だからだ」

「え……そりゃそうなんですけれど、一体何なんですかその話」

なんか話、突然飛んだぞ？

「けれど、それはある意味とっても変な話なんであって……ゴキブリが台所にいたら、高井さん、躊躇なく、それを殺そうとするだろ？」

え……ああ、はい。それはその通り。台所でゴキブリ見たら、その瞬間、あたしはスリッパを構える。

あたしがそんなことを言うと、板橋さん、ふっと笑って。

「台所に出てきたゴキブリは躊躇なくスリッパでたたき潰すけれど、庭を徘徊する猫は殺さないって、理屈が通らないだろ？　どっちも単に自分のテリトリーをうろうろしているだけの他の生き物なんだからさ」

え、え、ええ？　いや、それ、話がまったく違うのでは？

「いや、だって、ゴキブリって病気を媒介するとか……」

「ゴキブリがどんな病気を媒介するのか、具体的に高井さんは知ってるの？」

……え……そう言われると……実は、知らない。確かにあたしは、ゴキブリを見たらスリッパ構えてそいつに迫るけれど……それ、多分、病気を媒介されると思っているからでは、ない。うちの台所にゴキブリがいるのが生理的に嫌だからだ。

「つまり、それって、生理的な気分なんだよね。猫は殺したくない。ゴキブリは殺してもいい。いや、むしろ、殺したい。これは、生理的な気分なんだよね」

……ああ……まあ……。

「そりゃ、確かに、ゴキブリには病気を媒介するとかいろんな事情はあるだろうけど、ひとには、生理的にやれることとやりたくないことがある。これはそんな話だよね」

……言われてみれば……。

「今さ、都市部では結構鼠(ねずみ)が増えているっていうじゃない。ほんとに病気の媒介を心配しているのなら、本当にそれが問題なのなら、鼠を見たひとは、スリッパ構えて鼠を追いかけるのが当然じゃない？　歴史的に言って、鼠こそ、まさに具体的に媒介している病気があるんだしね。……まあ……スリッパ持って追いつける鼠はいないような気がするけれど。そんなこと言っちゃえば、スリッパでゴキブリ殺すのもかなりの特殊技術のような気がするし。……で、まあ、実際問題として、ゴキブリ相手にスリッパ構えるひとは沢山いても、鼠相手にそれをやるひとは、滅多にいない」

……確かに。

だって、あたしにはハムスターを飼っている友達が何人もいるし……その前に。ハムスターにスリッパ叩きつける自分を想像してみたら……なんか、すっごく、嫌だ。勿論、都市部で増えている鼠って、ハムスターじゃないんだし、飲食店なんかで鼠が出てきたら、衛生的な問題としてそれはとてもまずいだろうと思うけれど……その時は、殺鼠剤を撒くとか、鼠ホイホイ（そんなものがあるのかどうか知らないけれど）みたいな罠を仕掛けるとか、自分で叩き殺す以外の方法で鼠を殺したいって、あたしは思ってしまうだろう。うん、ゴキブリはスリッパで叩き殺していいんだけれど、鼠には、それをしたくないんだよね、あたし。

そして。これには、多分、理屈が、ない。

「つまり、それは〝生理的にやりたくないこと〟なんだよね。そして、〝生理的にやりたくないこと〟っていうのは……ある意味、とっても、強い。おそらくは理屈を超えている。そして……多分、高井さんが、死んでしまった猫を生き返らせたくないっていうのは、こういう、〝生理的〟な観念なんだろうね」

……あららら。

やっぱ……板橋さんって、単なる莫迦男では、ないのかも知れない。こう言われてみたら、あたしが今まで思っていたこと……なんか、すんなり、納得できてしまった。

「生理的な思いっていうのは、強いよ。そして……僕の立場ではあんまり思いたくはないんだが……生物が、〝生理的にやりたくない〟って思っていることは……きっと、ある程度正しいんだろうと思う」

あ。板橋さんの一人称が〝僕〟に戻った。そして……いや……それだけじゃなくて……。

「だから、高井さんがそう思うのなら、僕はそれに納得するしかないのかな」

……って！

って！

板橋さん、それ、納得しちゃっていいんですか？

で、あたし、思わず。

「だって、それ納得しちゃったら」

気がついたら、これまた結構な大声を出していた。

いや、それまでも、それなりの声で、あたしは、板橋さんとの会話を続けていた筈。

ただ。

〝それ納得しちゃったら〟。

この後に続く言葉を、あたしは慌てて飲み込む。

この後に続く言葉は……〝板橋さん、娘さんの復活を諦めるっていう話になりますね？〟っていうもの以外、あり得ないから。そして、それに続く言葉は……〝ほんとにそれでいいんですか？〟。

そして、今、世界で一番、それを言ってはいけないのが、あたしだ。だって。

〝娘さんの復活だけはやりたくない〟って思っているあたしは、未だに健在だ。というか、

"娘さんの復活" については、これ以外の思いはない。そのあたしが、世界でただ一人、娘さんを復活できる能力を持っているあたしが、『ほんとにそれでいいんですか？』って意味のことを言ってしまったら……これ、板橋さんに徒な期待を抱かせるだけじゃないか。

高井南海は、板橋さんの娘さんを復活する気があるって。

でも、あたしには、そんな気が、まったくないのだ。

だから、こんなことは、絶対に言ってはいけない。

それが判っていたのに。

あたしは、何か、そんな言葉を口にしそうになった。

〝それでいいんですか？〟

絶対に、言ってはいけない台詞。

でも、今までの会話の流れで、それを言いそうになったあたし。

と。

この瞬間。

あたしのうしろで、がさっと音がした。

……え？

あ？

# 十章

# すべては、あるがままに

がさっ。

高井南海の後ろで、こんな音がした。

その音をたてたのは、山下和人だった。山下和人というのは、〝修復課〟が随分前にやった、カップの復元の関係者。そして、このカップの復元に異議を唱え、このカップの復元だけは認められないと言っていた、そんな人物。

そしてここから先は、その山下和人が思っている事実——つまり、山下和人にとっての真実。

俺は。

ここの処しばらく、板橋っていう男と、高井っていう女に張りついていた。

もともとは、私立探偵を雇って、この二人の行動を監視していたのだが……さすがにこれには、限度があった。

うん。

一回でもいい、私立探偵なんて雇ってみろよ。これ、ほんとに信じがたいくらい金がかかるのだ。浮気の調査なら、調査対象の仕事が終わった時から帰宅するまで監視すればいいってことになるんだろうが……俺の依頼は、とにかくこの二人のすべての行動を詳らかにして欲しいっていうものだったから……結果として、この二人が起きている間、ずっとってことになる。いや、夜、自宅に帰り、電気が消えたとしても、それでも、いつ、こいつらがむっくり起き出してどこへ行くのか判らないってことになれば……まあ、その、二十四時間って話になる。そうだ。こいつら——特に板橋の方が、何か怪しい贋作者集団と連絡をとっているのなら、むしろ、家に帰ってからの方が、警戒しなくてはいけない。家に帰って、一回電気を消して、その後でこっそり贋作者集団と連絡をとる。……なんか、こんなの、ありそうな話じゃないか？

で、こうなると。

そもそも。二十四時間人を見張ることは、一人の人間にはできない。二人でもきついかも知れない。そして、三人がローテーション組んで一人を見張るとすると、当然、三人分の人件費が発生する。こんな感じで見張りたい人間が二人いるなら、×2。（まあ、監視対象である二人は、勤務時間中は殆ど一緒にいたから、その辺は少し探偵社の方でまけてくれたのだが。）

また、これやっている間に、監視対象が電車に乗れば電車に乗る、タクシーで移動された日にはタクシーでおいかけなきゃいけない、喫茶店にはいれば喫茶店にはいる、レストランにはいればレストランにはいる（ないしは、その喫茶店やレストランが見張れる店にはいる）、この時にかかった金は当然経費だ、これが何週間も続いたのなら……あっという間に、支払う金額の単位は、万でも十万でもなく、百万になった。（これは、支払う金額が百万円になったという意味ではまったくない。支払う単位の桁が、百万になったということだ。）

確かに俺には預金があった。だから、私立探偵に、この二人の見張りをお願いした。けれど。

どう考えても俺の資金には限界があったのであって……。

だから、俺、しばらくこれを続けた後、探偵事務所への依頼を終了した。

……まあ……それだけの〝成果〟があったし。

この二人を見張るのと並行して、この二人の過去を調べてみて貰った結果、色々と判ったこともあった。

これだけでも、探偵社に依頼しただけのことはあったと思う。

だから、俺は納得してこの依頼を終了したのだが……同時に……何よりも、金がなくなってしまったってことが大きい。


そして、それから後の俺はどうしたのか。

当たり前だけれど、答は、たったのひとつだ。

自分で、こいつらに、張りついたのだ。

他にできることなんか、ない。

だから、ひたすら、張りつき続けたのだ――。


で。


実際に、これをやってみたら。

今日。

ちょっと前から、この二人は、何だかとんでもないことを言っている。

今までは。

尾行している俺には、この二人が話していることは聞こえなかった。

いや、そりゃ、普通そうだろう。

素人の尾行だからね、あんまり連中に近づく訳にはいかない。あちらには気がつかれていなかったにせよ、場合によっては、連中が振り返った時、慌てて自分から距離をとることだってあった。

この何日か。実際に尾行しながら、「こいつら何話しているんだろうか」って思ったことは何回もあったんだけれど……いっそのこと、もう一回特別料金を払って、探偵社に依頼して、盗聴器みたいなもの、こいつらにつけて貰おうかなって思ったこともあったのだが……さすがにこれは合法だとは思えん。つけ方も判らん。仮に服のどこかにつけたとしても、着替えられたらそれで終わりだ。そして、何日も着替えをしない人間というのは、考えにくい。(秋から冬へ向かう時節柄、同じコートを着続けてくれるとも思えん。日によって、あきらかにこいつらの服装は違うのだ。)ということは、まっとうな探偵社は、多分、これ、やってくれないような気がする。

と、いう訳で。五日程尾行はしてみたんだけれど、この二人の会話は、俺には聞こえなかった。

けれど。

今日に限っては、それが、違ったのだ。

聞き取れてしまう。盗聴器もないのに。

こいつら……何でだか、しゃべっているうちに、声が段々大きくなってきていて……だから、聞こえてしまう。

その、聞こえてきてしまったことが……。


二つの空間を……混ぜて、いる？

猫を、生き返らせる？

ひとを生き返らせるのが生理的に嫌？

……何を……言っているんだ、こいつら。

『死後の世界とか』

そう思って、この会話の断片を、〝理解不能〟だって分類して無視しても、本当はよかったのだ。というか……俺にしてみれば、こんな訳の判らない会話は、是非とも〝理解不能〟にしたかった。心から、無視したかった。

けれど。

理解不能。

できなかった。

何故ならば……〝理解不能〟では、なかったから、だ。

理解……できてしまった自分が、嫌だ。

けれど……理解……できてしまった。

こいつら。

最早、どっかおかしいとしか思えない。

だって。

こいつらは、言っているのだ。

自分達が、超能力者だ、と。


いろんな言葉の端々。

聞こえてきてしまう台詞。

これから考えるに……こいつらは、自分達が、いろんなものを〝直して〟いるって確信している。

いや、確信しているだけならいいよ、それは〝誤解〟だ、〝思いこみ〟だって可能性があるんだから。

……けれど……。

こいつらは、すでに、〝自分がいろんなものを直している〟ことを問題にはしていない、なんと、こいつらが問題にしているのは、「そんなことをやってしまったが為に、空間が混ざってしまったらどうしよう」っていう……ほんっと、訳判らないっていうか、何悩んでいるんだっていうか……そんな次元のことだったのだ。

ここから演繹される事実として……宮里が壊したカップ、あれを……本当に、復元してしまったんだ、この連中は。

いや、事実は、どうだったのか、判らない。

けれど、少なくとも、こいつらは、そう確信している。

そして。その延長で。

只今（ただいま）この二人が悩んでいるのは、この〝復元能力〟をもとにして、死んでしまったひとを生き返らせることの是非……らしい……のだ。


いや。

全力で、否定したい。否定しなきゃいけない。

だって、そんなこと、あっていい訳はないだろう？

そんなことを思っていたら、俺は、いつの間にか、会話をしているこの二人に近づきすぎてしまった。


この二人は、道で会話をしている。

ここは、いささか細い道だ。多分、二台の車がすっとすれ違うことができそうにないような、そんな道。すれ違う為には、どちらかの車が徐行して、対向車に道を譲らなければいけない、そんな道。

だが、この道の手前には大きな道があり、また、この先にもそれなりに大きな道がある。

つまりは、この細い道、二つの大通りの抜け道になっていた訳だ。

だから、交通量は、それなりにある。車は、この道をかなりの速度で走り抜けている。けれど、道としては、小さい。細い。

その道の脇には、門がある。

個人のお宅の門。

そこからちょっと離れた処で、この二人はこんなことを声高に言い合っていて……。

俺は、この二人の会話をもっと聞きたくて、いや、聞きたくなくて、どうしたらいいのか、これが自分でもまったく判らなくて……そして、この二人に更に近づいてしまった。近づきすぎてしまった。

そうしたら。

この道には、何故か、この道に面している家の門の脇にゴミ箱が置いてあったのだ。

ああ、これは、判る。

町内会が指定しているゴミ捨て場以外に、自宅の前にゴミ箱を出して、それを回収してもらうっていうゴミ回収方法が、最近はあるんだよな。このゴミ箱は、その為に出されていたもので、すでにゴミは回収されていて、後はゴミ箱がこの場所に残っているだけ、そんなもの、なんだよね、きっと。ゴミが回収された後、この家のひとがまだゴミ箱を家の中にいれていない、そんな状態で放置されていたゴミ箱。

そして。俺は、そのゴミ箱にひっかかった。あやうくゴミ箱を倒しかけた。（慌てて手を伸ばしたので、何とか無事に倒さないで済んだんだけれど。）

だが。

その時。

がさっ。

結構大きな音がしてしまった。

俺が驚く程の音だったのだ。

これが、俺が様子を窺(うかが)っているこの二人（板橋とかいう男と、高井っていう女）に、聞こえない訳がない。いや、聞こえないで欲しいって、俺は心から願ったんだけれど……どう考えてもこの願いは、無理だろ。

慌てて俺は、この場から離れて、近くの電柱の陰に隠れようとする。

けれど、そんなこと……無理、だった。

俺は……ゴミ箱の後ろにいた俺は……板橋とかいう男と……もろに、目が、あってしまったのだ。

◆板橋徹也にとっての真実

がさっ。

そんな音がして。

板橋は、その〝音〟の方へと視線を飛ばす。すると、そこには、まるでゴミ箱の陰に隠れるようにして、ひとりの男がいて……。

これ、誰(だれ)だろう。

見たことがある奴(やつ)だよね……と、思い、次の瞬間、板橋は思い出す。

あ。これは、山下とかいう奴だ。

前に、うちの課に文句を言ってきた奴。高井さんが、勝手に個人で会ってしまった奴。

あの後。板橋と高井のことがどうしても納得できなかったのか、興信所を雇って、俺達のことをしばらく探っていたって話もあったな。

けど、その後、資金的な問題で、それを止(や)めたという報告を受けていたんだが……なんだって、その山下、本人がここにいるんだ？

## ◆高井南海にとっての真実

がさっと、音がして。

そっちを見たら、なんか、見たことがあるような男のひとがいた。

え、え、えええ、誰？

あたしは、まず、これを考えたんだけれど……ああ、このひと、見たことがあるような気がするんだけれど、でも、誰だか判らない。

ただ、このひと。

今、あたし達がいる場所のちょっと後ろ、その辺のごみ箱の陰に隠れている（……らしい）。

……この〝隠れているらしい〟っていうのがね、もう、無理もいいとこ。

だって、このひとのこと、も、見え見えなんだよね。

でも、多分、御本人は、〝隠れている〟気分みたい。

で、あたしが思ったことはひとつ。

何やってんだ、こいつ。

## ◆山下和人にとっての真実

あ。

これは、まずい。

瞬時、ごみ箱の陰に隠れようとした山下和人だったのだが……これは……その……むしろ……隠れようと思わない方がずっとよかった。

いや、だって。

この、ごみ箱。

山下の体を、まったく隠してはくれなかったから。（有体に言って、山下の体の方が、ごみ箱よりずっと大きい。ごみ箱は、山下の太股くらいまでしかないサイズだ。この奥にしゃがみこんだって……あの、ねえ。）

実際、隠れようとした山下の体は、外からみれば、ばればれとしか言いようがない状態になっている。と、いうか、むしろ、下手にごみ箱の陰に体を縮めてしまったせいで、余計に何か〝怪しい〟感じになってしまっている。

とはいうものの。

今更、他の隠れ場所を探す訳にもいかないし。

とはいえ。

なら、今、自分は、どうしたらいいんだろうか。

これが、まったく、判らない。

そこで。

山下は、ちょっとずつ、自分の体を、ごみ箱の陰から撤退するようにしてみた。しゃがみこんだまま。後ろ向きに、這いずるように。まあその……今となっては、そこに隠れてもまったく意味がないだろうと思われる、ちょっと後ろにある筈の電柱の方へ向かって。電柱の陰なら、まあ、何とか隠れることができるかなって思って。

ポーズを変えるのは、なんか嫌だ。嫌だ……っていうか、今の山下、すでに大きく動きたくない。ま、今更大きく動いたって、それで事態が変わる訳ではないとは思うのだが……ああ、あれ、だ。

危機的な状況になった時、ダチョウが砂の中に頭を突っ込んでしまうっていう奴。（本当なのかどうか、まったく判らないんだけれど。俗説として、そんな話を山下は聞いたことがあった。）

今、山下がとっている行動は、そういうものだ。

危機的な状況を見たくないから。それをなかったことにしたいから。

だから、今までとまったく同じに。

体を小さくしたまま、そのポーズのまま、ちょっとずつ、ちょっとずつ、後じさる。

するすると……するすると……とにかく、ずっと、後じさる。

ただ……このダチョウの行動には、まったく意味がないって、山下だって知ってはいる。

知ってはいるんだが……だが……他に何をどうしろと。

どうしようもないから、こういう行動を続ける。

もの凄（すご）く、自分のことをいぶかっている視線を感じる。

当然だ。

誰がどう考えたって、今の自分の所業は怪しい。

これはもう。

間違いなく自分は咎められてしまうだろうな。

それが判っていても、実際に咎められるまでは、まだ徒な希望を抱いて。

咎められないといいなーって、思いながら。

## ◆全体的な事実

山下和人は、ずっとずっとゆるやかに、お尻を後ろへと送ってきていた。お尻の方から撤退しているから、いきおい両手を地面につく形になって。ほぼ這いずるような感じで、重心を後ろへ送り、その後からゆるゆると足と体幹部がついてゆく。そして、最後に、体幹に引っ張られるようにして、腕が。両手は、地面についたまま、じりじりと地面を撫でるようにして後ろへと行く。

なめくじが這うように、ゆるやかに、ゆるやかに、山下和人は、少しずつ、少しずつ、ゴミ箱の陰から後ろ向きに撤退して……いつか、電柱の陰に回ることができるのを、夢見て。

いや、今となっては山下だって判っている。

この撤退の仕方はあきらかに〝変〟だ。

怪しい、としか、言いようがない。

むしろ、まっすぐ立ち上がって、そのまますたすたと後退する方がましだ。それは判っていたのだが……一回、こんな変な撤退の仕方をしてしまいだすと、今度は他のことがちょっとやりにくい気持ちになってしまって。（それにまた。もっと絶望的なことだって、実は山下、判っている。ここまで来たら——どう考えても、自分のことは、板橋と高井にばれているんだから——、いっそ、撤退しない方がましだって。立ち上がって、板橋と高井に声をかける方がずっとましだって。）

でも。

しゃがんだまま、後じさる。

お尻をつきだし、少しずつ重心を後ろへと移し。お尻に従って、体全体が少しずつ後ろへゆく。それにつれて、上半身も後ろへと。そして、それにあわせて、手が道の上へとゆく。残された指が、道の上をなぞってゆく。

まあ。

変なんだけれど。

もの凄く、変なんだけれど。

板橋や高井からこれに対する文句がない以上、自分のこの〝変な行動〟がこの二人にまだばれていない可能性はあるよね？　……いや、ない。それは判っている。

けれど。あちらから文句がないんだ、しょうがない、山下は、この〝変〟な行動を続ける。

希望的観測にも程があるんだけれど……このまま、ずりずり自分がさがり、なんかあっけにとられているこの二人が、ぼーっと口を開けている間に、少なくともあの電柱の向こうまで撤退すること、それを夢みて。

だが。

「あのー、あなた」

情容赦なく、当たり前の声をかけてきたのは、高井南海だった。

「……その……何……やって、ます？」

聞かれた瞬間。山下は、立ち上がろうかと思った。でも、それができなかった。硬直してしまった。だって、今更、何をどう言っていいのか。

その硬直してしまった山下に、追い打ちをかける台詞があった。

「ああ、これは、山下だ」

今度の台詞は、板橋のもの。

「え……あの……誰？」

って、高井は何を言っているんだろう。山下にしてみたら、こう思うしかないんだが……この、山下の心の声を、板橋が補完してくれた。

「だから、山下さん」

「……って……誰？」

「……高井さん、あなたねー、社会人ならちょっとは取引先の人間くらい覚えておいてくださいよ」

「って……取引先のひと、なんですか？　……って！　……って、今のあたし達の仕事からいって、〝取引先のひと〟なんていないと思うんですけど……あの、だから、山下さんって、誰」

高井にとって、自分はそんな程度の人間だったのか。そう思って山下がため息をつきかける寸前に、大変不本意なことながら、板橋の方がため息をついてくれた。

「高井さんがカップの件について文句言われた、その、山下さんです。あなた、私に無断で、特別に会ったでしょう、山下さんに。その、山下さんです、このひとは」

ここまで言われると。

やっと、高井は、山下が誰だか判ったらしい。

「あ！　ああ、あの、山下さん」

そしてそれから。

「あの、板橋さん、何だってあたしが勝手に山下さんに会ったってこと、知ってるんですか？」

今更それかい。

「今更言ってもしょうがないとは思うんですけどね、一応、私は、最初の頃、高井さんの対人関係をチェックしていましたから」

この台詞に対して。高井南海は怒る訳ではまったくなくて……。

「え。何で？」

ほんとに素直に高井南海がこう言っているのが判るから……だから、余計、板橋はげっそりとしてしまった。そして、山下も、げっそりする。何なんだこの女は。何だってこんなことを、こんなにも屈託なく言ってくれちまうのだ。

けれど。

おかしいのは、この高井っていう女だけだ。

板橋の方はとてもまっとうだったので。

だから、山下は、板橋の方に話しかけようかなって思う。けれど、自分が今とっているポーズがポーズだったので、いささか声を掛けにくく。

すると、今度は、板橋の方から言われる。

「で、山下さん。あなた、ここで何やってるんですか？」

はい。何やってるんでしょうね。

山下は、この板橋の台詞に、何とも言いようがない感じになる。

だから、板橋から何か言われる前に、言ってみる。

「板橋さんは……何で、俺が山下だって判ったんですか？　いや、確かに一回は会っていますけど、一回会っただけの人間、全部覚えているんですか、あなたは」

これは。

ただ。

追及されるのが嫌だったから。

それだけの台詞だった。

まだ、ポーズを改めてもいない。そんな精神的なゆとりは、山下にはない。

「いや……あなたの方も興信所を雇っている訳なんでしょ？　こっちもおんなじです。興信所から報告受けてます。山下さんには、自由になるお金がある程度あるらしい、だから、山下さんが、私達に興信所のひとを張りつけたって」

……そこまで、ばれているのか。

ため息と共に、山下は思う。そして、板橋に聞いてみる。

「そこまで判っていて、何だって俺のこと、ほっといたんですか」

「……あ……いや……」

ここで、板橋は言いよどむ。でも。ここで言いよどんでもしょうがないと思ったのか、板橋は結構あからさまなことを言ってくれる。

「ま……放置しといて悪いことはないって思ってましたから。……だって、あなたはもう、金銭的な問題で、興信所の調査を続けられなくなった訳でしょう？　実際問題、七日前から、私達に張りついていた興信所のひとはいなくなった筈だ」

その通りだ。

「なら、問題はないっていうか、気にする価値はないと思いました」

おおお。何て尊大な台詞だ。でも、実情にあっている。しかも、興信所が張りつかなくなった日まで、しっかり特定できてしまっている。（ということは、興信所が張りついている間は、こいつ、しっかりそれを認識していたんだなって話になる。）

遣っている金の基準が……おそらくは、まったく、違うんだろうな。

そう思って、山下は、これに納得した。そして、理解する。

多分、この板橋って男が、自分に関して持っている情報は、俺が板橋に関して持っている情報よりは、上だ。だって、こいつの方が、あきらかに金を持っている。

と、そんなことを思った時に。

そんなことを思った瞬間。

ぶおおっ。

いきなり。

その時、山下と板橋と高井がいた道は、細かった。

道のサイズからいって、そもそも、車が疾走して来るような道ではなかった。

だが、この三人がいた道には、まったく別の要素があったのだ。

二つの大通りの間の抜け道。

だから、この道を走る車は、ある。

しかも、場合によっては、この道を走る車、それなりの速度を出している可能性が……ある。


ここを……走っていった車があり……そして。

そして。


山下は、それまでの経緯から、この道でしゃがみこんでいた。

しかもその上、お尻からずりずりと後じさっていた為、両手をついていた。両方の手が、道の上にあり……その上、指が、ずりずりと、道の上を後退していた。

この、こんな、状況下で。

車が、走ってくる。

走り抜ける。

勿論(もちろん)、走り抜ける車はそんなつもりはなかったんだろうけれど……状況から言えば、まさに、山下の、指のそばを。指のそば……いや。
走り抜ける。
車が。
山下の手のそばを……もっと言ってしまえば、山下が、道に這わせていた……そんな、
指の上を。
指の上を！

「……ぐえっ！」

叫ぶしかなかった、山下。

「い、い、いっ！」

すでに。言葉にならない。

いや、だって。

今、走り去っていったんだよ、車が。

乗り越えていったんだよ、車が。

その……山下の、指の、上を。

そして、山下の、指の先は、潰（つぶ）れた。

いや、もう、痛いだなんてものじゃない。

「い、い、痛い、いて、あああああっ！」

「え」

これを見た瞬間、高井南海、叫ぶ。

「え、大丈夫ですか、山下さん」

いや、大丈夫だなんて言える訳がない。というか、もう、山下、何も言えない。

痛いとか、具体的な言葉を口にできたのは、それこそ、車が自分の指を轢いていったその時だけ。それから、ほんのちょっとでも時間がたってしまうと、山下はもう、意味がある言葉を、何ひとつ口にできない。とてもじゃないけれど、そんなことやれる精神的な余裕がすでにない。痛過ぎる。

今、山下が口にできるのは、たったひとつの音。

「いいいいいい……」

痛てー、痛てー、痛てーって、勿論言いたいんだけれど、「痛い」って言葉を口の中で作れるだけのゆとりが、すでに、ない。

「い、いいい、いいいいいっ！」

この瞬間。

板橋が動いた。

「高井さん、山下を押さえろ。動かすな。そして、見える限りで探せ」

「え、探せって……何を」

「指の破片。ないしは、指の先」

……って？

「今、俺が見た限りでは、こいつの右手の指先は潰れている。というか、爪があるだろう部分がまっ赤で確認できない。もし、それが、今の車のせいで千切れているんなら、今、それをみつけて、救急車でこいつと一緒に搬送ができるのなら、その指はくっつく可能性がある。俺は、救急車を」

高井南海は息を呑む。

だって。

言われた瞬間に……それは、多分、ないって……高井南海には判ってしまったから。

今。

車は、山下の指の上を走っていった。

その車は、指の上を走っていったにもかかわらず、まったく止まらなかった。ブレーキをかける様子も見せなかった。

これには、いくつかの可能性が考えられるんだけれど……悪質な轢き逃げって考え方もあるんだけれど……もっとありそうなのは、これだ。

この車は、確かに山下さんってひとの指の上を走っていったんだけれど、でも、それに、運転しているひとが気がつかなかった。

……まあ……確かに……車を運転しているひとにしてみれば。

何故か道に這いつくばっている人間がいて、しかもその人間は、指を道路に這わせていた、そして、自分の車が、その指の上を走り抜けてしまった、そんなこと、まず、思わないだろう。そして。おそらくは。

それ程までに、山下の指の上を走った車には……抵抗がなかったのだ。

この車は、山下の指を轢いてしまったことを、おそらくは認識してはいない。

抵抗なく、この車は、山下の指の上を走りすぎていってしまったのだ。（まあ……それでも、あまりにもひとの近くを走り去っていったのだ、普通なら、ちょっとは気にすると は思うんだが……完全な住宅街の中の抜け道を、あきらかに制限速度をかなり越えたスピードで走ってきたのだ、車の方にもそういうのを気にするゆとりがなかったのではないかと南海は思った。）

で。

この状況だとすると……おそらくは、山下の指、千切れてはいない。骨が切れてしまったのなら、骨を潰してしまったのなら、さすがに車の方にもある程度の感覚はあったのではないかと思われる。それがあったのなら、いくら何でも、車、止まると思われる。

その車が、まったく何も気にせず、走り去っていったのなら……。

山下の指……切れてはいなくて……ただ、指先が、指先の肉のみが、潰れてしまっただけ、そういう可能性が高い。ならば。

「いや、この場合、救急車を呼ぶよりも」

高井南海は、何かを言いかける。けれど。

「こいつは、画家だ」

板橋の言葉が、南海の台詞を切り、そして叱咤する。

「俺が聞いた探偵社の話によれば、こいつは画家の筈だ」

うん、それで？

「画家の利き手の指が千切れるっていうのは、最悪なんじゃないか？」

最悪だ。

「だから、千切れてしまった指を拾って、とにかく救急車を」

なんて言っている板橋の言葉を、高井南海は無視する。

そして、まったく別の行動をとる。

うん。聞いた瞬間、南海は動いていた。

千切れるまでいかなくても、指先が潰れるだけで、それはもう、最悪に違いない。これは確かにどんな人間にとっても酷い事態なんだが……画家にとっては。これはもう、最悪の上をいっている。

だから。

高井南海は。

痛いんだか何なんだか、とにかく喚(わめ)いている山下の手首を摑(つか)む。そして、そのまま、引っ張る。

同時に。

きっと、睨(にら)む。

さっきまでしゃべっていた、小道の脇。

ゴミ箱を道に出していた家。

その家の、門扉を蹴飛(けと)ばす。蹴飛ばして、開ける。

「え、高井さん、何やってるの」

板橋の台詞が聞こえる。

けど、そんなもん、高井南海には気にしているゆとりはない。

とにかく、門扉を蹴飛ばし開けて、そのまま、ずりずりと山下の体を引きずってゆく。

目指すのは門扉の中の躑躅(つつじ)の植え込み。その陰にある筈の、〝靄(もや)〟。

ひたすら、山下の体を引きずりながら、南海は叫ぶ。

「救急車なんて呼んでも、それが間に合うかどうか判らない！」

言いながら、とにかく高井南海は、山下の体を引きずり続ける。

「大体、その前に、多分このひとの指は千切れていないっ！」

そして。

「今、一番判りやすいのは」

ずりずりずり。とにかく山下の体を引きずる。

門の処でこんな大騒ぎをしているのだ、やがて、家の中でも何かこれに対しての反応がでてくる。家の中から、家人がでてきそうな雰囲気。

でも。

南海は、これを気にしない。

いや、気にしている時間的なゆとりなんて、ないでしょう。

ばきばきばき。

人、ひとり、引きずっているのだ。

門の脇の躑躅の植え込みが折れる。

まったく気にせず、南海は山下を引きずる。

そして、ある程度躑躅を折ってしまった後で。

「板橋さん、〝靄〟はどこ」

「……え……」

緊迫感溢れる高井南海に対して、今度は板橋の台詞がかなり間の抜けたものに聞こえる。

「あたしには〝靄〟が見えないから！　板橋さんが見た、この躑躅の植え込みの陰にある〝靄〟って、どこ！」

「あ……えーと……もうちょっと左、その辺の枝を全部無視して、その先にある空間。その辺にある」

「……って、この辺？」

ばきばきばき。高井南海は、〝枝を無視して〟って言葉を聞くと、何の躊躇も何の遠慮もなく、その辺の躑躅の枝を折る。枝を折って、できた空間に、ずりずり山下を引っ張ってゆく。そして。

「んと、この辺？」

「ジャスト、そこだ」

この板橋の台詞を聞いて、高井南海、そこに、無理矢理、山下の両手を持ってゆく。

そして。

そこで山下の傷ついた指を撫ぜながら。

山下はまだ絶叫し続けているにもかかわらず。そんなこと、一切斟酌（しんしゃく）せずに。

そこで、言うのだ。

高井南海は。

「痛いの痛いのとんでけー」

「……あの……何て言うのか……何て言ったらいいのか……その……」

あの後は。

ほんとに酷いことになった。

何たって高井南海は、問答無用でひとの家の門扉を蹴り倒し、そして、中に、ひとを引きずり込んだのだ。そのまま、植え込みの躑躅を、これまたなぎ倒し、更に躑躅の枝をひたすら折って、そのままひとをそこへ引っ張り込んだのだ。

常識的に言って、「これは何をやっているんだろう」って事態なんだけれど……この状況に巻き込まれた、板橋徹也も山下も……すべてが終わった今では、これを納得していた。

いや、山下に至っては。

納得するどころの騒ぎではない。

もし。

もしも高井南海がこれをやってくれなかったら……山下の右手の指先は……潰れていた可能性が高い。骨が無事だったのだ、これは、時間がたてば治る怪我だったのかも知れない。救急車を呼んで、千切れてしまった指を探し、それを手術で接続する、そういう手間をかけずとも、時間があれば治っていた怪我……だったのかも、知れない……ん、だよ、ね。

けれど……治らなかった可能性だって、ある。これはもう、今となっては、まったく判らない。

　また、治っても、指先の感覚が、事故の前とは違ってしまった可能性もある。この辺のところは……やってみなければ、判らない。判る筈がない。

　そして……そして……。

　ただ、事実のみを問題にするのなら。

　何の問題もなく、何の違和感もなく……治ってしまった、ん、だよ、ね。

　山下の右手の指は。(同時に、左手の指も。)

　あの、「いいいいいい……」としか、言いようがなかった、「痛い」とも言えなかった、潰れてしまった山下の指が……なんだか、よく判らないうちに、治ってしまった。治った瞬間、痛みもなくなった。

　そしてこれは……高井南海のせいだとしか……高井南海がやってくれたことのおかげだとしか……思いようがない。

　これはもう……。


「……あの……何て言うのか……何て言ったらいいのか……その……」

　この家のひとに対しては、もっとずっと凄い問題が発生した。

……まあ。

ほんとに酷い目にあったのは、この家のひとだ。

何たって。

ある日、いきなり、まったく知らない女に門扉を全力で蹴倒される。

これだけだって随分なんだが、そのあと、門扉を蹴破った女は、ずりずりと男を引きずってきて、この家の庭にはいる。

すると、そこにあったのは、躑躅の植え込み。この家の奥さんが丹精していた躑躅の植え込み。

そして、はいってきた女は、この奥さんの〝丹精〟なんてまったく気にしてはくれなかったのだ。

ばきばきばき。

すさまじい勢いで、躑躅は折れる。そして、躑躅を折ったことをまったく気にせず、女は男を躑躅の植え込みの奥までひっぱって行って……このせいで、どれだけの躑躅が折れてしまったことか。

この家のひと。

当たり前だけれど、この女をもの凄く糾弾したくなったのだ。

これを。

全部、何とかしたのが、板橋である。

板橋は。

まず、奥さんに謝り。謝って謝って謝りたおして、奥さんが110番に通報しようとするのを何とか止めて。更に、口八丁手八丁でいろんなことを誤魔化し。

一応板橋の謝罪を受け入れたものの、それでも、怒りがおさまりきらなかった奥さんが、旦那(だんな)さんに電話するのを、何故か今回は止めず。

奥さんが旦那さんに連絡をとって、ありったけの不満を吐き出した処で、さり気なく、奥さんからスマホを奪いとる。そして、今度は、旦那さんに対して、口八丁手八丁でいろんなことを言う。山下が聞いている限りでは、この旦那さんへの電話に対しては、「賠償金がどうのこうの」みたいな台詞が確かにあったし……もっと言ってしまえば、板橋の会社の名前も、何回か出ていたような気がする。

そして。

気がつくと、旦那さんの方は、なんか……いつの間にか、躑躅のことは、もういいですって感じのトーンになっていて……。

ここで、板橋は、スマホを奥さんに返す。奥さんと旦那さんが、どんな会話をしたのか、それは山下には判らない。

けれど、気がつくと。

奥さんは、高井南海が門扉を蹴倒して庭に侵入したことも、ばきばき音をたてながら奥さんが丹精した躑躅を折ってしまったことも、三人の人間が勝手に自分の家の庭に侵入したことも……不問に付してくれた、みたい、だったのだ。そんなことに、なっていたのだ。

……まあ。

とにかく謝り倒して、ひとを丸め込んでしまう。これは板橋の能力なのかも知れない……とは、山下も思った。この板橋の能力を否定する気は、ない。

けれど。まったく別種の思いもある。

要するに、金があって、地位があるって、こういうことなのか。

ただ。

この時の山下には、もっと考えなければいけないことがあった。

だから、山下は、まず、それを考える。

今。

山下、板橋、そして高井の三人は、この家の近所のファミレスで、お茶を飲んでいる。

山下のシャツの袖口あたりには、ぽつぽつと血痕が飛んでいたのだが……すでに、山下の指は、まったく前のままだ。とはいえ、別に、新たな指が復元されましたって感じの、綺麗なピンクの指になった訳ではなくて……あの事故にあう前の、まったくおんなじ山下の指。人指し指の爪の先は、何日か前に描いていたイラストのせいで黒いインクが染み込んでいる、そんな処まで、そのまんま。これはまったく、怪我をする前の山下の指。

ここで、山下、まず、その第一声。

「……あの……何て言うのか……何て言ったらいいのか……その……ありがとうございました」

もの凄く不本意なんだけれど。まさに、不本意の極みではあるんだが……だが、山下としては、人間として、まず、これを言うしかない。とりあえず、すべての状況を何とか収めてくれた板橋に向かって。それから。

「俺の……指を」

治してくれて……どうもありがとうございました。

言いたくはないんだけれど。でも、言わざるを得ない。

すると、今度は板橋が。

「いや、礼を言われるようなこと、俺は何もしていない。俺は、高井さんに、あんたを押さえてあんたの指を探せって言っただけだ。違う反応をしたのは、高井さんの勝手。だから、礼を言うなら、高井さんの方に」

まあ、それは確かにそのとおり。

いや。それより前に。

「……治して……くれた、ん、ですよね、俺の指を。……その……あなた方、〝修復課〟は」

これが、まず、大問題なんだが。

「ということは……あの、カップも。他のものも。あなた達は……本当に、直していたんです……ね。で、そういうものを〝直す〟ということは……あなた方が遣っているのは……超能力？」

どうしたって、こんな話にならざるを得ない。山下は、まったくこれを認められないんだけれど……でも、こんな話にならざるを得ない。

「さすがに」

ここで山下にかけられた板橋の言葉は、何か笑いを含んでいた。

「さすがに超能力はおいておいても。あなたがどんな疑問を持っているのかは知りませんけれど、でも、ここまでくれば、さすがに。うちの〝課〟が、本当にいろんなものを直している、文字どおりの〝修復課〟だってこと、これは、これだけは、あなただって理解してくれるでしょう？」

「……ああ……はい……」

山下……今回は。今回だけは、こう言うしかない。だって、治ってしまったのだ、自分の指が。

「確かに治ってしまったんですが……俺の指は。けど……けれど……」

「けれど、これは、普通ではない」

板橋がこう言い、山下はそれに諾うしかない。

「とは言うものの、これは詐欺ではありませんよね」

あきらかに笑いを含んでいる板橋の台詞。それにもまた、諾うしかないんだけれど、でも、諾いたくない山下。今まで、板橋がやっていたことを〝詐欺〟だとしか認定していなかった山下は、もう、絶対にこの台詞に諾いたくはないんだけれど……諾うしか、ない。

そして、それが判っている板橋が、なんか、笑いを含んでいる感じで、この台詞を言うのは……あきらかに、これは、厭味だとしか思えない。

と。

ここでまったく、場の空気を読めない高井南海が口を挟んでくる。

「あの……山下、さん」

え。いきなり声をかけられてしまって……しかも、声をかけてきたのが、高井南海だ。自分のことを無理矢理躑躅の植え込みの処へ連れていってしまって、そして、「痛いの痛いのとんでけー」をやった、高井南海だ。何を言われるんだろうって思い、硬直してしまった山下に対して、高井南海が言った台詞が、これ。

「……あの。何か、あたし、まずかったです……か？」

……って？

何を言われているのか、しばらくは山下、判らない。

「あの、あなたは、『痛いの痛いのとんでけー』で、物が直ってしまうことが、許せないん……ですよね。ということは、あたしが、あなたの怪我を、これで治してしまったことが、許せないいん……ですか？」

い、いや。

いやいやいやいや、いや！

確かに山下、板橋に対しては言いたいことがあるような気がする。でも、高井に対しては。いや、高井南海に対してだけは。絶対に、文句を言ってはいけない。そんな気がする。だから。

「そんなことはないですっ！」

思いっきり、きっぱりと。まず、山下は、こう言う。

「あなたは俺の指を治してくれました。これに対して文句を言うだなんてこと……言った瞬間、俺は最低最悪の恩知らずだ。だから、そんなこと、口が裂けても言いません」

いや、言わないいんだけれどね……何か、思うことがない訳ではない、そんな気はしているんだけれどね……けれど、これは、言ってはいけない。

「でも。言わなくても、思っていることは、あるでしょう。言わなくても、あなたは、『痛いの痛いのとんでけー』で、怪我が治ってしまうこと、許せないと思っている」

許せないと思っている。

実の処、これは正しい。

山下は、許せないと思っている。

けれど。

どんなに許せないと思っていたとしても……でも、では、実際に、何があったのかと言えば。

治ってしまったんだよ、自分の指が。

最早。

何が何だか、よく判らない。

今でも、山下は思っている。

山下の妹が作ったカップ。

これが直るだなんてことは、物理的にいってあってはいけない。

でも、山下は今、〝カップが直ってしまった現実〟を、許容しなきゃいけなくなっている。

いや、その前に。

そんなこといろいろ考える前に。

山下の指を、高井南海は治してくれた。

この指は。

どう考えても、一回は、潰れていた筈だった。あの〝痛み〟が、あの〝痛さ〟が。それを保証してしまっている。

しかも。

高井南海は、事前に何の準備もなくて、ただ、板橋が、『こいつは画家だ』って言ったが故に、無理矢理山下の指を治してくれようとしたのだ。

まあ。

考えてみれば、これが、疑問って言えば、疑問。

だから、山下は聞いてみる。

「あの……これはもう感謝するしかないんですけれど……でも……あの、あんた。何だって、俺の指を治してくれたんですか？」

「え」

高井南海は、どうも本当にこれが判らなかったらしくて。

「えと。……なんか、あたしがこれをやらない理由って……何？」

こう言われてしまうと、今度は板橋と山下が判らない。

けれど。できるだけいろんなことを考えて、山下は聞いてみる。

「だって、俺、邪魔じゃないですか？　俺があんただったら、俺のことなんか無視しますよ」

「……って……えーと……なんで、ですか？」

高井南海。ほんとに判っていないらしい。

「いや、だって。俺は、板橋さんと対立している訳ですし、こんな俺の指を治してくれる、しかも、治したせいで自分の超能力がばれてしまう、高井さんがこんな危険をおかす理由って何ひとつないと思うんですけれど……」

「なんか……対立、して、ます？　あたしとあなた」

……がくっ。

瞬間、あまりにも脱力したので、ほんとに山下は膝から崩れそうになった。（実は同時に、板橋も膝から崩れそうになった。）

「あたしはね、目の前に怪我してるひとがいたら、普通、助けますけど」

……ああ。そうなのかも……知れない。

「大体、あなたは画家さん、なんでしょ？　板橋さんがそう言ってたけど……違うんですか？」

「あ……いや、画家、です」

「なら、あなたにとって、指ってほんっとに大切でしょ？」

「……です」

何なんだこれ。何なんだこの会話。高井南海の言っていることは、何ひとつ間違ってはいないんだが……なんか非常に気が抜ける。

「そのひとにとって大切なものが壊れそうになったら、あたしは、助ける。これに何か御不満が？」

　いや、不満なんてある訳がないんだけれど。でも。

「……あの……さっきも言ったように、俺とあんた達は、いわば対立していた訳で……」

　これ、言ってもいいんだろうか。下手すりゃ高井南海、俺達の対立に気がついていない可能性がある？　（その場合は、こいつ、どんな莫迦なんだって話になるのだが。）なら、それを強調してしまう、この台詞は、言わない方がいいのかなあ……。そう思いながらも、おずおずと山下はこう言ってみる。けれど、高井は、あっさりと。

「対立していようが何だろうが、あなたは、指が潰れたら困るんじゃないんですか？」

「い、いや、それは困ります。勿論困ります。ですので、助けていただけて、本当にありがたかったです」

「じゃ、それでいいじゃないですか。いや、板橋さんから聞いて、あなたがあたし達の修復課に文句をつけたひとだって、あたしだって思い出したんですけどね、あなたがあたし達にどんな文句をつけていたとしても、あなたの指が潰れてあなたが困ることと、それは、関係がないでしょ？　なら、治しますよ、あたし」

　この台詞。高井南海が聖人の類だと理解すれば〝あり〟なんだけれど……どう考えても、山下の目には、高井は〝聖人〟には見えなかった。なら、何だって高井、ここまで博愛的なことを言ってくれるんだろう。

　と、山下が悩んだ瞬間、板橋が吹き出す。

「ぶはっ」

ほんとに板橋、比喩ではなく、一回、吹き出して、そして、その後、笑いだしたのだ。

「ほんっと、明確だよな、高井さん」

この板橋の台詞の意味が、山下には判らない。板橋は、そんな山下に説明する感じで、こんなことを言う。

「いや、山下さん、この高井さんっていうひとはね、行動様式がほんっとに明確なの。自分が生理的にやりたいことはやる、やりたくないことは、やらない」

って、板橋が何を言っているんだか、山下には判らないのだが。

「このひとはね、生理的に、自分自身の思いとして、〝指が潰れてしまったひと〟を放っておくのが〝嫌〟なんだよ。だから、あんたの指を治した。……勿論、指を治して貰ったんだ、あんたが高井さんに感謝をするのは当然なんだけれど、でも、あんまり過剰に感謝する必要はないからね。だって、このひとは、〝あんたを助けたくてあんたの指を治した〟んじゃなくて、〝指が潰れてしまったひとを放っておくのが生理的に嫌だから〟あんたを治しただけなんだから」

板橋がここまで言うと。今度は、高井が憮然とする。そして。

「あのー、板橋さん、なんかその台詞だと、あたしがもの凄く勝手な奴みたいな感じがしちゃって……」

「そんなこと、言ってませんって」

　こう言いながら、板橋、ちょっと……これは、笑いすぎてしまったせいなのか、あるいは他に理由があるのか……目尻に浮かんだ涙を拭う。

「高井さん。あなたの行動様式は、ほんとに明確だ。生理的に、やりたいことはやる。やりたくないことは、やらない」

「……うん。まあ、その通りではあるんだけれど。

けど、こうも大上段に言われてしまうと、これはちょっとなあ……って、南海は思う。

「そして私は……いや、俺は……その、行動様式を支持したいと思う。……支持したい……そんな大仰なもんじゃや、ない、な」

　くすん。

　〝ごくん〟程大きなものではなかったけれど、でも、〝くすん〟。

　ここで板橋は、ほんのちょっと自分の唾を飲み込む。そんな音がする。

　そしてそれから。

「あなたの生理的な思いは、正しいものだと、俺は思います。だから、高井さん、あなたは、その思いを貫いてください」

## 十一章

# 神ならぬ身は因果のすべてを知ることあたわず

山下さんと板橋さんとあたしが、ファミレスで会談を持った翌日。

あたしと板橋さんは、また、杉並区を歩き続けていた。というか、これはこの先もまだまだ続くんだよねー。

んで、そんな〝杉並区道中〟の中で。今回は〝靄〟がまったく見つかっていなかったし、ちょっとお互いに手持ち無沙汰になったせいか、空気を変えようとしてか、ふいに板橋さんがこんなことを言った。

「ちょっと疑問なんだけど……」

あたし達は、二人揃って杉並区を歩いている。

「あの、山下なんだけど。……あれで、多分、本当にもう、山下はこれから先、俺達に関与してこないと俺は思うんだよ。だから、彼に関しては、もう無視していいと思うんだが……」

おおお。何だかもの凄く、奥歯にものが挟まっている感じ。だから、あたしの方から、聞いてみる。

「けど、本当に無視していいのかどうか、板橋さんにも判(わか)らない？」

「まさに、そう。あのひと……無視しちゃって、本当にいいのかなあ」

　板橋さんは、こんなことを言う。

「なんか……いや、これは高井さんが悪い訳ではまったくないよ、まったくないんだけれど、行き掛かり上、俺達は、っていうか、高井さんは、無理矢理彼に恩を売っているような状況になっちまった訳で……これで、あのひとが黙ったからって……それ、無視しちゃっていいのかなあ。……いや、以前の俺だったら、これ、〝あくまで無視するべき〟って判断しただろうし、その判断も間違っていないとは思う。けど……どうも、高井さんを前にすると、俺は〝莫迦男(ばかおとこ)〟になっちまうみたいだし……この、〝莫迦男判断〟、高井さんはどう思ってる？」

　こんなことを言われて。

　実はあたしは。

「山下なんだけど」って言われた時に、ちょっとどきっとしたんだ。あたしにも、山下さんについて、言いたかったことがあったので。でも、これは、板橋さんが言ったこととまったく関係ない。

　ただ、その、あたしが気にしている山下さんに関係することを、（内容はまったく違うんだが）、今、板橋さんの方から言ってきてくれたのだ。だから、あたし、喜んで山下さんを話題にする。

「それに関しては、あたしも、すっごく、言いたいことがあったんです。……あの」

これを言うのには抵抗がある。抵抗があるんだけれど……でも。

これは言うしかないので……だから、言ってみる。

「あたし……あのひとのこと、治してよかったんでしょうか……」

「……って？　え？　高井さんは、あの状況下では山下の指、治さざるを得なかったんじゃないの？」

「あ、はい、それは否定しません。今、おんなじ状況になったのなら、間違いなくあたしは、あのひとの指、治します。それに疑問はありません」

「じゃあ……」

「でも、そういうこととはまったく話が違って。……指が治るって、どういうこと、なんでしょうかね。あたし、つい勢いで、『痛いの痛いのとんでけー』をやっちゃった訳なんですけど……あれ、やって、よかったんでしょうか……ね？」

あたしがこう言うと。板橋さんは、もの凄く、「……へ？」って顔になる。

「いや、そりゃ、指が治るって、治ったってことでしょう。怪我する前の状態になったっていうか……健康になったっていうか……あの、〝治る〟ってどういうことって、そもそも、何が疑問なの」

この疑問は、説明するのがむずかしい。

「だってあの……山下さんの話によれば、山下さんの指は、すべて治ってしまったらしいんですよね。それも、単に治っただけじゃない、それまであった指のインク染みなんかも、治った指には、同じくあったみたい……なんですよね」

「……まあ……治るって、そういうことじゃないの？　前の状態に戻ること」

そうなのだ。あたしにしてみれば、それが問題なんだけれど……この問題は、説明するのがほんとにむずかしい。というのは、あたしは今、〝治す〟ってことをちょっと真面目に考えていて……いや、後述の事情で考えざるを得なくて、これに関しては、かなり気になることがあるのだ。でも、今、いきなりその話をしても通じないと思うから、ちょっと例を変えて。

「同じことは、物体にも言えます。あたしが直したカップは、前と同じものになったんでしょ？　あたしはそのカップの最初の姿なんか知らないのに。あたしが直したとっくりとぐい飲みなんかはもっと酷いです。二つのものが混ざっていたのに、そんなこと、あたしは知らなかったのに……なのに、無事に二つのものになった」

「だから、それは、高井さんの復元能力が凄いって話であって……それに何か問題があるの？」

板橋さんは、もの凄く不思議そうな顔をして、あたしのことを見る。でも……今、本当に不思議に思っているのは、あたし、だ。

「だって、おかしいと思いません？　何だって、あたしは、壊れてしまったものを復元できるんですか」

「いや、それが超能力」

「超能力って、そんなに便利なものなんですか？　もし、あたしが、壊れてしまったものを本当に復元できるのなら……どこかに、その〝壊れたもの〟の、ひな型がなきゃいけない、〝壊れる前のそのものがどういう形であったのか〟それを知っているものがなきゃいけない、そんな話になると思いませんか？」

ここまで言い募っても。まだ、板橋さんには、このあたしの台詞が納得できていないようだった。

「悪い、高井さん。俺……高井さんが何言っているのか、よく判らない」

……まあ……そう、だろう、な。

「今までは、あたしだって、それを不思議に思っていませんでした。だって、基本的にあたしが治していたのは自分の体なんだもの。これに関しては、あたし程あたしの体のことを知っているひとはいない訳で……だから、あたしがあたしの体を治してしまうことに、何の不思議もないって、あたしは思っていた訳です」

ああ、なんか、もの凄くくどい言い方だよな。でも、あたしにしてみれば、こう言うしかない。

「だから、あたしが、自分の体を〝痛いの痛いのとんでけー〟で治すのは、まあ、超能力。これで納得はできちゃったんです。うん、超能力って言葉は便利ですよね、すべての〝おかしなこと〟が、〝これは超能力だから〟の一言で、納得されちゃうんだから」

「…………」

「けど」

けど。

そうだ、あたしが本当に言いたいのは、ここから先だ。

「山下さんの指に関しては、違うんです」

「……と……言う……と？」

「あたしは、あの人の指を治したいと思いました。……言い換えれば、それしか思っていませんでした。で……でも。で……けど。あのひとの指は、どうやら完全に治ってしまったみたいなんです」

「だから、それに何の問題が？」

「問題は、あのひとの指。復元されたあのひとの指には、前日までの仕事でついていた、インクの染みまで、あったそう……ですよね」

これは大問題だ。少なくとも、あたしにしてみれば、大問題だ。

けれど、板橋さんにとっては、これはたいした問題ではなかったらしく……。

「うん……そうらしい、けど、でも、それが何か？」

すっごい、軽い感じで受けられてしまう。そして、あたしには、これが、許しがたい。

そんな気がする。だから。

「問題になるのが、これ！　だってあたしは、山下さんの指にインクの染みがあるだなんて知らなかったんですよ！」

ほんとに。全力をあげて。エクスクラメーションマーク、二つも三つもつけてるつもりで、あたしはこう主張したんだけれど……。

「……あ……ああ、まあ……そういうことも、ある、かな。……けど……それに何の問題が？」

板橋さんの反応は、ほんとに薄いものだったのだ。

「あたしはね、山下さんの指を治したいと思っただけなんです。別に、以前の指に戻したいとか、前の指にインクの染みがついていたならそのままインクの染みをつけたいだなんて、まったく思ってはいませんでした」

「うん。まあ……そう、なんだろうね。高井さんは、いつだって、〝直す〟対象を前にした時、〝これを直したい〟としか思っていないよね。……というか、俺が、そういうように誘導していたんだけれど。それに何の問題が？」

のほほんと言い募る板橋さん。

ああ。

これが〝本当に問題〟なんだって、何だって板橋さんには判らないんだろうか。

「だからどうして、あたしは、山下さんの潰（つぶ）れてしまった指に、インクの染みがあったって知っていたんですか。知っていないのに、何故（なぜ）、あたしはそれを復元できたんですかっ！」

あたしが言い募れば募る程。不思議と板橋さんの反応は薄くなってしまう。

「いや、だって、そういうのが〝超能力〟じゃないのか？　そういうことができるから、〝超能力〟なんじゃないの？」

いや、だから、その〝超能力〟って言葉、使用するのやめようよ。これ、使用している限り……なんか、思考停止になってしまいそうな気がするから。

だから。あたしは言ってみる。

「その、〝超能力〟って言葉、遣うの一時的にやめませんか？　だって、その言葉遣っちゃうと、その言葉って、あんまり便利で、便利すぎて……」

「……ん……高井さんが何言いたいんだか、今一つ……というか、もうさっぱり、俺は判らないんだけれど……高井さんが〝遣うな〟っていうのなら、この言葉は封印する」

板橋さんがこう言ってくれて。

ここで。

しょうがないから……あたしは、言いたくなかったことを……言って、みる。

「あたしはね」

うん。あたしは。

「〝痛いの痛いのとんでけー〟をやる時、今になって思い返してみれば、いつも、思ってました。想像していました。思い描いていました」

「って……何を」

「治った、自分の、体を」

そうだ。

階段から落ちて、自分の足があきらかにあり得ない方向に曲がってしまった時。もの凄い勢いで手首をぶつけてしまい、みるみる自分の手首が腫れていってしまった時。坂道ですべり、「おおおっ」って思っているうちにすべり落ちて思うさま擦れてしまった太股あたりの皮膚がずる剝けてしまい血塗れになった時。

いつだって、あたしは、言った。

「痛いの痛いのとんでけー」

で、あたしの怪我は治ったのだが……その時に、あたしは、間違いなく、思っていた。

いつだって、「痛いの痛いのとんでけー」をやる時には、あたし、傷んでしまった自分の体を思い……そして、それが治ることを考えていた。怪我する前の自分の体を思い描いて。この、変な風に折れている骨が、前のようになることを祈って。ずる剝けてしまった皮膚が、前のようなものに戻ることを夢みて。ただ、それだけを思って。心の中で、〝前のように戻った自分の体〟を想像して。

今にして思えば。

だから。
だから、このあたしの傷は……あたしの怪我は……治ったの、かも、知れない。
治る……というよりは、怪我をする前のあたしの体に……戻ったのかも、知れない。と
いうか……なんか、この表現こそが正しいような……。
あたしは、〝怪我を治している〟んではなくて、〝過去の姿に、自分を修復している〟、
そんな気が……今のあたしはしてしまっている。
けれど。
山下さんの怪我を目の前にした時。
あたしは、〝怪我をしていた山下さんの体を慮(おもんぱか)って、それが治る処(ところ)を〟、まったく、想
像もしていなかった。
ただ、治りゃいい、いや、治ってくれ、それしか……思っては、いなかった。
だって。
怪我をする前の山下さんの指のこと……あたしはまったく知らなかったんだもの。ある
いは、車に轢(ひ)かれる前、山下さんの指にはそもそも酷い怪我があったのかも知れない、子
供の頃(ころ)の怪我で、山下さんの左手の指が、一部欠損していたかも知れない、そんなこと、
あたしは想定すらしていず、だから、そんなこと、思いもせず。ただ、治ってくれ、それ
しか思っていなかった。
物品の修復なんか、もっと凄い。

ま、板橋さんの策略もあったんだけれど、あたしには、もともと壊れる前のその物品に関する情報がまったくなかった。

だから、あたしは、思っただけ。

直ってくれ。これを直したい。ただ、それだけを。

この時のあたしは、その物品の〝もとの形〟なんて、まったく想像していなかった。というか……知らなかったのだ。

なのに、直ってしまった。それも……とっくりやぐい飲みみたいな、二つの物品が合わさっているものまで……無事に、二つのもの、と、して。

「あたしがね、直って欲しいって思って、それでそれが直ってしまった場合って……そのものの、もともとの形、というか、もともとの情報って……あたしが知ってる訳ないんだから……なら、〝何〟が、それを知っていたんでしょうね」

「いや、だから、それが超能力……って……ああ、今は、この言葉は禁止か」

「はい。それを禁止してしまったら……何だって、とっくりとかカップとかは、直ったんでしょうかね。いや、直ったっていうのがそもそも表現違うのか、何だって、そういうものは、壊れる前の姿に戻ったんでしょうかね」

「いやだから、それが超能力って……ああ、これは、遣っちゃ駄目か」

「山下さんの場合は、これ、はっきり判っていると思います。あたしが、〝痛いの痛いのとんでけー〟をやった時、治った山下さんの指を、一番くっきり思っていたのは、山下さんに決まってます。……言い換えれば、全世界で、まさに山下さんだけが、あの時、治って欲しい自分の指が判っていて、そして、実際に、山下さんの指は、その通りに治ったんです」

あたしがこう言うと。

うん、そうかっていう感じで、一回、板橋さんは頷き……そしてそれから。

「とっくりやカップが直ってしまったのは……直される、とっくりやカップに、もともとの自分の形についての〝記憶〟があったから……か……」

あ。

こう言われてしまうと、あたしも気がつかなかった問題点がより明確になり、そして、あたし、よりおかしいと思ってしまう。

「板橋さん、〝モノ〟に記憶があるって、変だと思いませんか？　いや、あたしも、今になってよく考えてみれば、ここは変だなって……」

「思わないよ」

でも、すらっと板橋さんはこう言ってくれる。

「超能力……は、今は、禁句なんだよね、でも、一般的な超能力って話をするなら。サイコメトリって超能力が、あることになってるじゃない。サイコメトリって、物品に触れて、その過去を読み取る能力だってことになってる訳で、これがあるのなら、物品には、勿論、記憶がある。そういう話になる」

……ああ……サイコメトリ。確かに思い出してみたら、そういう超能力も、あったよなあ。

いや。サイコメトリがそんな能力であるってことは確かなんだろうけれど。（それが本当にあるのかどうかはこの場合おいておくよ。）でも。

何か、話がとっちらかってしまっている。

基本。

今、あたしが話したいのは……こういうことでは、ないのだった。

山下さんの指を治してしまったことに付随して……歩きながらずっとあたしには思っていることがあって……それを「どうやって板橋さんに判って貰えるように話そうかな」って思っているうちに、板橋さんの方から山下さんのことについて話を振って貰えたので、いきおいこんで、その話をしようと思ったんだけれど。したら、途端に、自分で自分が何を言いたいんだか、訳が判らなくなった。

うん。

この話は……何を、どこから、話していいのかがまったく判らず……。

いや。

これはもう。

素直に、スタート時点に話を戻すしかないか。

だからあたしは、話を、スタート時点に戻してみることにする。

いや。

スタート時点では、ないよね。

むしろ、マイナス、かも、知れない。

でも、言ってみる。


「あのね。話、まったく戻るんですけれど」

思い切って、あたしはこう言ってみる。

「山下さんの手を治してみて……あたしは、思いました。……あたし……あたし、ね、板橋さんのお嬢さんを生き返らせることは……これは、絶対に、できないと思ってます。いえ、できない訳じゃ、ないんですよね、きっと。……ただ……やりたくないんです、あたし」

こんなこと、断言しなくてもいい、むしろ、断言することが板橋さんに対して残酷だって、あたしだって判ってはいるんだけれど。けれど、これは、これだけは、言わざるを得ない……というか、言わないで済ませる訳にはいかない。これを言わずに、ここから先の話はできない。

「……まあ……それは納得したって、俺、言わなかったっけか？　高井さん、あなたは、あなたの感情がしたいと思っていることだけすればいい、あなたが生理的にしたくないと思っていることはしなくていい、その〝思い〟だけは尊重しなきゃいけない……昨日、俺は、そんなこと言ったと思うんだけど」

「うん、言ってもらいました。それは、とてもあたし……嬉しかったです。でも」

そうだ。ここから先が、あたしが言いたいこと。

「山下さんの指を治して……そしたら、あたし、思いました」

「はい、何を」

「あたし……ひとを生き返らせることはできないんだけれど……ひとの怪我を治すことは、できるのかも知れない。というか、できます。実際に、山下さんで、やっちゃいましたっ！」

……ここで。あたし、ちょっと、板橋さんのことを上目で窺う。

あたしのこの意見。

自分だって勝手だと思う。板橋さんのお嬢さんは助けない癖に、他のひとの怪我は治すだなんて。ということは、当然、板橋さんがこの意見を、〝勝手〟だって思ってしまうのは〝アリ〟だ。

けれど、板橋さんは、そんなことをまったく言わずに。

「昨日の案件を見て、俺がそれに考えを及ぼしていないとでも？」

こんなことを言う。

で、この台詞ということは……。

「やっぱ、板橋さん、あたしのことを勝手だって」

「思っている訳がないでしょうが。……俺はね。高井さんには呆れられるだろうと思ってるんだけど……実は、昨日、高井さんが山下さんの指を治した時、これは〝商売〟になるなってちょっと思ったんだよ。ただ、高井さんに怒られそうだから、その思いを封印しただけで」

え。

え、あ、そう、なのか。

なら、板橋さんがこんなことを思っていてくれるのなら……ここから先の話は、多分、かなり簡単になる。

「で、あの、ね……」

ごくん。

一回、唾を飲み込む。

「あたしはね……もし、できることならば、他のひとを助けたいなって、ちょっと思ってしまいましたあっ」

　あたしがこう言うと。今度は、板橋さんの方が、きっぱりと。

「高井さんがそう言ってくれるのならば。俺の方は、もっとずっとはっきり、〝現在では治しようがない怪我や病気を治せるのなら、それは絶対に素晴らしいビジネスチャンスになる〟って、思ってしまいましたあっ」

　……これはあたしの口真似か？　板橋さん、何遊んでるんだ。

　あたしはこんなことを思ったんだけれど、板橋さんは、にこって笑って、こう言う。

「だから、高井さん、思っていることを、みんな素直に言ってごらん。俺もちらっと〝とんでもなく酷いこと〟を思っちゃったんだから、俺に対する遠慮なんかなしで、ほんとに素直に」

　んで。

　言ってみた。


「あたしはね」

　うん、あたしは、思っているのだ。

「このまま、杉並区を歩き続けて……っていうか、この後、豊島区や中野区を、いろんな区を歩き続けて、その後、東京以外の府県へ行って、そして、〝靄〟を発見して、その〝靄〟を潰し続けていく、この作業が悪いとはまったく思っていません。うん、まずこれだけは言わなきゃいけないと思ってます。この作業は、本当にすべてのひとの為になる、すべてのひとにとって、有益な作業だと思ってます。あたし達は、まず、この作業を、続けるべきなんです」

うんうんうん。板橋さんは、頷いてくれる。

「けど。あたしはね、昨日、思ってしまったんです。確かに〝靄〟を潰すのは大切な業務なんだけれど……あたしは、〝靄〟の中で、〝ひとの怪我を治す〟ことができるみたい。……なら……」

ここから先は、自分でも判ってはいない。

「なら、あたし……〝靄〟の中で、普通だったら治せない怪我を治すことも……もしかしたら、できるのかな、って、ちょっと思ってしまって。場合によっては、今、治らないって思われている病気だって、治すことができるんじゃないかなって、これまたちょっと思ってしまって」

と、ここで。

「おおお、ぱちぱちぱち」

板橋さんが、口で拍手をしてくれたんで……あたしはちょっと、驚いた。

「偶然だなー。俺も、実は、そんなことをちょっと思った」

「……って？」

「うちの社の事業として。〝死んでしまったひとを生き返らせることができます〟は、絶対にまずい。それは、判っている。けれど、〝現代の医療では治せないものを治してみせます〟は、どうなんだろう」

……って？　あの？　板橋さん、本当にそんなことを思っているの？

「もし、そんなことができるんなら、これはむしろ、〝死んでしまったひとを生き返らせることができます〟以上のビジネスチャンスになるんじゃないのかって、俺は思っているんだけれど。いや、だって、素敵じゃないか？　『現代の医学で治せない怪我や病気も、うちの社では治すことができます』」

きっ。

あの、その言葉は、まさに詐欺以外の何物でもないんじゃないか？　まさに詐欺師が言いそうな台詞だよ。そう思って、あたしが板橋さんを睨んだ為か、板橋さん、ふっと笑って。

「勿論、今はやらないけどね。でも、高井さんが、他人を治すことができるって判った瞬間、ちょっとそんなことを思ってしまいました俺。それに……これは、〝詐欺〟じゃ、ないよね？　いかにも詐欺っぽく聞こえるけれど、俺達にとってだけは、〝詐欺〟じゃないよね」

って、ここで板橋さんが笑ったのは……今はここにいないけれど、板橋さんとあたしのことを、ずっと〝詐欺〟だって確信していた山下さんへの……厭味と……そんなことを思ってしまったあたしに対する厭味だよね。ほんっと、板橋さん、こういう小さな厭味を重ねることだけは上手なんだから。

そう思って、あたしがちょっとむっとすると、板橋さん、もっとずっと判りやすく、緩く、笑って。

「〝靄〟の中で、ひとを治すことができるかも知れないって、高井さんは思っている……ってことは、〝できないかも知れない〟って思っているってことでもあるよね。その根拠を、教えて欲しい」

あああ。

ここまで話が戻ると、また、話、とっちらかってしまうんだけれど。せっかく、板橋さんの方からこの話題を振ってくれたんだ。一から話すんじゃなくて、マイナスから話していい、そんな気持ちになっていたんだ、だから、あたし、諄々と……順番に。

「まず、その一」

指折って数えて話しだしてしまう。

「あたしは、自分の体を治すことができます。そして、それは、あたしが、〝怪我をする前の自分の体〟のことを、他の誰より深く、認識していたせいだと思います。うん、あたしは、自分の体を治す時、〝もっと健康になって欲しい〟とか、そんな余計なこと考えていなくて……ただ、怪我をする前の自分の体に戻りたい、それしか思っていなくて、っていうか、怪我を治すって普通そういうことなんで……〝怪我をする前の自分の体〟については、意識レベルでも無意識レベルでも、あたし以上に知っているひとはいない、だから、あたしの体は、〝痛いの痛いのとんでけー〟をやった瞬間、怪我する前のあたしの体に戻りました」

「はい、了解。そこまでの処には、まったく問題はないよね」

「で、その二。カップやとっくりを直してしまった場合」

「はい」

「この時にはあたし、直すべきカップやとっくりの前の姿を、まったく知りませんでした」

「うん。俺がそれを隠していたからね」

「でも、それは、直ってしまいました。それも……多分、本当に正しい、前の姿に」

こう言うとあたしは……ちょっと、眇で、板橋さんに視線を送る。板橋さんは、そんなあたしの視線の意味をちゃんと理解してくれて。

「それについては、悪かったとしか言いようがない。でも、あの時には、実験の為にもそうするしかなかったってことも理解して欲しい」

「……ま……それは……判るんですけれど……でも、そんな条件下で、あたしは、無事にこれらのものを復元してしまいました。……いっそ……できなかったらまだよかったのに、本当にあたしは、これらのものを復元してしまったんです」

あたしがこう言うと。板橋さん、ちょっと複雑な表情になって。

「今、封印されている〃超能力〃って言葉を、まさに遣いたくなる状況だよね」

で、あたしは、この板橋さんの台詞を、綺麗に無視する。そして。

「さっき、板橋さんが仰ったように……これはもう、物品自体が持っている記憶をもとにして、あたしがその……〃痛いの痛いのとんでけー〃をやったとしか思えない状況なんじゃないです……か？」

うん。どう考えても、そうとしか思えない。

「俺もそう思うんだけれど……それの、何が悪いの？」

「いや、その二の場合、これで悪いことはまったくないです。でも……その三、が、あるんですよね」

「その三って……山下の場合か」

「です」

ここから先は。これはもう、ほんとに何て説明したらいいのか自分でもよく判らない。

でも、言う。

「他人の体を治す時には、あたしには、その時、そのひとの体に対する知識はまったくありません。だから、その時、〝痛いの痛いのとんでけー〟をやった空間の中にいる、当事者の山下さんの記憶に基づいて、あたしは、山下さんの指を治しました。……いや、何だって他人のあたしが、山下さんの記憶に基づいてそんなことができるのか、これはさっぱり判らないんだけれど、現象としては、そうとしか思えません」

「うん。それで問題は、まったくないだろ？　山下が認識している、以前の、怪我をする前の山下の指のように、〝痛いの痛いのとんでけー〟をやられた山下の指は治った……ってこれ、自分で言ってても判りにくいな、何言ってるんだろ俺。けど、事実だけはあきらかだろ？　んで、これに何の問題があるって言うんだ」

　そうか。やっぱり、板橋さんは、〝痛いの痛いのとんでけー〟でひとの病気を治すことが孕む根本的な怖さを、まったく認識していないのか。

　だから、あたしは、ゆっくりと。

「これはね、山下さんに起きたのが事故であり、潰れてしまったのが指先だから、これでOKって話になっただけだと、あたしは思うんです」

「……と、言うと？」

「問題になるのは。もし、あたしの復元が、復元されるものの記憶をもとにして行われているのなら……病気の場合、おそらくはそんな判りやすい経緯をとってくれないだろうってことです」

「……って言うと？」

板橋さん、本当に不審そうな顔。

それに、あたしも、実はどうこれを説明していいのか自分でもよく判らなくって……。

でも。

説明するしか、ない。

たとえどんなにそれが拙いものになったとしても。


「もし。もしもね、あたしが、胃癌になって、その手術を受けて、それが失敗して死にそうになっているひとに、〝痛いの痛いのとんでけー〟をやったとします。そしたら、そのひとは、どうなると板橋さんは思いますか？」

「え。そりゃ……胃癌が治るんじゃないの？」

ああ。そう来るよね。あたしの骨折が治った、山下さんの潰れてしまった指先が治った、その伝で言えば、これは、〝胃癌が治る〟って結論になってしまうに決まっている。

「んで、それはもう、胃癌になって死にかけていたひとにしてみれば、本当に嬉しい話の筈で……これに何か問題が？」

もう、絶対に、あるんだよ。

「あるんです」

「あたしが復元するのが、対象のひとが思っている〝壊れる前〟の状態ならば。胃癌の手術を受け、結果として予後が悪くなった方の、〝壊れる前〟の状態って、どんなものだと思います？」

「そりゃ、胃がまったく健康だった、胃癌になる前の状態、だろ？」

板橋さんがこう言うのは判る。実際、あたしだって、最初はそう思っていた。けれど……山下さんの事例を、つらつら考えてみるに……話は、多分、こんな簡単でこんな綺麗なことには……きっと、ならない。〝痛いの痛いのとんでけー〟で治るのが、本人や、壊れてしまったモノにある〝記憶〟に基づいているのなら、これは多分、絶対にそんなことにはならない。

「その……あたしはね、医学にはまったく詳しくないんで、だからよく判らないんですけれど……胃癌なんて、一日や二日で手術が必要な状況になるものなんですか？　今日、胃癌になりました、はい、翌日はもう手術です、そんな病態になるような病気なんでしょうか？　んなことないと、あたしは思うんですが……」

あたしがこう言うと。板橋さんはちょっと考えこんで……そして、それから。

「……あ……それは、確かに、そうはならないだろうと思うんだけど。じゃあ、高井さんの予想では、このひとはどんな状態になってしまう訳？」

「手術が失敗して、死にそうになっているひとなら、そりゃ、手術をする直前の状況に戻るんじゃないかと思います」

板橋さん。ここで、うーんって考えこんで。そしてそれから。

「でも、それはそれでＯＫじゃないのか？　手術する前に戻れたのなら……」

だから、それが問題なんだよ。

「手術する前に戻れたら、そのひとは、その先、どうすると思います？」

「それは……手術しないといけないから手術をした訳で……ということは……え？」

ここで板橋さん、ちょっといろいろ考え込んでいる風情になって、そしてそれから。叫ぶ。

「あああ？」

うん。ようやく、板橋さん、あたしの思いに気がついてくれた。

「そのひとは、また、手術を受けなきゃいけない、そんな状態にまで戻ってしまう訳か。……ただ、まあ、執刀している医者のレベルにもよるけれど、今度は、手術が成功して、そのひとが今度こそ元気になる可能性もある訳で……。いや、一回手術に失敗したんだよな、ということは……そもそも、そのひと、そんな手術を受けない、そんな手術を受けたくないって思う可能性もあるか。むしろ、そういうひとの方が多かったりするのか。……その場合は……手術も受けずに、ずっとほっとくっていう選択肢を選んでしまい……結果的に、胃癌で死んでしまう可能性が高いのか」

「その上。もう一回手術を受けても、今度は手術がもっと失敗して、手術中にそのひと、亡くなってしまう可能性もありますよね」

「あああああ」

苦悩している板橋さんを見る。

こんなことで喜んじゃいけないって判ってはいるんだけれど、板橋さんの反応を見ている限り、なんか、あたしと板橋さんがやっと同一の地平に立てたっていう気分がして、あたしはちょっと嬉しくなる。

「ね？」

で、あたしは言ってみる。

「事故や怪我みたいな、〝その問題が起こったのがいつか〟〝その結果、どうなったのか〟が特定できるものなら、とにかくその前の状態に戻ればＯＫなんです。でも……病気みたいな、〝いつそれになったのかが本人にもそもそも判っていない〟ものに関しては……そのひと、〝もともと健康だった状態〟を判っていない可能性があります。というか、判っていないんです、多分。多分、そんな自分のこと、想像だにしないだろうと思います。だから、それに思いを致さない」

「……なる……ほ……ど……」

「手術が失敗して死にそうになっているひとなら、その前の状態に戻すことは可能かもしれません。けれど、この場合、あたしは、このひとの病気を治している訳ではまったくありません。だって、病気自体は、そのずっと前に発症している筈なんですから」

「……だよ……ね……」

「こうなってしまったら、あたしには、根本的に、どうやっても、このひとの病気、治しようがないんです」

「……」

「あたしの、〝痛いの痛いのとんでけー〟で治る病気のひとがいたとしたなら。そのひとは、その病気を患う前の自分の体のことをとってもよく知っている、そして、その時の状態に自分の思いを致せる、そんなひと、だけ、でしょ？　で……酷い病気になって、ずっと苦しんでいたら……そんな昔の自分の体を思い浮かべられるひとって、あんまりいないような気がするんです。……なら、そのひとの病気は、あたしの〝痛いの痛いのとんでけー〟では治らないんです」

「確かに」

「それにまた、まったく違う話として……病気で体が不調になっているひとが思う、〝病気になる前の自分〟は、自覚症状が出る前の自分、です。これだと、たとえそのひとをその状況まで戻したとしても、それでも、このひとの病気、治った訳ではまったくありません。大体、〝具合が悪くなった〟って自覚できる場合は、そのひとの病気、すでにかなり悪くなっている筈で、その状況に戻ったって、これには意味がないのではないかと思うんですが……」

「…………」

「……だって、その状態に戻したって、時間がたてば、またそのひと、同じ病気になっちゃう訳ですから」

「…………」

しばらくの間、板橋さんは無言だった。

そしてそれから。

「成程。道理だ」

こう言うと、板橋さん、視線をちょっと上に送る。中空の、何かを見ているような感じでしばらく黙り……そして。

「……」

心の中で何かを反芻している感じ。

「…………」

すっごい、反芻して……いろいろ、考え込んでいる感じ。

「…………」

かなりの無言の後、やっと、板橋さんは、言葉を口にする。

「成程。判った」

ああ、やっと、判ってくれたのか。

「だからね。あたしは、多分、とても特殊な事態に陥ったひとしか、治せないんです。いつ、そういう事態に陥ったのかが完全に判っているひとだけ。しかも、その状況に陥った現場に、あたしがいることが必須条件なんです。だって、事故から時間がたっちゃえば、怪我をしたひと、怪我をした状態が自分の正しい状態だって認識しちゃうだろうし。……これはもうねえ、ほんとにいつ発生するかまったく判らないし、そもそも、発生しない方がいいに決まってますし……」

「まあ、そうなるよな」

「そんなひと……まず、普通、いる訳ないんです」

……どう考えても……山下さんみたいな、〝事故〟以外では、こういうひとは、いないよね。

「だから、あんまり提案をしたくはないんですけれど。というか、提案したからって何ができるのか判らないんですけれど」

ちょっと、丹田に力をいれて、そして、これからの提案をしようとする。

「でも」

うん、でも。

「この先。もしも、この間の山下さんのような事案があたしの目の前で発生したら……あたしは、そのひとを助けたい。けれど、それは、勿論、うちの社の事業にはなり得ません。だって、そんなこと、無理ですもん」

そうなのだ。

あたしがもし、他人を治せるとしたら。

それは、とても特殊な条件下のことに……限られるのだ。

あたしの目の前で、そのひとが事故に遭う。

そんな時だけ、あたしは、そのひとのことを、治すことができる。

だって、その場合だけは……そのひとの事故に遭う前の状態がどんなものだったのか、また、その事故でどんなことが起こったか、あたしには把握できるから。(というか、そういう状態になってしまった、そのひとが把握できるから。)それ以外の状況に関しては……ましてや、病気に関しては、〝健康であった時の状態〟が、あたしにはまったく判らないって話になってしまうから、だから、あたしは、それらの事態に対処できない。

ここであたし、ちらっと板橋さんに視線を送る。そしてそれから、意を決して。

「でも。山下さんの指を治したあと、あたしは、それを、やりたいって思っちゃったんです」

ちらっ。

あたしはまた、板橋さんに視線をおくる。

「やらない方がいいって、百も承知しているんですけれど。そんなことやっても、うちの社にとっていいことは何一つなく、でも、ひとから怪しまれるって悪いことは沢山ある、そんなこと、百も承知で。けど……あたしは……やりたい、ので。そう思っちゃったので。まあ、具体的には、あたしの目の前で事故に遭ってしまったひとがいたら、そのひとを助けたいって思っている訳でして……その為に、キープしてある〝靄〟を使ってしまいたいって……思っている訳、でして……んで……それを……板橋さんに了解していただきたいと……了解していただけたら……ほんっとおに……嬉しいよなって気が……」

ごくん。

もう一回、唾を飲む。

「これはもうねえ、うちの社の利益にも何にもならないんですけれど。むしろ、うちの社のことを考えたのなら、やらない方がいいに決まっていることなんですけれど」

でも。

でも、やりたくなっちゃったんだよね、あたしは。

だから。力説する。

「それを……あたしは……やっても、いい、で、しょうか」

あたしは。

本当に思い切って、この台詞を口にしたのだ。この言葉を口にする時には……本当に、覚悟ってものが、あったのだ。

けれど。

しばらくの沈黙の後、板橋さんが示した反応は……。

「わははははっ！　高井さん、俺のことを莫迦だ莫迦だって、ずっと言ってるけれど。あなただって、充分莫迦でしょうがっ」

いきなり。

いや。

いきなり板橋さんに、こう笑い飛ばされてしまったので……あたしは本当に驚いた。

それまで、あたしは、自分の心の中で、いろんなことを考えていた。

あたしの提案が板橋さんにまったく無視されてしまうこと、とか。

この提案を聞いた板橋さんが怒りだしちゃうこと、とか。

「その提案を呑んだとして、我が社にとって不利になることはいくらでも考えられるけれど、その場合の我が社にとっての利益って何？」

って冷静に反問されること、とか。

でも、まさか。

まさか、いきなり板橋さんが笑いだしちゃうことは、想定していなかったので……これはもう、本当に驚きだった。

「そんなの、答は本当に簡単だ」

「……って……あの？」

「あ、高井さん、さっき、俺が黙って考え込んでいたの、俺が、高井さんが言った言葉を理解する為だって思った？」

「え……違うんですか？」

「違う。そんなことは、あなたの台詞を聞いた瞬間に理解できた」

じゃ、何だって、というか、何を板橋さん、あの時あんなに思い悩んでいたんだ？

「あのさ。俺をあんまり莫迦にするな。いや、確かに俺は、高井さんにとっては〝莫迦男〟かも知れないけれど、それほどまでの莫迦じゃないぞ。俺がさっき、考えていたのは、そういうのを全部理解した後で、その先のこと」

……って？

「それら、すべてのことを理解した上で出す、〝結論〟だ」

って、だから、それは、何？

「高井さん、あなた、今の仕事、やめなさい」

……って？

……って、え、あの？

この言葉ってつまり……あたし、クビなの？　いきなり。

いや、今まで、板橋さんが怒る可能性はそれなりに想定していたんだけれど……いきなりクビは、考えてもいなかった。

「んで、大学へ進学しなおす」

……？

…………？

……………？

って、はい？

言われた言葉が、何かあまりにも想定外で。

最早、何を言っていいんだか判らない。

と、いうか、実の処、何を言われているんだか、これがまったく判らない。

「ああ、今の仕事やめなさいっていうのは、なんか、誤解を招く言い方だったな」

こう言うと板橋さん、何故かうんうんって自分だけで何度か頷いて。

「うちの社は、研修制度も充実している筈だから。専門職の人間が——例えば、経理課の人間が、特殊な資格をとる必要があった場合や、開発室所属の人間が先端技術を学ぶ必要があったりした場合、その為の専門学校に通ったり、大学の研究室に研修へ行くのを、我が社は推奨している。その間は給料もでるし、学費は全部うちの社がもっている筈で、その制度を使えば、高井さんがこれから大学へ進学するのも、何とか経費で出せると思う。……いや……厳密に考えると、大学進学は、さすがにこれはちょっと違うか？　……でも、このくらいのことは、俺の権限で何とかできると思う」

……って、板橋さん、おおい、板橋さん、あなた、何の話をしています？

「だって、判らない？　話は本当に簡単でしょうが」

「……あの……どんな風に……かん、たん？　あたしにはまったく簡単に思えないんですけれど……」

「いや、簡単簡単。この問題は、あなたが医者になっちまえばいいだけなんですよ。それで解決」

って……って……って……えええっ！

絶望的に、腰がくだけた。

だって、何を言っているんだよ、この莫迦男はよおっ！

「あ、今、高井さん、俺のこと、また莫迦男って思ったでしょう」

何で判るのか、超能力者なのかあんたはっ。って、〝超能力〟っていう言葉は、只今現在、使用禁止か。

「莫迦男だけれど、判ることはある。つまり、あなたは、対象者の記憶に基づくと、特に病気の場合、それが発生する前の状態を特定できないってことを問題にしている訳だよね？　なら、対象者の記憶に基づかなきゃいい訳だ」

「……って……」

「あなたが医者ならば、そのひとの病気が発生する前の状態を、もうちょっと特定できるんじゃないんですか？」

い……いや……いや、それは確かにそうなのかも知れないけれど。

「それに、医者なら、もっとできることがあるでしょう？　病気のひとを、〝靄〟の中に連れていって、そこで、〝痛いの痛いのとんでけー〟をやればいいんです。ほんっと、それだけなんです。ただし、その時、〝治って欲しい〟なんて不確かなことを思わずに、例えば、個別のそのひとの病気を判断して、〝ここにあるこの腫瘍(しゅよう)がかくかくしかじかのように消えて欲しい、その場合、治った臓器がなるのはこんな状態〟とか、〝この血管にくっついているこの血栓をかくかくしかじかのように無くして欲しい〟とか、そんな具体的なことを考えればいいんです。いや、勿論、癌とか心筋梗塞(こうそく)なんて、そんな簡単な治療で治るとは思えない。けど、医者が、特定の領域を設定して、それで、〝痛いの痛いのとんでけー〟をやれば……そりゃ、ある意味、どんな手術より簡単に確実に、治療効果が見込めるのでは？」

……う。

「この場合。確かに、〝その病気を治す〟こと自体は、できないかも知れない。けれど、〝痛いの痛いのとんでけー〟をやったおかげで、その病気自体がかなり軽いものになる、ないしは、治りやすい状況になってくれる、そんな可能性は、高いのでは？」

確かに。

確かに、その可能性は、ある。

ある。

あるんだけれど、でも、その前に。

「その場合、あたし、消したい腫瘍や何かを、ちゃんと理解して特定できなきゃいけませんよね？　その前に、今、どこの何を消したら、それが患者さんの為になるのか、それを理解していなきゃいけないって話になる訳で。だって、単純に癌を消しちゃって、その結果、その臓器に素人には判らない〝害〟が及んじゃって、結果として、そのひとの病状がより悪くなる可能性だってある訳で」

「勿論。でも、医者なら、それはできるでしょ？　っていうか、それができるから、医者なんじゃないんですか？　それができるから、医者は外科手術をしているのでは？」

そ、それは確かにそうなんだけれど。

「いや、お医者さまなら、それはできるんでしょう。けど、あたし、お医者さまじゃない訳で」

「だから、医者になりなさいって。その為の学費と、その間の給料は、うちの社がだしますからって。いや、まあ、実際に医師免許は必要じゃないのか。とにかく、医学の知識さえあれば、いいんです。医学部へ行って、それを、学びなさい」

いや、だって、言ってることが無理すぎるよ、この莫迦男っ！

「学費だしていただけたって、お医者さまになる為には、医学部に行って、勉強して……医師免許がいらないにしたって、それなりのことをしなきゃいけないんですよっ！」

「だから、それをやりなさいって。大学へ行きなさいって」

「無理です！」

どんだけ無理を言っているのか、この莫迦男には判っていない可能性がある。……いや……だから……莫迦、なのか。

「そもそも、あたしは医学部にははいれません！　あたしが受かることができる医学部は、只今の日本国には存在しませんっ！　というか、日本国ではなくっても、そんな医学部がもし存在してしまったら、その方が間違っています。あたしが受かることができる医学部は、全世界的に、存在してはいけませんっ！」

「……って……あのねえ、人間は、努力でいろんなことができるんです。高井さんも、何もそんなに自己の能力を卑下しなくたっていいんじゃないかと」

「卑下せざるを得ない能力なんです！　本当にあたし、文系なんですっ！」

「いや、文系とか理系とか、そんなのは受験業界が勝手にわけている言い分なんであって、実際とは関係ないことが結構あって……」

「だってあたし、関数がそもそも判らないんですよ？　三角関数とか、もう、この世のものとは思えません。あれ、何だかまったく判りません」

ここで。このあたしの台詞を聞いて。

ようやっと板橋さん、息を呑んでくれた。なんか……すっごい哀しいんだけれど……三角関数が〝この世のものとは思えない〟って言った時点で……少しはあたしの数学能力のなさを実感してくれたみたい。んで、ここであたしは、追い打ちをかける。

「物理に至っては、作用反作用の法則が、すでに、判りません」

「……え……俺は……大学では経営学科だったから……そもそも物理に関係はなかったんだが……けど……あれ、が、判らない？」

「中学で、作用反作用の法則、やりましたけど、あれ、実験で台車をぶつけたりしてましたよね？　あの時、あたしが何を考えていたのか、判りますか？」

「……いや、判る訳がない」

「あの時あたしが考えていたのは、〝ああ、台車のみなさま、こんな実験の為に、ひたすらぶつけられて可哀想(かわいそう)。痛くなかったらいいなー〟、です」

「…………」

かなり長いこと。板橋さんは黙って。でも、それから、気を取り直したように。

「ま、その」

何が、「ま、その」なんだ。

「実験で使われている台車には、まず間違いなく痛覚がないだろうから、それに対して、〝痛くなかったらいいなー〟って思う高井さんは……えー……その……医者になった場合、とても患者さんを思いやれるひとになるんじゃないのかなって……えー……その……俺は、思うんだけど」

そんな理屈、あり得ないと思う。

「だから、お医者さん向きだよ、高井さん」

この言葉こそ、も、絶対にあり得ない。すべてのお医者さまを、莫迦にしているとしか思えない。

「それに大体」

そうだ、大体。

今度こそあたしは、言い募る。

「確かに板橋さんは、常務っていう立場で、いろんなこと勝手にできるんでしょう。けれど、どこをどうやれば、今の処常務づきで、常務の雑務をやっているって立場の、それが、〝修復課〟なんて訳の判らない処に所属している、いわば窓際以外の何者でもないあたしが、医学部に出向なんてできるんですか。あり得ないでしょう。どう考えてもあり得ないでしょう」

いや、あたし。別にそれを誇りたい訳ではないんだが……現実がこうなんだから、この現実に基づいて、あたしは思いっきり、主張する。うん。どっからどう見ても、あたしがいるのは〝窓際〟の職種であり、窓際の立場だ。そして、窓際の人間を大学に送り込むような手段なんて、あり得る訳がない。

と、今度は板橋さん、にやあって笑って。

ああ。この笑いは、何か〝悪い笑い〟だ。邪悪な意図を感じる笑いだ。

「それこそ、簡単ですよ」

で、また、にやあ。

「高井さんは只今、私の……社内的に評判になっている、若年性認知症の私の為に、私のお守りをする為に〝修復課〟に所属しているって、みんなに思われている訳なんでしょ？

少なくとも、噂は、そんなことになっている」

……あ。

板橋さんの一人称が、〝私〟になった。

嫌な予感。とんでもなく、嫌な予感。

「なら、この話は、とても綺麗に収束できますよ」

どこを！　どこを、どうやって！

「会社の勝手で、若年性認知症になっている常務のお守りの為に〝修復課〟に配置された高井南海さんは、その若年性認知症になった常務の為に、医学系の研修に行くことになった。目標としては、若年性認知症になった常務の為に、医師免許と看護師免許をとること。ま、これはあくまで〝目標〟であって、とれなくても別にいいんですけれどね。でも、普通の社会人は、普通、医師免許も看護師免許もとれない、だから、しょうがなく、それらをとる為の研修に行くことになった」

えっ。

え、え、えっ。

「その為には、最低限でも医学系の大学に通って医学の基礎を学ばなければいけない」

「その為に、大変我が儘であり、高井さんに犠牲を強いている板橋常務は、高井さんを医学系の大学におくりこむことにした。その為に、高井さんは、可哀想に医学系の大学を受け、それに合格」

え、え、ええっ、えええええっ！

「本当に高井さんは大変だ。予備校の費用や学費は会社持ちとはいえ、その間の給料は会社から出ているとはいえ、この年で今更大学受験。そして、そのあとは、医学部で学ばなければいけない。それも、勝手な常務の要請で」

え、え、ええっ、えええええっ、えええええええ！

「こういう話にしてしまえば、ほら、何の齟齬もない」

いや、齟齬、山盛りだってばっ！　あり得ないってば、そんなことっ！

「勿論普通の企業ならあり得ないんでしょうけれど」

あり得ないんだよ、絶対にっ！

「でも、常務のお守りの為に、新人さんをひとり、それにつけてしまうような企業だったら、そんなこともあるかもって、うちの会社のひとは、みんな、思ってしまうんじゃないかな。そして、それを納得してくれそう」

……。

…………。

…………。

確かに。そう、かも。

「あなたの境遇に同情しているひとも、このストーリーなら、ある意味納得してくれるんじゃないかな」

……って……あたしの心の中を、最初の飲み会であたしに同情してくれた相模さんの面影が過る。

「確かにこれは、企業のあり方としてあってはいけないことなんですけれどね、高井さん、あなたが納得してくれているのなら、まあ、いいじゃないかなあ、と。それに、あなたに同情しているひと達も、あなたがうちの社の経費で、もう一回専門教育を受けることができ、そして、資格を取得できるのなら、これは気分的に許容してくれるんじゃないかな、と」

……かも……知れない。

かも、知れない。

けれど、これを、あたしの上司って立場で主張する、この男は、何なんだ！

あと。

「それに」

この男は、言い募る。

「杉並区を、この先、私とあなたが二人で練り歩く必要はないんですよね」

あ、そう、それ！　今あたし達がやっているあたし達の業務。それはどうなっちゃうの？

「私は最初の頃、〝靄〟のことを理解してくれるひとと一緒に歩き回るのが、ある意味快感でした。何たって高井さん、あなたは、私が生まれて初めてめぐり合った、〝靄〟のことを共有してくれるひとでしたから」

うん。

「でも、ね」

ここで、板橋さんは、また、笑う。にやあ。ああ、いやな笑いだ。なんか、とんでもなく下心があるに違いない、そんな笑いだ。

「考えてみれば、あなたは〝靄〟のことを判ってくれているんだ、そんな〝あなた〟がいることを私は知っているんだ、それさえ判っていれば……あなたと私が、揃って杉並区を練り歩く必要性は、まったくないんですよね」

……まあ、確かに、それはそう。

「なら。私はこのまま、杉並区を歩き続ける、〝靄〟の発見に心を砕く。そして、あなたは医学を学ぶ、こんなことをやりながら、私が〝靄〟を発見した時だけ、あなたを呼び寄せ、そして、〝靄〟を撲滅する。こういう作業分担をしたとして、悪いことは何もないんですよね」

そ……それは、確かに、そうなのだ。

また。

この状況で、板橋さんは、にやって笑うと。

「高井さん。あなたが、数学や物理をまったく理解できないって話なんですけれど」

あ、うん、そうなんだよ。

あたしはほんとに数学や物理がまったく判らない訳であって、だから、医学部になんか絶対に進めない訳なんであって……でも。

板橋さんは、こんなことを言うのだった。

「学生時代の話なんだけど、私は家庭教師のバイトやったことがあったんですよね。まあ、うちの経済状況から言って、バイトする必要なんかなかったんだけれど、学費くらいは何とかしようって気分になったもんで。で、あの時、俺は、思ったんだ」

はい、何を？　って、板橋さんの一人称、いきなり〝俺〟になっちゃったよお。

「それまでまったく判らなかった子を教えて、数学の公式や物理の理論を理解させる。あれは、間違いなく、快感だった。……それを……この年になって……もう一回やれるのは……」

うん。

ここで、こくこくこくって、板橋さん、頷いてみせる。

「ある意味、快感なのかも知れない」

違うっ！

違うだろうがよって、あたしは心から言いたかった。

確かに。

板橋さんが言っていることは、何ひとつ、おかしくないのかも知れない。
でも、全体的に言えば……。

違うっ！
違うだろうがよっ！

でも。
気がつくと、そんなことを言える状況では……いつの間にか、なくなっていて……。

莫迦男っ！

……もう……あたしは……こんなこと、言えない。

何故って。

この男は、すでに、〝莫迦男〟では、ない。
少なくとも、あたしの気持ちの中では、まったく、ない。
では、何なのかって言えば……。

悪魔っ！

そうとしか、言いようがない。

# ENDING

……なんか……よく判らないまま。

数年がたった。

今、あたしは、とある私立の大学の医学部に……不思議なことに、在籍している。同時に、会社にも、在職しているまま。そうなのだ、今、あたしは、我が社の〝修復課〟っていう、訳の判らない〝課〟に所属したまま、研修として、とある私立大学の医学部に出向している……身分としては、そういうものになっている。

今でも、月に二回くらい、板橋常務から要請がある。その度にあたしは、常務からの要請に従って、〝靄〟を消す業務をしている。でも、それ以外は、まったく普通の大学生。そんな存在である。

思い返すと、本当に恐ろしいとしか言いようがなかった。

板橋常務による大学受験の為の個人教授。

このひと……あるいは予備校の先生が天職だったのではないのか？

と、そんなことを言いたくなるくらい、彼の個人教授は的確で……その上、きつかったんだよー。

板橋常務による個人教授を受けるようになってから、あたしは、業務として、大学受験の為の模試を受けたんだが（こんなもんが業務になるって、一体全体、こりゃ、何なんだ）、数字が、驚くべき勢いで上がってゆく。年末の模試ではE判定だった偏差値的に最下位に属する大学の医学部、春の模試ではB判定になり、夏の模試ではある程度の大学の医学部でBがいくつも出、秋の模試ではA判定が複数の大学で出た。（あたしが大学受験をしたのは、五年前。だから、もうすっかり、受験のことなんて忘れていたし、国語とか英語とか古文とか世界史とか、昔覚えた筈のそういうものだってずたずたになっていたのに、なのに、医学部で、A判定。それを思うと……ほんっと、板橋さんの天職って、予備校の先生だったのではないか、としか、思えない。）

何なんだ、これ。

勿論、あたしは、これについて、〝自分が優秀である〟だなんて思ったことはない。ただただ、ひたすら、板橋さんが凄かったのだ。ほんっと……何で予備校の講師にならなかったんだろう、板橋さん。（……ただ……。予備校の講師には、多分、なれなかっただろうな、板橋さん、とは、思った。だってこのひと……生徒に要求することが、酷すぎっ。あたしは、これでも一応会社員であり、会社からお給料を貰っていて、そしてこのひとのことを上司だと思っているから……だから、できるだけ、この人の要求に応えようっていう努力をしたのだが……そういう要素がなかったら、このひとの要求に応えるのは無理だったろうと思う。いや、普通の努力で何とかなるような要求じゃ、絶対になかったんだ、これ。)


で、まあ。

受験勉強を始めた翌々年の四月。気がつくとあたしは、とある大学の医学部に合格して、医学生になっていたのだ。

何なんだこれ。

本当に……これは、一体、何なんだ。


でも。

実際に医学生になってみたら。

判ったことがあった。

人間の体って……素晴らしい。

ま、これはね。最初っから、判っていたって言えば、判っていた。けれど……その認識が……多分、それまでのあたしとは、違う。

だって。

医学を学べば学ぶ程、人間の体について、知れば知る程、この認識は、深まってゆくだけなのだ。

「痛いの痛いのとんでけー」

これで、ひとの体を治すこと、それに対して異議がある訳じゃない。

でも、今のあたしは、「それをやってはいけない」って思っている部分が……かなり、ある。

だって、凄いんだよ人間の体。

こういうものに……なんか、余所から、勝手に、異議申し立てをしてはいけない、そんなことが、感覚的に判ってしまった。（「痛いの痛いのとんでけー」をやるっていうのは、これは、ひとの体に対して、余所から勝手に異議申し立てをしているんじゃないのかなって、ひとの体について、知れば知る程、あたしにしてみれば、思ってしまったのだった。）

でも。

とはいえ。

あたしの夢は、夢、なので。

ひとの病気を治す。

これは、あたしの、〝夢〟なので。

あたしは、まだ、この夢を捨てるつもりはない。だから……自分でできることを、自分でできるなりに、あがいてみたいと思っている。

それから。

ついこの間、また、うちの社の同期会があった。この時、本当に久しぶりに会ったのが、相模さん。

会った瞬間、相模さんは、こう言った。

「高井さん、なんか、凄いことになってるねー」

相模さん。まったくのタメグチ。これがあたしにはとっても嬉しくて。(というのは、後述の事情により……今、我が社で、あたしに対してタメグチをきいてくれるひとは、あんまりいなくなっちゃっているのよ。)

「……うん、凄いことになっちゃった」

「でも、終わりよければすべてよし、ってことじゃない?」

「……って?」

「私はね、板橋常務が、高井さんにやってることは、許せないってずっとずっと思っていたんだ」

うん。前も相模さん、そんなこと言っていたよね。

「でも、何が何だかよく判らないんだけれど、板橋常務の勝手のせいで、高井さんが手に技術を持つことができるようになったのなら、それはそれで、よかったのかなって」

「……い……いや……手に技術をって……」

「だって、このままいけば、高井さん、会社のお金で医師免許、とれるんでしょ？　それは、まあ、よかったことじゃないの？」

「あ……ああ……うーん……でも……あたしにしてみれば、医師免許、とる予定もない訳で」

そうなんだ。あたしがやりたいのは、『痛いの痛いのとんでけー』をやる時の、それをやる相手の病態の把握、だけなんだ。医学知識さえ、ある程度身につけば、それでいいのだ。医師免許は……欲しくないし、あたしには、必要がない。

けれど、あたしがこう言うと。相模さん、もの凄い勢いで、こんなあたしの台詞(せりふ)を遮った。

「いや、高井さん、あなた、医師免許が会社のお金でとれるなら、絶対にそれ、とりなさいよっ。それさえあれば、会社に何があっても、あなたには自活の道ができるんだからっ！　も、絶対にとりなさいよ、医師免許」

あたしが。医学部に進んだ理由も知らずに。

あたしが、それでどんなに酷い目にあったのかも知らずに。

また、今のあたしの現状を知っていて。

それでも。

それでも、こんなことを真顔で言ってくれる同期がいるんだ。

あたしは、多分、とてもいい会社に就職したんだと思われるし……うちの会社は……多分、とても、いい会社なんだろうな、と、思う。

板橋さんとは、あたしの実家に、あの後四回、行った。

とにかく、あたしの実家にある、あの〝靄〟が、不思議すぎるから。

そうなのだ。

あたしが、何回もひっかかったにもかかわらず（ということは、間違いなく、何回もあたし、あの靄を〝物理的に〟ひっぱっている筈なのだ）……それでも、未だに、ある、あり続ける、〝靄〟。

今では、中空に浮いているので、実際の処、どんな〝靄〟であるのか、板橋さんにも確認できない〝靄〟。（まあ。実家の中に、高所作業車を導入すれば、そしてあたしと板橋さんがそこへ行けば、この〝靄〟のこと、ある程度は判ったのかも知れないけれど……これは、なかなか、やりにくかった。脚立であがるには高すぎるところだし。）

……まあ。

このせいで、いろんな〝誤解〟が、発生してしまった。

うん。

さっき。

あたしとタメグチをきいてくれるひとがいなくなってしまったって言ったのは……多分、この、せい。

みなさん、誤解、したのだ。


だって。

常務が、一介の社員の実家に、何だって、五回も、行くのだ。

いや、普通、一回だって行く筈はないでしょ？

なのに、行った。

しかも。

この〝常務〟は、何故(なぜ)か、新入社員であるあたしのことを特別扱いして、あたしの大学進学の為の費用を出してくれた。（現実は、無理矢理あたしに大学受験をさせたのだった。このせいで、すっごい酷い目にあった記憶が、あたしにはあるんだが。けど、そんなこと、普通の社員は知らない。）

ここから演繹(えんえき)される結論として……。

こりゃ、誰(だれ)だって、思うでしょ。

あたしと板橋さんは……その……なんか……特別な、関係、なのだって。

板橋さんは、将来の自分の妻として、あたしのことを見込んだのだって。

いや、勿論(もちろん)。

そんなことはまったくないんだけれど。


また。

「あの〝靄〟は、本当に訳が判らない」

五回、あたしの実家に行った処で、板橋さんは、長い長いため息と共に、こんなことを言った訳なのだ。

……うん……まあ……ね。

「俺(おれ)が知っている〝靄〟とは、まったく違う法則に則(のっと)って存在している、そんな可能性があるんだな、あの〝靄〟」

でしょう、と、あたしも思う。

「ただ。もし、将来、高井さんが〝靄〟の中で病気のひとを治療したいと思ったのなら」

そうなんだ。それをやる為に、あたしは医学部なんて処に進学した訳であって……。

その時。

間違いなく、現場になるのは……あたしの実家にある、あの〝靄〟だ。(ひとの体がすっぽりはいる程大きくて……理由は判らないんだけれど、安定している。）

ところで。

ここの処、あたしと板橋さんは……えーっと……ちょっと関係が、前とは違ってきちゃっている感じもある。

うん。

これはもう……何て言おうか、な？

受験勉強の為に、ひたすら一緒にいたこともあった。

その後も、板橋さんが〝靄〟を発見する度に、あたし達は一緒にその〝靄〟に対峙した。

ほんとに〝同志〟のように、二人でその〝靄〟に対峙したのだ。

で、そんなことをやっていたら……。

他の時にも、あたし達は、二人で動くことがあったりして……。

と、いう、か。

うん。なんか、デートみたいなこともしちゃったことが……ある。

なのに……一緒に、映画なんか見ちゃったことも……あったって言えば、あった、よね。

御飯だって一緒に食べてる。(ま、時々、なんだけど。で、その時は、板橋さんが張り切って、なんかすっごくおいしい御飯を予約してくれることが多々あって……あんまりおいしいんで、おいしすぎてあたし、涙目になっちゃったことなんかまであって……その時の御飯って、きっと、すっごく、板橋さん、はりこんでくれたんだろう……な。)

〝靄〟、ないのに。

で。

こんなことをやっていれば。

あたし達。

つきあっているって言って言えないこともないような気が……している。実はちょっと前……二人で御飯を食べたあと、別れる時に、あたしと板橋さん……キス、しちゃった……って、いや、しちゃったんだよ、何でなんだろう、その時の気分に流されちゃったんだな、でも……しちゃった、ん……だよ。

ただ。

あたしも、板橋さんも、そのことについてはとりたてて触れなくて。

だから、これは、なかったことだ。


んで、そんなことをあーだこーだ思っていたら。

ある日。

ふいに、板橋さんがこんなことを言ったのだ。

「あの、高井さんの実家の中空に浮いている〝靄〟について、なんだけどね。ずっと問題になっていた、あの〝靄〟について、なんだけどね。これについて、俺には言いたいことがあるんだよね」

って、はい、何でしょう板橋さん、何を言いたいんでしょう板橋さん。

でも。

板橋さんが言ったのは……まったく、あたしが思っているようなことでは、なかった。

だって、板橋さんが言ったのは……。

「うん。これがあるのが、〝無関係なひとの家じゃなくて、奥さんの実家〟だって話になると、話はすんごい楽になるような気がするなーって、俺としては思うんだけど。実際、俺は今、独身なんだし、奥さんの実家に通ったって、それは別に問題はない普通の行動だと思われるし」

……って？　……って！

これ、全然、話が違うじゃん！

「これについて、高井さんの御意見は……えーと、その……いかがなもの……なんでしょうか」

言われた瞬間、あたしの頭は、沸騰してしまった。なんだこれは、何なんだこの言葉はっ！

って……あたしにしてみても、この言葉が意味していることは、判らない訳ではなくて……判らない訳ではないんだが、でも、判りたくはない。

だって。

だって、まさかこれがプロポーズのつもりか？

そう思った瞬間、あたしは怒鳴っていた。

「こ……この、莫迦男（ばかおとこ）っ！」

言われた瞬間、板橋さんは、ちょっと傷ついたような表情になって。

「え……俺、まだ、莫迦男、なの？」

いや、これはもう、莫迦男以外の何者でもない。他に何と言いようがあるのだ。

けれど。

ちょっと傷ついたような……そんな板橋さんの様子を見ると……あたしとしては、こうとしか言いようがない。

「莫迦男っ！　……に、違いないんだけどね」

けれど。

「それでもまあ……莫迦なんだけど……」

莫迦なんだよ。

実際に、莫迦なんだよ。ほんとに莫迦なんだよ。莫迦に決まっているんだよ。

でも。

「莫迦だけど…………好きだよ」

〈FIN〉

# 単行本版あとがき

あとがきであります。

このお話の第一章、「階段落ち人生」は、２０１７年、山口雅也さん編集で復刻された、かつての『奇想天外』という雑誌の、21世紀版に掲載させていただいたお話です。（山口さんが、過去にあった『奇想天外』という雑誌を復刻し、同時に、今、あの雑誌があったのならってコンセプトで編集したのが、21世紀版。これに載せていただきました。）

これはもう、話すと無茶苦茶長くなってしまうのですが、思いっきりかい摘（つま）みますと、新井素子という作家は、『奇想天外』という雑誌がなければ、多分、世に出てはいなかった。だから、この21世紀版を出すってことになったら、私、この話に乗せていただかない訳にはいかないっ！　という訳で、とても楽しく原稿書かせていただきました。

で、この原稿なんだけど。

『奇想天外』には、竹本健治さんも関係してらっしゃって、この時、私、竹本さんとは年に何回か会っていたんですよね。それも……うち、で。竹本さんは日本推理作家協会の囲碁同好会を主宰していらして、私はそのアシスタントみたいなもので、うちで、年に何回か、新人さんの囲碁の会をやっていたのです。（竹本さんは、囲碁知らないひとに囲碁を教えるのがとても好きなひと。そして私は、ひとに自分が作った御飯を食べさせるのがとても好きなひと。そんな二人の利害が一致して、竹本さんは新人さんに囲碁を教えて、私はそのひと達に御飯を供する、そんな会をやっていた訳です。残念ながら、コロナのせいで、囲碁同好会自体が只今休止中ですが。）

　その新人さんの囲碁の会で、いきなり私、竹本さんに言われました。

「この間の『奇想天外』の原稿だけれど……実話だよね……？」

……なん、ですよ。……けど……こんなにすぐに、ばれてしまうものなのか？

　いや、竹本さん、何回もうちに遊びにきてくれていたから、だから知っているんだよなー、私が、どんだけいろんなものに蹴躓いて、足や肘をぶつけて、一日何回悲鳴をあげているのかを。けど、まさか、こんなにすぐにばれてしまうとは。

　竹本健治、おそるべし。って、いや、そんな話じゃないよな。

　いやあ、このお話の設定、ほんとに〝靄〟以外はほぼ事実です。困ったもんです。高校時代の私は、週に一回は階段から落ちていました。もう、全身に痣があるのは当たり前、擦り傷切り傷数えたくもない、おばあちゃんの法事で、私が何かにひっかかって転ぶ度に、親戚のみんなが、「ああ、もっちゃんだから……」「素子だからしょうがない……」って言っていたのも事実。どうしてこんなにいろんなものにぶつかるのか、階段から落ちるのか、何もない処で転んでしまうのか、これがほんとに不思議で不思議で。(勿論、注意はしてますよ。階段から落ちたくて落ちる人間なんて、絶対にいないってば。)

で、まあ、自分なりに理由を考えて……こんなお話、作ってみました。

今の家は、注文建築です。一階に書庫があり、二階に居住部分がある、そういう家を作りたいって思い、こういう家を建てました。そして、家を作る時、私なりにいろいろ考えました。

とにかく私は、階段から落ちることがデフォルト。けど、一階を書庫にして、二階で生活するのなら、階段は必須。だとしたら、階段から落ちた時に被害が少なくなるようにしなければいけない。

という訳で、うちの階段は、物凄くゆるやかです。一段一段のサイズも大きく、手すりは最初から完備、しかも一段ごとに滑り止めの刻みまでつけてある。その上、二階へゆく為だけの階段なのに、踊り場まで作りました。そして、その踊り場には、でっかいぬいぐるみに壁ぞいに並んでもらって。上から落ちた場合、踊り場のぬいぐるみに受け止めてもらえる、そんなレイアウトにしてみました。結果として、今までに三回私は家の階段から落ちたんですが、そのうち二回は、踊り場のぬいさんに体を受け止めてもらえました。その結果、怪我、なし。素晴らしいです。（踊り場から一階へ落ちた時だけは、こうはいかないのですが。うん、だって……まさか、階段の下にぬいさんに並んでもらう訳にはいかないし……これだと、階段昇降自体が不可能になっちゃうし……。）

そう！　私、これは、断固として主張したいのですが、この家を建ててからすでに二十何年！　それで、私が家の階段から落ちたのは、まだ、たったの三回！　なんて画期的な話なんだ！　……まあ……最初から階段を落ちることを想定して家を建てるっていう、設計思想自体、どうかなって思わない訳ではないのですが。

ところで。「階段落ち人生」を書いた時から、私は思っていました。

南海ちゃんの実家にある〝靄〟のこと。このお話……依頼された枚数が枚数だったのでこれ以上書けないんだけれど……絶対に続きがあるよね。

だから。いつか、この続きを書いてみたいなあって。

四年くらい営業してみて、結果として、『Webランティエ』で２０２１年７月から２０２２年８月まで、「南海ちゃんの新しいお仕事」を書くことができました。んで、この二つをあわせて、只今、この本を作ることができました。

これはもう、ほんとにどうもありがとうございました、です。

ただ。

本、一冊分、書かせていただいたにもかかわらず、でも、まだ、この原稿では、この〝靄〟の謎は判っていないんですが、まあ、前よりは、いいよね。

順番順番一個ずつ。

いつか、どこかで、この先のこと、書けるといいな。

只今の私は、そんなことを思っております。

と、こんな原稿を書いている本日。

うちの旦那が洗面所で転びました。

いや、私が家の中で悲鳴をあげるのは毎日なんですが、旦那の悲鳴が家の中に響いたのは、これが初めてなんじゃないのか？

今の旦那は、「洗面所の床が濡れているといかに滑るか、それがどんなに危険であるのか」、聞かなくても滔々と説明してくれます。

で、初めて気がついたのですが。うちって……今となっては、老人世帯になるんじゃないのか……？

老人が転ぶ。父と母、義父と義母、四人を看取った今の私は断言します。老人世帯にとって、転ぶって、もっの凄くまずいのではないのか？（同じく、ぶつかるのも、躓くのも、まずい。階段から落ちるに至っては、まずいなんてものじゃない。）

……この先……どうしよう……。

極力、ぶつからず、躓かない人生を心がけようと思っております。ただ、そんなこと、物心ついた時からずっと心がけているので、（物心ついた時からずっと、ぶつかって、躓いて、転ぶ人生を辿（たど）ってきている）、具体的にどうしたらいいのかは、謎なんですが。

それでは、最後にいつもの言葉を書いてこのあとがきをおしまいにしたいと思っております。

この本を読んでくださったあなたに。読んでくださってどうもありがとうございました。少しでも楽しんでいただけたら、私もとても嬉（うれ）しいです。

そして、もし。もしも御縁がありましたのなら。

いつの日か、また、お目にかかりましょう——。

二〇二二年　十一月

新井素子

# 文庫版あとがき

あとがきであります。

これは、２０２２年に角川春樹事務所から出していただいた本の文庫版ですが、第一章を書かせていただいたのは２０１７年、二章以降を連載させていただいたのは21年から22年です。これ、見事に〝コロナ以前〟〝コロナ真っ最中〟になってます。（今となっては、もう、早い処（ところ）〝コロナ以降〟になって欲しいんですが、これがなかなか……。）

それで、実は。第一章を書いた時には想定もしていなかったのですが、二章を書く前に私、まるで南海（みなみ）ちゃん達のように、ずーっとずっと練馬区を練り歩くことになったんですよね。

コロナが酷（ひど）いことになって、緊急事態宣言がでちゃって。不要不急の外出ができなくなり、スポーツクラブなんかも軒並み休業、旅行なんてできる訳がない、こんな状況のゴールデンウイーク。私も旦那（だんな）もとっても鬱屈（うっくつ）していました。

というのは、私も旦那も、健康上の理由で、「運動をしろ」ってずーっとお医者さまに言われていて、でも、当時は運動ができる状況じゃない。そして運動をしないでいると、各種の数値が上がってしまい、お医者さまに怒られる。

　で、まあ。練馬区には結構大きな公園や庭園がいくつもありますし、川なんかも流れている、ゴールデンウイークはそこを散歩しまくろうとしたんです。そうしたら、どうも同じことを考えたひとが沢山いたみたいで……。

　いくつか公園を回ってみた処、驚きました。ひと込み！　それも、ぐちゃっとしたひと込み！　これ、下手したら駅前なんかよりひとがいる！　川ぞいもかなり酷い。「え、私達が知らないだけで今日はジョギングの大会があったの？」って感じで、もう途切れることなくあっちからもこっちからもひとが走ってくる！

　繁華街に出る訳にはいかない、公園や緑地や川沿いみたいな普段ひとがそんなにいない筈(はず)の処もひとだかり、それで、しょうがないから、普通の練馬の市街地を歩いてみました。そうしたら。

　……練馬の、駅前や商店街や公園じゃない、普通の町って……ほんっとに……歩いているひと、いないんだ。時々、犬の散歩をしているひととすれ違うだけ。こ、これは、めっけものではないのか？

　で、結局、このゴールデンウイーク以降、私と旦那は、何かっていえばひたすら練馬の町を歩くことにしたんです。（この年の七月に、旦那は定年になったので、その時から二人してずーっと練馬の市街地を歩くようになりました。）

そして、発見した事実。練馬には、〝罠(わな)〟が満載。

この〝罠〟は、本文中にでてくる〝靄(もや)〟とはまったく関係がなく。練馬って……「行き止まりになってしまう道」「進んだ筈なのに帰ってきてしまう道」が、相当あるんです。

これ、練馬の区としての成り立ちを考えて、私が個人的に思ったことなのですが。

練馬って東京都ではあるものの、大部分は江戸ではなくて、郊外の田園地帯だったんですよね。だから、でっかい農家が沢山あった。そして、大きい農家さんの家は、とても大きい。昭和の初めの頃(ころ)なんて、一軒の家なのに五百坪とか千坪なんて面積があってまったくおかしくはない（農地をいれれば、それどころではない面積の土地がある）。

それが、昭和の半ばくらいから、世代交代が続いて。相続の問題が発生すると、千坪の家をそのまま維持するのは辛(つら)くなる。世代交代が、二回、三回続いたら、土地を半分切り売りしたり、気がつくと家が四分の一くらいになってしまうこともある。で、切り売りした土地が、新たな住宅になる訳なんですが、仮に、ここに五百坪の土地があったとして。

これ、そのまま、四角い百坪の土地に切り分ける訳にはいかないでしょ？　だって、もとが一軒の家なんだから、普通に同じような面積の五つの土地に分割したら、道路に面していない土地ができてしまう。そして、道路に面していない土地は……利用のしようがないような……。

これを回避する一番簡単な方法は、その五つの土地だけに直結する私道を作ることです。

切り分けた土地を、コの字型に配置する。で、真ん中に五軒共通の私道を通す。だもんで、今、東京では、たかが百坪ちょっとの土地であっても、こんなことやって分割して作った建て売り住宅、結構あります。(両脇が他人の家なので、こうせざるを得ない。)で。練馬の場合は。そもそも農家さんの家がでかいだけじゃなくて、家の側に農地があるんです。こっちは、百坪とか、五百坪とか、そういうのとは単位が違います。

そもそも。農地の単位は、〝坪〟ではないよなあ。〝町〟、かな? で、一町が三千坪です。(ちなみに、一ヘクタールが３０２５坪です。)で、十町の農地があれば、これは三万坪です。ああ、くらくらするよなあ、もはやまったく面積の想像がつかない。(でも、これは、農地としては多分そんなに広い方ではない。TV番組で、農地の広さを形容するのに、「それは東京ドームいくつ分ですか?」って聞いてしまうレポーターの気持ちが、よく判るぞ。とはいえ、上には上がいるもので。以前、何かの番組で、北海道のひとで、「東京ドームはよく判らないんですが、うちは大体、バチカン市国くらいです」って言ったひとがいらっしゃったような気がする。)

五百坪の土地を分割するのに。あるいは、たったの百坪の土地を分割するのに、私道を作っているとすると。三千坪とか、二町なら六千坪、もし十町あったなら三万坪の農地を(農地であるということは、公道とはほぼ隣接していない)、道に面するように分割して、住宅地として売り出すとしたら……。

そりゃ、私道、作らずにはいられない。

五百坪くらいの土地のちっさな私道ならいいんです。これは、目で見てすぐ判るくらい、簡単に行き詰まってくれるから。（いや、五百坪を〝ちっさな〟って言ってしまうの、すでに私としては違和感ありまくりなんですが、のちのことを考えれば、これは、〝ちっさな〟です）、六千坪、一万坪の農地を住宅地として分譲し、それに私道ができたとしたら。これは、どうなるか。

五軒の家を建てて、その真ん中に私道を通す、そんな判りやすい戦略は、とらないと思います。最初っから三千とか三万とかって面積があるんだ、もっとちゃんと考えて、能率的に私道を通すと思います。と、なると、結果、どうなるのか。

練馬には、もの凄いいきおいで、行き止まってくれれば、行き止まりの道が多くなるっていう話になる……に、決まっています。いや、行き止まってくれれば、まだ、いいのよ。行き止まりにならず、にもかかわらず、どうしても先に行けない、そんな、循環している道が、どんなに沢山、あることか。

これを私は、〝練馬の罠〟って呼んでおります。

（以前。知人が、吉祥寺の先から自転車で練馬を通り、自宅へ帰ろうとした時。「吉祥寺までは、普通に走っていたんですよね。ところが、ある処から、妙に同じ処に帰ってきちゃったり、行き止まったりしたことがあって。あんまりそれが続くんで、あ、さてはって思って注意してみたら、電柱の住所表示が、練馬になってました」って言われたことがあって。……そうなんだよ、ほんとに練馬の罠ってあるんだよ。）

南海ちゃんと板橋さんは、こんな〝練馬の罠〟に踏み込んだ上で、でも、全部、練馬を踏破してくれたんだよなあ。
頑張って欲しいなあって、個人的に思っております。

それでは。

このお話、読んで下さって、どうもありがとうございました。
気にいっていただければ、私は本当に嬉（うれ）しいのですが。
でもって。気にいっていただけたとして。
もしも御縁がありましたのなら。
いつの日か、また、お目にかかりましょう――。

二〇二三年　十二月

新井素子

本書は二〇二二年十二月に小社より単行本として刊行されたものです。

ハルキ文庫

あ 22-4

# 南海(みなみ)ちゃんの新(あたら)しいお仕事(しごと) 階段落(かいだんお)ち人生(じんせい)

著者 新井素子(あらいもとこ)

2024年 1月18日第一刷発行

発行者 角川春樹

発行所 株式会社角川春樹事務所
〒102-0074 東京都千代田区九段南2-1-30 イタリア文化会館

電話 03(3263)5247(編集)
03(3263)5881(営業)

印刷・製本 中央精版印刷株式会社

フォーマット・デザイン 芦澤泰偉
表紙イラストレーション 門坂 流



ISBN978-4-7584-4610-5 C0193 ©2024 Arai Motoko Printed in Japan
http://www.kadokawaharuki.co.jp/[営業]
fanmail@kadokawaharuki.co.jp[編集] ご意見・ご感想をお寄せください。